漫娱图书
SINCE BOOKS

U0462435

李十二
宋十九
涂老幺

叩棺门，问三声，

目录

CONTENTS

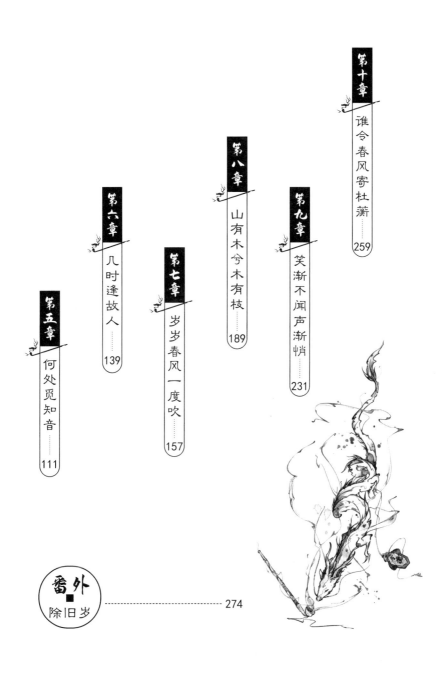

横烟里现出一双洁白如玉的手，修长柔软，蒙着细腻润泽的光晕，四指虚握，食指屈起来，在棺木上笃定又温柔地叩响三声——

叩棺问三声

第一章

01

腊月十六，大寒，东四十巷。

天阴得要挤出水来，灰蒙蒙的，分不清是雾气还是笼屉里冒出的烟气。空气中煤炭味儿太浓，包子也闻着不香了。涂老幺掀开笼屉伸头看了一眼，摇头："你这个面也忒粗了。"

街头站了二十年的包子老头啐了他一口，将盖子一砸："凭你涂老幺也嫌粗——去去去！"

涂老幺嬉笑着把脸挪回来，手揣进袖子里："成成成，您老头子的包子是最香的，要不卖了二十年呢！福气忒大。"

他缩着脖子往前走，走到一个拐角的地方，在水烟摊前蹲下，歪着身子问："老板，今儿有什么烟哪？"

烟摊的老板瘦瘦弱弱的，没精打采的模样，头发修得短，遮不住脖子，刘海狗啃似的，长一簇短一簇，盖着耷拉的眼睛，头上一顶旧年瓜皮帽，又有几分滑稽。

她姓李，向来是这么个不男不女的模样，没名字，排行十一。

"您好什么烟哪？"李十一不情不愿地把手从棉手闷子中拿出来，

拨弄了两下，"辣的？不辣的？"

涂老幺凑近了些："多冷的天儿啊，水烟吃着凉，有旱烟没有？十一姐？"

李十一撩起眼皮儿瞧了他一眼，眼睛倒是顶清亮的，饶是见过许多回了，右脸的疤却仍旧吓了涂老幺一跳。那疤像烧伤的，又像是溃疡了，红红紫紫一大块发皱的腐皮，狗皮膏药一样粘在脸颊上，难看得紧。

"旱烟那是祖传吃饭的家伙什儿，你吃得起就成。"

她站起来，正了正瓜皮帽子，棉衣皱成一团，宽宽大大地将她整个身子罩在里头。

涂老幺嘿嘿两声，跟在她身后。两人转过几条巷子，面前是一个破败的院落，杂草丛生，久未修缮的样子。

李十一用袖子扑了扑灰，挪开前院支棱着的木板，又往里头走，灌木丛里是一个铁锈斑驳的仓库，地方倒不太大，四四方方的，一眼看得到头。

李十一从棉手闷子的内扣里抠出一把钥匙来，把仓库打开，弯下身从矮小的铁门里钻进去。涂老幺熟门熟路地跟进去，李十一摸索着一拉墙壁旁的粗麻绳，仓库一下亮堂起来。

"嗬，装电灯啦！"涂老幺摸了一把墙壁上的电线。

李十一眯起眼适应乍亮的光线，仍旧是揣着手靠到墙上，问他："入还是出啊？"

涂老幺目光被仓库里塞满的物什钩住了，啧啧两声就要上手。

李十一从兜里摸出盒洋火柴，"刺啦"一声划燃一根："都是地底下来的。"

涂老幺吓得缩回手，眼馋地瞄了一眼泥土还未烘干净的唐三彩灯笼瓶。李十一又划了一根火柴，硫黄味儿直往涂老幺鼻子里钻，涂老幺打了个喷嚏，凑到李十一跟前，觍着脸喊了一声："十一姐。"

李十一揉揉鼻子抬眼看他，他从棉裤子里掏出一个窄口宽肚小铜罐儿，递给李十一，脸皱成一团儿，哭丧道："您可得帮帮小弟我。"

李十一嫌恶地看着他从裤裆里头掏出来的铜罐："哪来的？"

涂老幺见李十一没有伸手的意思，又往前送了送："您细瞧瞧？"

李十一隔着棉袖子敲了两下铜罐儿壁，瞄他一眼："年代近，又是铜的，不值钱。"

涂老幺收回来："可不是，我也是这么琢磨的，就拿回家搁着——"

李十一皱眉打断他："我一早便同你讲过，地底下掏的不兴往家里拿。"进来半晌，也不那么冷了，她伸了伸肩膀，冷笑，"怎么，死后想遇同行？"

涂老幺脖子一缩，赖笑道："错了错了，是我错。可这事儿啊，也忒晦气了。"他压低了嗓子，"自我把这玩意儿拿回家，每日夜里便有呜呜的声响，唬得我婆娘睡觉也不安生。"

"我琢磨着，是惹了哪路老爷，还是把它送回去的好。"涂老幺偷眼看李十一。

李十一将火柴揣回兜里，吸了吸鼻子："开棺不走回头路，倒过的斗不掏第二回，这是行里的规矩。"

"我晓得，我晓得，可我这才第二回下斗就遭了这档子事，我也是没法子了。"涂老幺扯住李十一的袖子，脸皱得像缩水的面皮。

"你想让我带你去？"李十一盯着他。

涂老幺忙不迭点头，见李十一毫无反应，便眼睛骨碌一转，立时蹲下去，抱着她的脚脖子，哀求道："十一姐，李老板，观音菩萨，我的青天大老爷！"他一面号一面捶李十一的脚肚子，"我婆娘的肚子八九个月了，眼看要生了，这时候惹了祸事，那是要让我老涂家绝后哇！"

李十一挣了两回，挣脱不开，垂头低斥一声："涂三平。"

涂老幺抬头，眼泪汪汪地瞧着她："十一姐，我可是您带入行的，虽说只敢掏掏小墓，那也是承了您的衣钵，吃的是您祖传的饭。"

李十一嘴角一抽："你原本守墓为生，夜里撒尿撞见我，跟在我后头偷看了一回，回头拿把铲子开挖，也叫承我的衣钵？"

涂老幺不管，抱着她腿不放。

李十一叹了口气："哪个墓里头的？"

涂老幺一愣，顾不上擦眼泪珠子，喜上眉梢地把李十一的裤腿捋平了："就在那东边儿，就在那东边儿。"

照理是要凌晨两点开工，五点收工，下午李十一便早早地收了摊儿，回家里收拾工具。

涂老幺跟着她一路回来，见她家一副清汤寡水、家徒四壁的模样。干净窄小的小木屋里只有一张青布盖的床和一张油浸浸的饭桌，好几天没开火了，灶台也积了灰。

涂老幺看着她的棉衣瓜皮帽："您仓库里头那可是价值连城的宝贝，如今连电灯都装上了，家里怎么还这么个寒酸模样。"

李十一白他一眼："财不露白，尤其发的死人财。"

涂老幺一想也是，如今这个动荡的年代，脑袋瓜子都是拴裤腰带上的，怕只怕有命赚钱没命花钱。

李十一从床板底下拖出一个锃亮的皮箱子，从里头拣了几把结实的铁锹、镐、洛阳铲、斧头，掂得合适的塞进床头的布兜里，又寻了几支一掌长的小白油蜡烛，再到门槛边拾掇了几个木棒，缠上棉布浇上煤油，三两下绑成火把，最后在鼓鼓囊囊的布兜上捆了一捆粗麻绳，绑结实了背到背上。

她又从桌上倒了一碗吃剩的熟糯米，用油纸包好，再从炕洞里掏出几个黑驴蹄儿，吹吹柴灰塞进兜里，又在灶台上摸出几个小酒壶，一个壶口沾着黑狗血，腥得很，她晃了晃，别到腰上，最后用洗锅水涮了涮

另一个空葫芦，捏在手里往外走。

涂老幺见她前一口袋后一包裹地出门，翻过后院的篱笆墙，随手摘了几枚辛辣的蒜头，喂到肥壮的老牛嘴里，自个儿蹲在前面，用葫芦嘴对着牛的下巴，接了小半葫芦牛眼泪，李十一将葫芦收好，这才算是齐全了。

涂老幺看看她，再看看吭哧吭哧流着眼泪的老牛，把自己手上孤零零的木铲子捏紧了些。

天刚黑，涂老幺便带着李十一来了白天说的那块坟地，李十一看了看，十余个墩儿一字排开，由西北到东南，她问涂老幺："哪个？"

涂老幺指了指东南角："最大的那个。"

李十一瞄他一眼，胆子不大，胃口倒不小。

涂老幺跟在李十一身后到了墓前，见她也不急着下去，折了两根粗壮的树枝，自己坐了一根，另一根放在旁边，涂老幺扯过来，挨着她坐下，见李十一对着墓穴发呆，忍不住问她："十一姐，瞧什么哪？"

李十一从灰扑扑的棉袄里掏出一块怀表，打开看看，说："十一点再动土。"

涂老幺伸着脖子眼巴巴地看着她的表，搓搓手笑："纯金的嘿？"

李十一不理他，从布兜里掏出一根蜡烛，在墓碑的东南角点上，又拿出烟管儿，把烟丝塞进去，洋火柴点上，深深吸了一口，含在嘴里，又吐了，然后递给涂老幺："含两口。"

涂老幺老实巴交地接过去猛吸了一口，心满意足道："怪不得您说这是吃饭的家伙哪。"

"嘴里头有烟味儿就行了。"李十一皱眉盯着明明灭灭的烛火，说话时嘴里的余烟透出来，缭缭绕绕的。

涂老幺看着她，她丑陋的面庞在烟气里多了一丝诡谲。

李十一眨了眨眼，见蜡烛在风中摇摇欲坠，最后"啪"一声被吹灭，她站起身来抽出涂老幺嘴里的旱烟。

"这墓不能动，走吧。"

"噢。"涂老幺点头，拾起树杈子便要同李十一往回走，待起了身才觉察出不对来，口舌亦有些结巴了，"那那那……那，这东西不送回去，我婆娘如何是好？"

李十一白他一眼，将烟管儿收回布兜里。

涂老幺见她油盐不进，也不着急了，只自顾自行至墓穴的东南角，右脚往稀松的泥土上踹了几下，隐隐露出一块垫于土下的油布皮。

他扯着裤管儿蹲下，将油布皮一扯，对李十一招手道："十一姐，您来。"

李十一皱眉过去，瞟一眼黑黢黢的洞口，抬抬下巴示意他有话直言。

"我开的，盗洞。您瞧，成样子不成？"涂老幺献宝似的仰着头。

李十一俯了俯身，偏头探看一眼，冷笑一声不置可否。

涂老幺双眼斜斜一转，往她布兜儿里一掏，迅速将她的烟管子自洞口抛下，骨碌碌打了几个滚儿便消失在深坑里。

"你！"李十一将他拎起来，右腿一抬自靴口处摸出一把锃亮的匕首，反手一横迫近他的喉头。

她面上的腐皮在月色中透着凄厉的压迫感："下去，捞上来。"

鸦声四起，涂老幺盯着她冷淡的眉眼，也不晓得寒意究竟是从她封闭的薄唇里吐出来，还是从幽深的瞳孔抽出来，总之便将他冻了个哆嗦。他缩着臀将尿意憋回去，勉力伸了伸脖子，好似能被挟持得体面些似的，扯着李十一袖口道："我捞……也成。"

话一出口，他便破罐子破摔地塌了肩膀，斜着眼瞄李十一："我的本事，十一姐您是千知道万知道，这墓古怪，我又是二进宫，怕是有去路无回路。我死了，您吃饭的家伙还得劳烦您再下一回。早下是下，晚

下也是下，何苦搭上我这贱命哪？"

李十一忆他，又听他抖抖油亮的头发道："您同我一道下去，留我一命，我涂三平往后便是您的人。城南的盘子，您是知道的，虽说您十一姐厉害，到底一个掐尖儿嫩芽似的姑娘，碰上个把闹事的盲流子，有个爷们儿总是方便。"

李十一眉尾一动，单薄的笑意自鼻端哼出来，听不出是嘲讽还是动了心，涂老幺却似老灯被添了油，喜笑颜开地又送了一句："我儿子落了地，您便是他亲姨，往后不敢不孝敬您。"

尖锐的刀锋自他黏腻的脖颈上一拉，压出煞白的细痕，涂老幺忙眯了眼，却觉肩头猛松，李十一收回手，将匕首塞进靴筒里，拢了拢身上的衣裳，在洞口处绕了半圈，手一撑便利落地下了墓。涂老幺张口结舌，半晌回不过神来。

"下来！"洞穴深处传来嗡嗡的回音。

02

墓小极了，一眼望得到头，内壁同外观一样不起眼，穿过两三米的小道，便是四方的一个石室。李十一就着火折子匆匆扫一眼，室内无什么壁画，也未有刻字，自石壁的腐蚀程度判断，年岁并不是太远，一切都正常得不像话。唯一古怪的是，墓穴内并无半点尘封的腐气，竟隐隐透着幽香，愈往里走，香气愈发馥郁，仿佛燃了好几把混杂的熏物似的迫人。

涂老幺掩住口鼻，抽了一口气，小声道："十一姐，这味儿冲人，头疼。"

李十一却横出一截小臂，将他的步子止住，眼神往下游移，提醒他留意地上的积水。

涂老幺晕乎乎地望着那缓缓漫出的水，又浅又浑浊，仿佛从地底下溢出来的,一圈一圈鼓动着年轮似的波纹。涂老幺"咯噔"一跳:"上回这里头没……"

他沉沉呼吸了两下,望着那水纹。那水纹转得仿佛同香气极有默契,那水往前荡一下,香气便浓一分;往后退一下,香气又弱半度,来回进退,颇有些攀扯。

李十一抬手,揉了揉鼻尖,寻了半晌,仍未见那烟管子的踪影,心里亦有些不安,却想着烟管进了墓,她自然轻易撇不了干系,兴许如涂老幺所言,将那铜罐子送回棺,再将其封存完好,不知是否能脱身。

思及此,她便示意涂老幺同她一起绕过积水,自一旁的石阶往中央的棺椁处走,她一面仔细地数着步子,一面点了一盏玻璃灯,走至棺前,在单数步时停下,将灯搁于正南方的至阳之角,这才直起身来好好打量那棺木。

眼前的棺木是元宝式的,中央凸两头翘,木材是值些钱的楠木,外层的漆剥落了一些,黑黑红红暗作一片,四角钉已被起开,外盖被推了一半,料想是那涂老幺胆子小未敢细瞧,只摸索着掏了两个铜罐子便径自溜了。

涂老幺将手腕子揣进袖口里,缩着脖子胆战心惊地在后头瞧,借着光亮,李十一颀长纤细的身量被勾得工笔画儿似的,颇有些挺拔的气质,又恰好掩住了有腐皮的那半边脸,竟显得她的脸颊光滑如玉,连精致的五官都泛着冷萃似的暗光。

要不说三百六十行,行行出状元呢,这有了本事,便是干鸡鸣狗盗的事也干出了体面的架势。涂老幺啧啧称奇地琢磨。

涂老幺"嘿嘿"暗笑两声,却忽觉面前一凉,李十一清冷的嗓音同疑惑的双目不期而至:"孕妇?!"

涂老幺悚然一惊,且骇且疑地上前,想要攀着那棺木定住心神,又嫌恶地缩了回来,曲着大腿缓慢地露出两个豆大的三角眼。

上一回没细瞧，这回一打量，将他腿肚子也唬得抻起了筋——里头是一位妇人，容颜完好、肌理丰润，连头发丝儿亦黝黑光亮，仿佛晨起未梳妆似的懒懒散散，偏偏身上的衣裳是旧朝的马褂，灼黑腐坏的布料将陈旧的年岁揭露得清楚明白，连一旁镏金的头簪亦发黑发暗，辨不出上头描金的花样。

衣饰的陈旧同妇人鲜活的容颜形成了强烈的对比，配上发间琼浆一样流出的香气，诡异得令人心惊。

妇人一旁散落着黑黑的颗粒，涂老幺咽了咽口水，嗓子同被毒滚过似的难听："这……是什么？"

"僵死的尸虫卵。"李十一未有多余的心思当教书先生，只略略揭过，便又将目光投向妇人高隆的腹部。

她方才分明瞧见那腹部迅速地动了一回，可如今的死寂又仿佛一切都是幻觉。

她将手握住，沉沉呼一口气，催促身旁僵直的人："还不快将铜壶放回去！"

涂老幺立时回神，忙将铜罐子掏出来，抖着筛糠似的手，一嘴观音一嘴菩萨地将东西搁回棺木里。

李十一移开目光打量周遭，试图再寻一寻烟管儿的下落，却见棺木正前方的墙壁上刻着几道深深浅浅的短横，她一笔一笔数下来，正正十笔。

她未来得及思索这十个划痕是什么意思，便觉手腕一紧，回头对上涂老幺凉飕飕的话语："十，十一姐，它它它……它在动！"

李十一蹙眉，顺着涂老幺的手指看去，只见那妇人圆滚的下腹似是裹了一团蛇，凸出来又缩回去，一下一下往外撞，好似要把那肚皮撑开。

李十一正要说话，便见涂老幺收回了手，狐疑地"嘶"一声："怎的同我婆娘胎动似的？"

想起婆娘，涂老幺总算找回了些男子气概，腿肚子也不抖了，壮着胆子绕棺木左右瞧了两趟，一拍大腿："明白了！"

李十一偏脸睥他，听他笃定地下了结论："我挖开了这墓，被村里新丧的撞见了，见这风水同墓室不错，便将那原本的身骨搬了，填了自家的进来。瞧这妇人的模样，怕是刚断气儿不久，肚子里头的娃足月了，此刻正要出来呢！"

他嘴一撇："我守坟场好些年，见过一两回。"

母逝子活，新入土的孕身产子这事儿不算新鲜，李十一也曾听过，可涂老幺说得未免太过简单，这墓怎样瞧都透着古怪。

她还未出声，便见涂老幺跳进棺木里，顶着提前敲门的为父之责，将妇人的衣裳扒拉开："还不快来接生！"

接生？李十一嘴角一抽，欲喝止他，又想起了什么似的，她将食指屈起，在右耳下方轻轻敲了几下，并未听到其余的动静，便停在了原地，才眨了几回眼，便听得耳郭内起了熟悉的响声。

咚咚，咚咚，咚咚——

那响声比以往任何一回都要大，仿佛有成百上千的脚步声一起踏来，震得她的耳膜如被剧烈敲击的鼓。那声响愈来愈近，迫在眼前，李十一胸腔一滞，暗道不好，向涂老幺扬声道："住手！"

涂老幺一把跌坐在地，并未回头，只怔怔地望着前方。

咚咚声刹那消失，平静得仿佛从未出现过，唯剩偶然滴下的水滴轻轻一坠，"啪嗒"砸在积水里的一瞬间，涂老幺木然转过来："出，出来了！"

他又转回头望着自个儿的手，粗糙的大掌握着一根藕节似的小腿，竟拽出了一个玉雕似的女婴，那婴儿也不哭也不闹，睁着黑葡萄似的眼望着他，小嘴粉嘟嘟地吐着口水泡儿。

就这样一拽，便拽出来了？涂老幺看看她，又看看自个儿的手，匪

夷所思。

李十一上前一瞧，女婴通体雪白，反射着氤氲的光线，似镀上了一层细粉似的清透。女婴浑身无血迹，也未沾上羊水，甚至连脐带亦未同母体相连，乌黑的头发似泮在水中的木耳一样漂亮。

她有思想似的，目不转睛地盯着李十一。

李十一微微蹙眉，女婴愣了愣，也似模似样地将眉心堆起褶皱。

李十一讶异扬眉，女婴亦亦步亦趋地单挑了右边眉尾。

李十一心头一震，不由自主地偏了偏头，那婴孩竟也随之一顿，将幼小的脑袋往右方轻轻一靠。

李十一心里暗骂了句脏话。

"十一姐。"涂老么见她一脸菜色，忍不住出声唤了唤她。

李十一撩起眼皮瞟他，见他左右嗅了嗅："那香味……好似没了。"

逼仄的空间霎时安静，这才显出些石墓的阴森同寒凉来。有水声传来，圈着涟漪汨汨褪去，仿佛退潮一样拢向棺木后方。

积水四散，露出鱼肚白的石板地，临近棺材的角落里光芒一闪，被水洗过的烟枪散发着暗暗的亮泽。

李十一眼神儿一亮，忙上前将其拾掇起来，还未直起身，便听得棺材里头咯咯作响，一阵阵地颤动起来。

咯吱咯吱的声音如同抽筋散骨，又似抽水一样剧烈而富有节奏性，正给女婴裹上布裳的涂老么惊恐不已，脚一软瘫在地上动弹不得。

却见李十一右手一撑，飞燕般翻身坐于棺椁边缘，执起烟管自兜里舀了一勺备下的熟糯米，手腕反转探身一扣，将指甲大的糯米严严实实地扣于妇人的眉心往上一寸之地。

她抿着唇，无名指一抖轻轻一敲，颤动的女尸立时停了下来，无声无息地躺于木棺内。

一袭动作做完，她棱角分明的下颌骨略略一收，不紧不慢地抬起身子，长腿勾着棺木沿儿，将烟管架起来，于木材上干脆利落地磕了两下。

这也太……太帅了吧。

涂老幺望着李十一撩起的眼皮和分毫未动的眉骨，扶着发麻的膝盖瞪着黄豆眼儿。

“没，没事了？”涂老幺小心翼翼地问。

李十一点点头，又摇了摇头，不欲多言，只将烟管捏在手里，跃下石阶俯身拎起玻璃灯，示意涂老幺打道回府。

涂老幺撑着地面站起来，将女婴抱于怀内，便预备同李十一一齐上去。右肩却被一根细长的烟枪抵住，涂老幺略退半步，见李十一望望他，又望望怀里的女婴，随即对他单挑了右眉。

涂老幺本能地将女婴抱紧了些：“不……不带？”他扫一眼粉嘟嘟的小娃，实在舍不得搁下手。

李十一不怒反笑：“还了一个，又带一个，想三进宫不成？”

涂老幺瞪眼辩解：“这是个活娃娃，怎能一样？！”

“活的？”李十一嗤笑一声。

“活的！”涂老幺将女婴往李十一身前送了送，见她无动于衷，又捉起她的袖子将她的手按于婴孩胸口，略略施了力，“瞧，怦怦怦。您往衣裳里层摸一把，暖的。”

他的嗓音同女婴的心跳契合得恰到好处，细小的振动自李十一的手心里传来，仿佛血脉流动一样充满生命力，那生命力又是稀薄而微小的，似一根时断时续的香，带着令人怜惜的姿态。

李十一瞧见那天真的婴孩将黑漆漆的瞳孔往下沉了沉，不明所以地望着她的手，浅浅的呼吸打在指尖，仿佛春风拂槛一样的温暖可爱。

要命。

李十一别开眼收回手，见涂老幺端着糖人儿一样喜庆的脸，嘟噜噜地嘬着嘴逗弄女婴。

"要带你便带。"她扔下一句话，拎着灯往回走。

涂老幺却猛然惊醒，快跑几步将她堵在石道前，道："我带回去可不成。"

李十一心里迅速地翻着皇历，细细回想今日是否忌多管闲事。

涂老幺急道："我婆娘原本便疑心我去暗门子，这回出来一趟，领回去个奶娃娃，可不得翻了天了？"

"你弟妹挺着大肚子，再一急恼，一尸两命，一尸两命啊！"涂老幺脸皱作一团，不着痕迹地换了称呼。

李十一偏了偏脸，不置可否。

"再有，你侄儿没几日便要落地了，我家徒四壁，哪里养得起两个？这不是遭罪吗！"

李十一清水一样的眸子懒洋洋地盯着他。

"最要紧的是，这闺女来路不明，若是个祸害，麻烦便大了。您老法术高强，上天入地，又见多识广，思来想去，也唯独您能克住了。横看竖看，这也是积了大德了，烧香供案也求不来。"涂老幺赖笑着，将女婴往李十一怀里一送，郑重其事地鞠躬作了一个揖。

李十一眉心一拧，本能地伸手托住，那婴儿软糯糯的，没什么重量，同她抱过的奶猫差不多少，却比那奶猫更暖一些，暖炭似的烘着她的手。

她不动声色地暗自挪了挪指头，又将臂弯端端正正地支远些，不晓得用哪种姿势怀抱才好。

涂老幺偷眼瞧她脸色，见她欲言又止地刚要开口，那女婴就伸出汤圆大的拳头，松软却精准地握住了李十一的尾指。

涂老幺瞧见了李十一耳后肉眼可见的鸡皮疙瘩，迅速地在光滑的肌肤上铺散开来。他嘴一撇暗自偷笑了一声，又将脖子缩了回去。好女怕缠郎不是？郎不郎不说，李十一是姑娘，这是铁水灌进了锁芯儿里——

实得不能再实了。

李十一同那女婴大眼瞪小眼，你来我往了两三回，才将软软的小身子往回收了收，裹抱于胸前，低头忖了忖，竟掉转步伐，抿着薄唇往墓室深处走。

"欸，欸！"涂老幺在后头跌跌撞撞地跟着。

李十一立于那棺木前，将女婴轻柔地搁在石阶上，而后翻了翻布兜，掏出一个暗红色的锦囊，从里头抽出一小撮带着异香的烟丝，塞进烟嘴里，"咔嚓"一声擦了火，将烟丝点上。

"您这是做什么？"涂老幺好奇地挨着她坐下。

李十一沉默了一会子，眼见那烟雾自烟管内歪歪扭扭地升起，带起清透而灵异的暗香，这才道："既要带走，便先问问她的来历。"

"问谁？"涂老幺从未闻过这样奇特的烟味，凑近了结结实实地吸了一口。

李十一将烟管搁在棺木正前方，单薄的眼皮掀起来。

"问棺。"

涂老幺望着她认真的眼神，耳后的汗毛阴恻恻地竖了起来，他头一回觉得自个儿的胡诌颇有道理，面前这位不起眼的姑奶奶，恐怕果真法术高强、上天入地、见多识广、无所不能。他僵着脖子，咽了口口水，不着痕迹地将身子往后撤了撤。

烟雾朦胧，水汽一样笼罩在经年陈旧的木材前方，那迷雾径直升腾，又于半空中凝结成团，仿佛有了诡谲的思想，和着氤氲诱人的香气，弥漫着不知今夕何夕的错乱感和扭曲感。

涂老幺只觉耳边的声响尽数隐匿，五感也像被支配一样被牢牢封闭，仅剩一团若有似无的雾气停留在灵台中，号令神魂，颠覆生死。

横烟里现出一双洁白如玉的手，修长柔软，蒙着细腻润泽的光晕，

四指虚握，食指屈起来，在棺木上笃定又温柔地叩响三声。

一声轻，一声重，一声形同推门般轻轻一抵。

叩棺门，问三声，一问生，复问死，再问心头事。

涂老么盯着她的手，终于明白世界上还有李十一这样的人，只消一只手，便可以令皮相身段统统不作数，她的手腕同手指的弧度似精心度量过，琼浆为肌冰雕骨，比墓里最价值连城的宝贝更精巧万分。

他在这手的动作间失了魂，神魂颠倒地听李十一低声问："何处来？"

涂老么眼皮一跳，清清楚楚地望见那棺木之上，似水汽凝结一般现出了一行隐隐约约的小字："前朝五十三年，京师。"

那字显出得极慢，像一个勉力回忆的幼童。

李十一垂了垂眼帘，又问："何处往？"

字迹风吹般一瞬散去，烟雾又扭扭捏捏地聚拢来，不多时另一行小字自上而下落下："沃焦石外阴十三司。"

这一回小字现得迅速了许多，仿佛拾捡了话头一样利索。

李十一的唇角隐约一勾，扫了一旁的婴儿一眼，终于问出了心头所想的问题："那女婴，来历几何？"

烟雾一跳，流转得如山川伏水一样绵长，涂老么大气不敢出地候了好一会子，才见那上头不分不明地现了一个"九"字。

"九？"涂老么愣住，瞟一眼李十一的脸色，见她若有所思地用食指的指节抵住下唇，默了十几秒，方探手将烟管拾起来，将烟丝抖搂干净，又掏出绢子仔细地擦了一遍，这才收回兜里，站起身来。

她仿佛累极了，快快地耷拉着眼皮，左手扶住脖子后方，将脑袋缓慢地转了一个圈儿，活动完了筋骨，这才弯腰将打了个哈欠的女婴抱起来，脚下不停往回走。

灯影撤去，涂老么回过神来，忙起身跟上。李十一沿着盗洞往上爬，左手揽着女婴，四指护着她的头顶。

待上了地面，也才不过一个时辰，涂老幺安安静静地拾掇完了东西，跟着李十一往城里走。他有一肚子话要问，却见她脸色不大好，思来想去，只拣了无关紧要又有那么些紧要的一句。

"十一姐。"

李十一侧头看他。

"您是这个。"涂老幺比出大拇指，说。

李十一白他一眼，脚下不停。

涂老幺却敏锐地发现了她的松弛，于是赔笑围着她打转："这'九'是何意？"

"不晓得。"

"那，那，"涂老幺一迭声"那"了几句，忽而福至心灵，"兴许是她的名儿。"

他呵呵一笑，伸手逗那女婴："往后你便叫阿九吧？"

李十一脚下一滞，停下来面色不善地望着他。

"怎……怎的？"涂老幺舔舔下唇，揣着小心打量她。

李十一偏头挑眉："我十一，她阿九。"

"没错儿。"涂老幺不明所以地点头。

李十一冷笑："谁大？"

"嗨，"涂老幺松一口气，原是介意这个，三两下便想了法子，"那便叫十九。十九十九，十一十九，听起来也是一家不是？"

李十一面色稍霁，提步往前走，又听涂老幺絮絮叨叨："名儿是有了。姓啥？姓李？李十九？"

"宋。"李十一不由分说定了论。

"为何？"涂老幺纳了闷。

李十一垂眸看了女婴一眼："开棺送的。"

涂老么咳嗽两声，抽了抽鼻子。成，姑奶奶说是啥便是啥，他轻快地伸了伸双肩，迎着隐约的朝阳和李十一的背影朝前走去。

"宋十九。"他喜笑颜开地唤了一声。

03

夜幕似餍足的巨兽，京市里灯火都散了个干净，李十一同涂老么连别也没道，便各回了各家。

寒风呼啦呼啦地扇着木门，李十一怀抱着宋十九进了屋，勾脚将门踹上，将她置于木床上，自柜橱里掏出一个带着樟脑香的荞麦枕，垫于她脑下，又打了热水坐在床边替她擦了一遍身子，见她不吵不闹乖巧得紧，忍不住伸出食指略略将她肥嘟嘟的下巴一抵，自语道："你是什么东西？"

宋十九瞪着俩大眼儿，迷茫地吐着口水泡儿。

李十一笑一声，左手扶着自个儿的右肩下了床，想了想又自外头搬了一些黑炭，扒拉扒拉烧了个炭盆儿。

这些动作做完，她已是疲乏得厉害，强撑着眼皮将水烧上，这才放松筋骨坐至镜前。宋十九抬了抬下巴，双腿一蹬，挣扎着翻了个身，好奇地打量她。

稀疏的月色中，她瞧见李十一脱了灰扑扑的外袍，随手搭在椅背上，拧了一把热巾子烫在右脸颊，蒸汽雾蒙蒙地糊了镜子，李十一也用不着看，动作熟练而小心地将那一块软化的腐皮自脸上撕下来，像是扯下了一块附于骨上的画皮。

最后一点儿粘连将她的皮肤扯起来，又缩回去，隐隐约约起了红印子，腐皮下的肌肤光滑平整，似新生一样白嫩，她一点儿一点儿拭去脸上刻意抹的浮灰、煤炭填的眉线，黑黑黄黄染了一巾子，这才现出了她原本青山绿水一样的容颜。

她的脸称不上绝色，也没有半点艳丽，仍旧清汤寡水的，五官都挑不出个长短来，可凑在一处却是俊美清丽极了，让人瞧了一眼还想瞧第二眼，怎样也瞧不够似的。

宋十九将眼一眨，再一眨，将这张脸印到了懵懂的瞳仁里。

李十一擦完了脸，又将瓜皮帽一摘，狗啃似的刘海免了压迫，顺滑地散开来。她倒了一壶沸滚滚的水，搭了一块毛巾去门外洗头，她的动作快极了，三两下便冲了个干净，将水往外一泼，抱着搪瓷盆走进来。

她一面擦着湿漉漉的短发，一面就着煤油灯立在桌前胡乱翻着几本书，皂角的清香被灯烛暖化了，绕在她纤细的手指间。

宋十九学会的第一个词，大概是干净，黑森森的洞穴墓室里，乱哄哄的红尘俗世中，闹腾腾的兵荒马乱里，碰见了一个干净得不得了的李十一。

待头发干得差不离，困劲儿也过去了，李十一又如往常一样到门外坐着吹了会儿凉风才进门。李十一轻手轻脚地在宋十九身边躺下盖上棉被，见她仍睁着眼，便侧身对着她，手一兜在她腰上拍了两下，低声呢喃道："睡吧。"语毕缩回手，将其靠在脸边，不大一会儿便沉沉合目，呼吸平稳。

宋十九短短的右腿一蹬，亦勉力翻身侧卧，盯盯李十一的手，将肉滚滚的拳头吃力地放到脸颊旁，而后闭眼安神，呼呼睡去。

灯芯熬尽了煤油，被呼啸的冷风带走最后一点儿光亮，梆子声敲了几下，厚厚的被褥垂了一半下来，不留神便要沾上火星子，床上下来一个莲藕似的白嫩小人，兜着圆乎乎的屁股翻身下地，扶着床沿双腿一直，摇摇晃晃地站了起来。

那小人儿身上的衣裳只盖了一半，绕过横七竖八的桌椅，懵懵懂懂地往屋外走，走至阶梯处停下来想了想，小腿一撒一屁股坐了下来，同

李十一睡前那样吹了会子风，又爬起身来进了屋。

再上床时身手已利落许多，她手脚并用地爬至李十一身边，替自个儿将被褥拉上来，见李十一仰躺平卧，双手交叠在腹部，修长的两腿交叉，便也伸了伸两节小腿，想要将其拧在一处，却无论如何也学不成，遂放弃，头一歪进了梦乡。

翌日清晨，李十一梳洗完毕，又上了装，心事重重地望了床榻一眼，沉吟着行至桌前，从牛皮书里翻出一个拇指长的纸人儿，提起一旁的朱砂笔胡乱写上几个字，又念了个诀，那纸人竟立时翻身而起，稳稳当当地站住，极有礼貌地行了个礼，声音孩童似的清脆："十一。"

李十一"唔"一声，敲敲它脑袋："叫涂老么来。"

纸人领命而去，顺着桌子腿滑下地，沿着墙根儿站定，又拾掇了一块枯树叶顶在脑门儿上，一溜烟跑了。

这边厢涂老么给婆娘做好了饭，正搬了板凳坐在院子里洗腊肉，忽而见墙根儿处游来一小片枯叶，似被蚂蚁搬着似的朝他漂来，堪堪至腊肉边停下，他正纳闷，见那叶子翻了开来，露出一个小巧的剪纸人儿，毕恭毕敬地弯了腰："涂老么！"

涂老么骇得差点自凳子上跳起来，指着它道："你你你……你是个什么玩意儿！"

纸人儿十分懂礼节的模样，并着腿站着："十一喊你过去。"

语毕它又将树叶子顶起来，似一个打着伞的绅士。

"十一姐的传话宝贝？"涂老么东倒西歪地打量它，又伸手将它的叶伞拿起来，待纸人抗议了才搁回去，在裤腿上擦了两把手，往厨房里走去，"您……你等会儿，我刚熬了粥，给十一姐送上两碗。"

不多时，涂老么拎了一个篓子出来，同那纸人一齐贴着墙根儿往李十一家去。

隔壁家的老母鸡刚下了个蛋,咯咯咯地邀功,打破了涂老幺同李十一大眼瞪小眼的沉默。涂老幺咧着嘴角,难以置信地伸手往床上一指,牙花子都艰涩起来:"这,是宋十九?我昨儿抱回来的那个?"

李十一点头,抱着双臂靠在墙边,阳光自她的发梢处跳进来。

"亲娘啊!"涂老幺凑近了看床上的宋十九,脸庞仍旧圆得同银盘似的,只下巴略略回收了些,眉眼仍是那个眉眼,却似被西洋镜放大了一号,换了一身花布衣裳,此刻肉墩墩地坐在小床边儿,面无表情地望着他。

涂老幺扯扯她的手,又拽了一把她的脚,再看一眼她长过耳朵的头发,怎样也想不明白,昨儿才接生的小娃,怎的一夜之间就长成了一岁的模样?

李十一撇嘴,无奈地摇了摇头,走至饭桌边,将涂老幺带来的吃食拿出来摆上,腿一勾坐下,执起粥碗囫囵喝了一大口。

涂老幺心有余悸地盯了宋十九半晌,才跟着过去坐下,敲了一个咸鸭蛋,琢磨着问她:"怕不是个妖怪吧?"

"不晓得。"李十一仍是这句话。

"她不吃?"涂老幺忽而想起来这茬。

"昨儿便喂过,不吃。"

涂老幺心事重重地添了一碗粥,掏心挠肝地想法子:"究竟是个什么来历?要不,再去那棺里问一回?"

"不成,"李十一摇头,解释起来,"问棺一脉,通生敬死。故先问其来处,复问其归处,最后道出一问,不可贪多,否则有违天道,悖逆师门。"

涂老幺勉强听了个明白,简言之,一个棺材只能问三声,答一回,多的便不能够了。

他徐徐吁叹一口气："还有这个讲究哪。"又忧心忡忡地舔了舔嘴皮子，"这可怎么办好？"

李十一将碗搁下，沉吟道："吃过饭，同我一道出门。"

04

世道越艰难，烟花柳巷之地却越热闹，胡同道儿里浸着腻人的水粉味儿，自砖瓦墙缝里透出来，堆至倚门卖笑的簪花人脸上。

涂老幺满脸堆笑地躲过那妙龄姑娘抛来的绢子，揶揄地碰了碰目不斜视的李十一："您这熟门熟路的，瞧不出来呀。"

李十一单手抱着宋十九，见她攀揽着自个儿的脖颈，伸着小脑袋好奇地四处张望，便左手一按将她的后脑勺轻柔地按下去，令她乖巧地趴俯于自己的肩上。

小小的呼吸湿润又温热，同她卷翘的睫毛一齐忽闪在脖间，李十一斜目瞥一眼，不动声色地抚了抚她的腰身。

木梯咯噔作响，涂老幺同李十一进了一处院落，又噔噔噔地上了楼梯，再绕过几间镂空雕花的厢房，停在了尽头处。李十一还未抬手敲门，便听得里头一句酥娇入骨的软声："进来。"

屋里燃着百合味儿的帐中香，咕噜噜煮着六安茶，一把瓜子壳儿扔在地上，壳上沾染着新鲜的胭脂，修长白皙的长腿自旗袍缝里荡出来，勾着一只精巧的绣鞋，在瓜子壳上方啊晃。才晃了三两下，绣鞋便落了地，那主人将手中的瓜子往桌上一扔，倚着身子靠到桌上："哟，哪里来的女娃娃？"

涂老幺还未回过神来，只闻一阵香风，那姑娘欺身上前，将宋十九抱了过去，腿一搭坐回矮凳上，抚了两下宋十九的头发，嘴里的怜爱要溢出来："多俊的女娃娃啊，吃奶不吃？"

她一面说着，一面就要解旗袍的盘扣儿，涂老幺大喝一声，捂住脸往后退："别别别，别介！"

"呸！"那姑娘啐他一口，止了动作抱着宋十九睥他，"我倒是想喂，也得我有。"

涂老幺自指缝里透出一只眼，见那姑娘笑吟吟地将宋十九交还给李十一，喊她一声："十一。"

李十一隐秘地勾了勾嘴角，颔首："阿音。"

涂老幺将心搁回肚子里，这才得空瞧那唤作阿音的姑娘，水汪汪的眼睛、小巧的嘴，葱白似的鼻梁、尖尖的下巴，说话时嘴角自带三分笑，轻浪地往上挑着，端的是一副很不良家妇女的漂亮。

阿音仿佛知道李十一的来意，也不搭理涂老幺，只软着腰肢往梳妆匣子处走，自一个抽屉里翻出一个锦囊，同李十一在墓里用的那个别无二致。

阿音往她手里一塞："喏，一钱艾草、一钱生犀、三钱罗勒、半两白酒，将烟丝浸了整三十六日，同从前一样，分毫不差。"

"嚯。"涂老幺刮目相看。

李十一从善如流地接过，又开门见山地道了来意："还有一事。"

阿音笑意幽深，心有灵犀地挑眉："方才那娃娃的骨头我摸了，非鬼，也非人。"

李十一皱眉，习惯性地咬住食指第二根指节，沉默地思索起来。

"摸骨？"涂老幺忍不住出声。

阿音轻笑一声，又嗑起了瓜子儿："既然十一肯带你来，便没有什么说不得的。我同十一吃的是一行饭，只不同宗派，南摸骨，北问棺，你听过没有？"

"没有。"涂老幺诚实地摇头。

阿音撩了个漂亮的白眼，不再搭理他。

却听涂老幺狐疑地拿眼觑她："吃这行饭的，做这个卖身的买卖？

手艺不精吧？"

"放屁！"阿音将瓜子一抛，面上倒未显出什么怒气来，"旁人是卖身，老娘做的是理想。"

涂老幺呛一口口水："做这勾当，是理想？"

"你懂个屁。"阿音十分瞧不上他那蠢笨的模样，暗自同李十一交换了个眼神，询问她是否欠了他许多钱。

李十一仍旧是一副清汤寡水的模样，只淡淡抬了抬眼皮，抱起宋十九便要告辞。

却听阿音道："你既来了，我却正好有宗买卖。我近来身子不爽快，不愿下斗，我只问你，去不去？"

她握着绢子伸了一根指头，李十一回身坐下："说吧。"

"这说来也是奇了，"瓜子吃腻了，阿音有一搭没一搭地甩着绢子，"我从前有位恩客，得了位赛西施的姨娘，听闻是爱不释手夜夜笙歌，好些日子不稀罕上我这来了。"

"可没承想，才过了门几个月，这姨娘竟染了肺痨，死了。"阿音两手一拍，清脆一响鸟翅状散开。

"那老爷是伤心得没了人形，风风光光将人下了葬。可才葬了七八日，却不见了一件紧要的宝贝，思来想去恐是不当心陪了葬，忙请来几个家丁要将墓起开。"

涂老幺望着她花瓣一样丰润的嘴唇，再诡异的事由自那里头讲出来，仿佛自带了三分多情，竟似瓜田李下的闲碎一样婉转动听。

涂老幺不自觉地伸手去捉了一把瓜子，弓着脊背津津有味地嗑起来。

李十一移移脑袋瞟他一眼，复又低头，望见乖坐怀里的宋十九痴痴望着涂老幺，粉嘟嘟的嘴唇随着他嗑瓜子的动作一张一合。

李十一抬头，认真听阿音交代的缘由，食指精准又轻柔地点了点宋十九的嘴唇。

阿音未曾留意她的小动作，只蹙眉道："这事便怪在此处了，那派下的家丁、借来的散兵，甚至请来的盗墓人，个个儿横死在里头，满面春色衣衫不整。"

阿音咬唇饶有兴味地一笑，晃了晃脑袋："听闻，是被那姨娘给迷了。"

"哦哟！"涂老幺嫌弃地将肥硕的下巴抵了出来。

"所以？"李十一听得颇有些不耐，抬手挠了挠眉毛。

"那老爷寻思着，再遣爷儿们下去可不成。偏偏从前同我相好时听闻我吃这行饭，这便来了信儿，请我过去瞧瞧。"阿音朝桌上的牛皮信封娇俏地努努嘴，眼皮儿一翻嗤笑道，"难为他想得起我来！"

李十一的眼神自信封上绕了一圈，未过多停留便回到了阿音脸上："在哪？"

"津县。"

涂老幺将一口瓜子壳吐出去，惊讶万分："您老买卖做这么远呢？"

"桃李不言下自成蹊，你听过没有？"阿音睨他，"姑奶奶我也算桃李满天下。"

"没。"涂老幺隐约觉得这话不是这样说的，却也辨不出什么好歹来，只哼哼唧唧地将声调弱了下去，又拣起一粒饱满喷香的瓜子塞嘴里。

李十一忖了忖，道："我去。钱你收，我五成。"

"做什么？"阿音柳眉倒竖，瞪她，"送钱？救风尘？"

李十一勾起薄唇淡淡笑了笑，将手中的锦囊一捏，低声道："生犀很贵。"

阿音一愣，将眼神移开，仍旧是不情不愿的样子，眼神却闪闪烁烁地软了下来。

涂老幺来回转着眼珠子，贼兮兮地抿着嘴，余光扫见宋十九也同他一起，来来回回地瞧瞧这个，又瞧瞧那个。

八卦。李十一轻轻抬手拍了拍宋十九的后脑勺。

　　宋十九头一回被教育，十分丧气，怏怏地趴在李十一肩头，埋着脸蹭了她一衣裳口水。李十一不动声色地挪了挪脖子，对阿音道："既要出远门，这几日我便将她托付于你。"

　　宋十九警觉地竖起耳朵，却听阿音态度坚决地推却："我这窑子里，养个娃娃算怎么回事儿？她来路不明，你带着去便是了，横竖地里头出来的，再入一回土，兴许便有了些眉目。"

　　她诌得来了兴致："再者说，我瞧她骨骼清奇，保不齐有大能耐，若是个好的，也能助你一臂之力。"

　　"若是个坏的呢？"涂老幺忧心忡忡地望着她。

　　"那也是机缘如此，道法自然。"阿音叹了口气。

　　涂老幺听不明白："啥意思？"

　　"活该。"

　　自得凤楼出来，已是正晌午的时辰了，楼下几个拉黄包车的车夫蹲在墙根儿处歇凉，也是候着里头出来的达官贵人，见里头出来了个抱着娃的姑娘，不免多瞧了两眼，再一对视，眼里头便浮上了说不清道不明的颜色。

　　其中一个说："阿音姑娘屋里头出来的，月月来，听小翠说，一来便锁门，不到三五个时辰不出来。"

　　另一个大嗓门跟着笑了一回，仿佛刻意将话送到李十一背影处似的。

　　几个车夫哄笑作一团，涂老幺气得撸了袖子便要回身，却听得"哗啦"一声响，一盆凉水自楼上唰地泼了下来，将几个车夫淋了个正着。

　　哥几个抬头往上望去，见阿音笑吟吟地倚着栏杆，笑道："姑奶奶的洗脚水，赏你们喝了。"语毕她风情万种地动了动肩膀，抬起下巴将手一收，"砰"一声关了窗。

　　车夫气急败坏地骂骂咧咧，涂老幺没见过这等世面，进也不是退也不是，眼见李十一眼皮也不抬，抿唇若有似无地笑了笑，才回过神来同她一道往回走。

涂老幺望着李十一的侧脸，不知为何，他总觉得李十一不似从前那样面目可憎了，不仅不丑陋，还隐隐透着一股耐人寻味的茶香，尽管他极少喝茶，却总觉得上好的茶便该是李十一这样，余韵深远，回味悠长。

他若有所思地用胳膊肘攘了攘李十一："十一姐。"

"嗯？"李十一将回音自鼻腔里哼出来。

"您当真要去那津县？"

"嗯。"方才的声调下沉着重复了一遍。

涂老幺上下打量她一眼："您一个单单薄薄的姑娘家，何苦要跟这个打交道？这回回下斗，怕是不怕？"

"不怕。"李十一摇头。

"为何？那神神鬼鬼的，多瘆人啊。"

涂老幺等了半晌，李十一竟轻轻扬唇笑了，那笑意只得一瞬，令涂老幺无端端丢了魂。

他瞧见李十一慢悠悠地抿了抿嘴角，清亮的眸子压下去，双目稍稍眯起来，说："军阀割据，杀人如麻，尸横遍野，不可怕？乱世饥荒，满地饿殍，易子而食，不可怕？乡绅横行，强抢民女，穷如草芥，不可怕？"

"人你都不怕，怕鬼做什么？"她收住尾音，几不可闻地嗤了一声。

涂老幺愣在当场，嘴巴张得能塞下鸡蛋。

李十一停下步子，蹙起眉头："做什么？"

涂老幺道："十一姐，您……怕不是念过书？"

她说的他一个字儿都听不懂，只晓得四个字四个字往外蹦的，那指定是文化人，指定是念过书。

李十一横他一眼，提步继续往前走。

涂老幺在耳畔长一句短一句，李十一置若罔闻，怀里的小人却抬头

认真仔细地听着，小嘴随着他的动作一会儿圆一会儿扁，一下子圈成一个铜板，一下子拉成一根筷子。

晌午的阳光毒辣极了，将沉沉的死气都照耀得活络而充满希冀。

李十一听见耳边有幼童似模似样地清了清嗓子，而后是软软糯糯的一声："我会了。"

那声音很细，带着同李十一相同的尾音，和阿音似的娇嗲嗲的抑扬顿挫，似初初开封的陈年女儿红一样散着清新的甜香。

涂老幺僵在当场，捂着舌头退了半米远。

宋十九将小脑袋抬起来，如幼鱼饮食一样噘了两回嘴，搂住李十一的脖子，又半生不熟地重复了一遍："我会说话了。"

05

一夜过去，天光再亮时，宋十九又蹿了蹿个子，活脱脱两岁上下的形容。

李十一这回留了心，入睡之前便替她换上能盖过手脚的大棉衫，待得睁眼时果然恰恰好，这衣袖封在手腕上，同那跟藕节似的腕线对得正正齐。

李十一正打了水弯腰在门前刷牙，却听院门"吱呀"一声响，涂老幺斜背着青布白碎花的包袱，咧嘴立在跟前笑，李十一扬眉询问，涂老幺兴致勃勃："收拾好了，动身吧！"

李十一直起身来，手背抹了一把嘴边的水渍："你去？"

涂老幺点头："我想了一宿，这十九是我抱上来的，我实在得看着，若果真是个祸害，我便搂住她的脚腕子，怎样也得让您老先跑。"

眼见李十一动了动唇线，涂老幺又忙不迭道："再有，我小子要落地了，到底是当爹的，总不能从前似的赖活着，我寻思跟您学个手艺，挣了钱，往后也让娃当文化人。"

030

“我婆娘也说好。”他添了一句，嘿嘿一笑，仍旧是从前泼皮似的赖样子。

“她同意？”李十一将头往左面靠了靠，端着杯子将眼一眨，“你不是说，她身子八九个月了。”临盆的当口，竟让男人出门寻活，实在反常。

涂老幺缩了缩脖子，耷拉着眼皮歪着肩膀往地底下瞄，门槛响动，李十一转头，见小小的十九扶着门，奶乎乎地捧着馒头，眼皮儿直白地往上一掀，小鹿似的眼一闪一闪地盯着她，李十一挑眉，在她平淡的视线里读出了三个字——他哄你。

宋十九张嘴咬了一口馒头，头一回学吃饭，还不大习惯。她铆劲儿嚼着，白白的乳牙贝壳似的齐齐整整，煞是可爱。

涂老幺清了清嗓子，“嗨”的一声自顾自将尴尬往外撵，嘟囔道：“这三四来月，同七八个月，也不差几个日子，不是？”

李十一胸口一动，眼神凉凉地在涂老幺身上扫了一圈。

涂老幺赶忙拆包袱，一样一样献宝似的往外掏：“我一早起来，向左右大娘讨了几身女娃的旧衣裳，摸不准咱们要去几日，我备上十岁的，不晓得够是不够。”

“这几个咸鸭蛋，”他肥厚的手掌握了三两个蛋，在李十一跟前一晃，又装进去，“上回看你吃着香，我也塞里头了。”

李十一没了话讲，回身掌着宋十九的头，手一旋将她轻柔而干脆地转了个方向，拍拍她的背进了屋。

天色尚早，李十一收拾完毕，又将家里仔细查验一遍，才慢腾腾地领着一大一小往车站去。

说是出远门，自京市至津县，不过也才三个时辰。正经是涂老幺头一回坐火车，煞是新鲜地瞧着李十一买了票，捂在手里头左右瞧，视线

落到票价上，眼珠子快要瞪出来："好家伙！"

他将车票小心翼翼地叠起来，揣进靠近心脏的衣兜里，将扣子扣严实了，想了想又伸出左手捂住，这才放了心。

两地间的铁路前几年才通车，候车的都是体面人，西装革履皮鞋锃亮地立在铁轨旁，一手小皮箱一手黑礼帽，那叫一个精神漂亮，涂老么挺了挺胸脯，勉力站得板正些，余光扫了扫自个儿格格不入的衣裳，又登时泄了气。

李十一不同，她仍旧是那身不起眼的袄子，灰扑扑的旧年瓜皮帽，一手撑着阿音交代的信低头瞧，一手伸出去递了一个指头给宋十九攥着。连夹着信纸的手指都舒展而自在，透着一股见多识广的气定神闲。

"哐当哐当"的巨响由远及近，隐约透出一股浓烈的铁锈味，黑漆漆方正正的列车顶着浓浓的白雾呼啸而来，涂老么正紧张着，却听不远处一把绵长的娇声："十一！"

三人转头往声音来处瞧，却是昨儿见过的阿音。她一袭暗红色描金牡丹的贴身旗袍，外头套了一件裁剪精良的青黑色毛领大衣，手上是簇新的小皮手套，拎着个褐色皮箱子，顶着一头水光油亮的长卷发，款款而来的身段水蛇一样俏丽。

视线齐刷刷聚在她身上，有不正经的青年吹了个口哨，她也不恼，眼一弯顺势还回去一枚飞吻，端着手行至李十一身边来。

"上车。"她攥住李十一的手腕，将皮箱子往涂老么手里一塞，蹬着高跟鞋三两步上了车。

车厢整洁而干净，并排的皮质座椅套着雪白的枕巾，擦得足以照人的玻璃将阳光纳了个十足，暖烘烘地弥漫着清香，这清香涂老么说不上来，总归是一股大洋味儿。

才刚坐定，列车便动了，涂老么做足了心理准备，除却心跳快了些，倒没什么旁的反应，他将鼻子贴在玻璃上看着窗外飞速闪过的风景，跟看西洋画似的，不大一会儿便晕晕忽忽，他摇了摇脑袋，这才得空问起跟前的阿音来："您怎的来了？"

"十一不肯收钱，非是要我吃白食，也得我好意思吃。"阿音绕着卷卷的头发。

"您不是身子不爽快？大好了？"涂老么又问。

"大好了。"

"什么病？治得这样快？"涂老么奇道。

阿音将头抵在车厢内壁，无所谓地耸耸肩："懒筋抽干净，炖汤喝了。"

涂老么又着了她胡诌的道，便不再搭理她，正巧肚子有些疼，便夹着大腿略微踮着脚，一惊一颤地走在摇晃的车厢里，寻地方如厕去。

李十一正松松搂着宋十九闭目养神，宋十九睁着精神的圆眸四处观望，一旁的贵妇人瞧她粉雕玉琢，顿觉十分可爱，同她对视了两眼，见她竟安静乖巧也不怯生，贵妇人便忍不住叹道："好乖的娃娃，瞧得我心里直喜欢。"

李十一睁眼，见那贵妇人笑盈盈地便要伸出手来逗她，宋十九眨了眨眼，扶着李十一胳膊的右手抬起来，手心往自个儿嘴上一按，"啵"一声清亮的脆响，而后伸出胳膊，将飞吻淡淡送了出去。

贵妇人一怔，瞧瞧专心致志玩手指的小十九，又看了一眼脸色不大好的李十一，最终将视线投到弥漫着香水味的阿音身上。

李十一将右手穿过去，扶住宋十九软糯糯的左脸，掌根一抬四指用力，将她扳正过来，想了想又自一旁抽出一张今天新到的报纸，摊到她面前，而后脖颈一勾，垂下头，在宋十九耳边轻声道："若有能耐，学认字儿。"

她的声音有磁性极了，似是老唱片里传出来的，偏偏又带着近在耳边的呼吸。

宋十九脸一偏，斜着忽闪忽闪的大眼睛看了看她，随后乖乖巧巧地

低头，认真研习起报纸上的方块字。李十一将搂住她腰身的手紧了紧，偏头望了一眼她柔软顺滑的胎发，眼里隐约透出罕见的意趣来。

第二章

嫦娥应悔偷灵药

01

　　至津县，天色已近黄昏，涂老幺自昏睡中醒来，一手一个箱子睡眼惺忪地随着李十一下了车。车站外早有吴老爷差来的人候着，穿着挺括的中山装青松一般守在洋车旁，见着阿音，颇为洋气地喊了一声"阿音小姐"，再弓身拉车门。阿音也不客气，轻车熟路地入了副驾，将后一排让给了李十一同涂老幺。

　　前头的阿音掏出镜子补妆，宋十九有些晕车，软绵绵地缩在李十一怀里，李十一轻轻地拍着她的背，自个儿亦有些恍惚，不过两三日，竟熟稔得十分有经验似的。一回头见涂老幺正襟危坐，两手毫不差地放置在双膝上，连呼吸都平缓了许多，瞥见李十一望他，他斜了斜身子，附耳悄声道："放一百个心，不能给您掉脸子。"

　　李十一轻轻笑一声，气管带着胸腔微微震动起来，痒得宋十九十分舒服，她将耳朵贴过去，用脸颊蹭一下，又蹭了一下。

　　不大一会儿，汽车便停在了吴府前，三进的四方院儿，青砖白瓦落在一排小洋楼中央，端正得颇有些扎眼。阿音拢着大衣下车，满面春风地迎了进去，一行人穿过院子，至了正房，阿音又颇懂规矩地谢了领路的婆子，甫一抬头，便"呀"的一声掩了唇："吴老爷，您怎的瘦成了这模样？"

被唤作吴老爷的人瞧起来有四十往上了，辫子绞了一半，两颊凹陷，隐隐透着黑，眼珠子凸出来，两旁的皱纹焦黄焦黄，泥泞的土沟似的。涂老么挨着阿音坐下，趁着吴老爷低头咳嗽时暗地里寒碜阿音一眼，下歪的嘴角好似在嫌弃她有这样老相的客人。

这该是桃还是李呀？

阿音回头瞪他，冷哼一声，实在瞧不过眼，才悄声道："几个月前，他还十分俊俏。"咬牙切齿地说完，转脸又恢复了满面心疼，同吴老爷寒暄起来。

吴老爷挨个同几位打过招呼，又令管事儿的细细讲了一遭由头，说紧要的是一幅帛画，花大价钱拍来的古物，赵姨娘生前十分喜欢，日日挂在寝屋里，自那姨娘去了，帛画也不翼而飞，思来想去，唯是不当心陪进了棺材。

李十一听完，默了一会子，颔首道："我们这便去墓里。"

"女先生舟车劳顿，歇一日再去也不妨事。"旧里有规矩，算命盗墓的行当，通天地弄神鬼，总要尊一句"先生"。

"不必了。"李十一摇头，又垂眸扫了一眼怀里的宋十九，盘算着是否要将晕晕忽忽的她留在宅子里，却忽觉脖子一紧，白藕似的胳膊缠住她，宋十九在她耳边蹭了蹭，奶香一颤一颤地，说："不要。"

头一回有活物这样明目张胆地在她跟前撒娇，李十一心里头似被软软地掏了一把，她面上却未显出什么来，只波澜不兴将眼皮抬起来，对管家道："请领路。"

赵姨娘的墓在城西，临海子的一条山脉上，来龙入首之处，发福绵远之地。管家不敢近前，只细细嘱咐了几句，又给阿音一行人一人塞了

几块大洋，取"见棺发财"的吉祥意，这才目送他们下了墓。

墓是新垒的，三阶石砖室墓，正前方的石碑已被移走，两扇入内的石门大开，从地下透出阵阵凉风来。涂老幺举着火烛往下走，忽而莽声莽气地笑了一声，阿音抬眼看他，听他呵呵一乐："从前都耗子似的打洞，却是头一回走正门。"

李十一步子一顿，阿音撩了个白眼。

才下了阶梯，阿音便觉出了不对来，里头有新鲜而浓重的血腥味，掺杂着令人作呕的腥膻气，李十一瞧了瞧地上，几道深深浅浅的血痕，似颜料褪了色一样惨淡地抹着，在幽暗中呈现出令人心惊的暗朱色。阿音吸了吸鼻子："是了，这便是我昨儿同你说的古怪之处，想来管家着人拖了近前的几具身子出去，再往深的，却是不敢去了。"

李十一点点头，紧闭薄唇沉吟着往里头走，左手不自觉地扶住十九娇嫩的脖子。

墙根儿处散落着被抛扔的刀剑，还有燃尽了的火把，两旁的砖墙黑乎乎的，仿佛被人放火烧过。这墓造得新，里头并没有什么杂草或积水，李十一将四处游转的视线停了下来，迟疑却凝重地搁在了前方一个暗黑的角落。

"这啥？"涂老幺见识过李十一的本事，也不似从前那样胆小了，三两步走上前，指着那颤巍巍盛开的小黄花。

那花草一簇一簇的，杂乱无章地拥挤在墓室一端，分明没有土壤，却长得十分健壮，仿佛从砖石里蹿出来似的。那草叶十分怪异，肥厚似灵芝，却有着同绿叶一般的颜色和脉络，层层叠叠地绽着，中央攒着零星的黄花，同阡陌上的并无二致，丝毫不起眼的模样，却在这无风无雨的墓室里款动腰肢，生得蓬勃。

李十一出神地望着那花草，略微上挑的眼皮合下来，卧蚕上堆，将思虑的神情眯起来，直到怀里的十九不安地动了动，她才蹙了蹙眉头，又极快地放开，敞亮而意气地扬起眉尾，嘴角弯了弯："瑶草。"

"瑶草？"阿音喃喃。

李十一点头："《山海经》里有言，又东二百里，曰姑媱之山，帝女死焉，其名曰女尸，化为瑶草，其叶胥成，其华黄，其实如菟丘，服之媚于人。"

"啥意思？"涂老幺文化跟不上，听得脑仁生疼。

阿音瞥他一眼："说是炎帝有个女儿，唤作女尸，美艳无比，举世无双。只可惜没出嫁便夭了，尸骨化作瑶草，开黄花，结菟丝子似的果子，喏，就这模样。相传女子若得了瑶草，便媚态天成，娇甜入骨，这男人呀，没一个招架得住。"

李十一将十九放下来，递给阿音牵着，自个儿行至瑶草前蹲下，伸手碰了碰，却见这瑶草有其形无其实，幻象一般瞧得见摸不着，沉吟了一会子，摇头："这瑶草非本物，仿佛是注了精魄的障相，若我没想错，迷了人的并非赵姨娘，却是这瑶草里的精魄。"

她才蹲了一会子，却觉大腿处一暖，十九自阿音手里挣脱出来，摇摇晃晃地靠到她身边，搭了一个小拳头在她腿上。李十一望她一眼，牵起她的手站起身来。

"如此说来，"阿音甩绢子扇着凉风，"这瑶草迷了男人，对姑娘却不起作用，咱们这才安安生生地到了跟前。"

话音未落，她"嘶"的一声皱起精细的眉头："不对呀，那涂老幺怎么好端端的？"她将眼珠子一拉，同李十一对视一眼，而后她们不约而同地将眼神投向涂老幺的面上，再往下缓慢扫过他畏畏缩缩的胸膛、肥胖的腹部，最后挑着眉头，意味深长地将眼神停在了两股间。

涂老幺汗毛倒竖，眼瞅着两个姑娘将赤裸裸的怀疑和审视抛出来，还有那半个小不点依样画葫芦地学，臊得他条件反射地一手捂住，涨红了脸嚷嚷道："瞎，瞎说什么哪！"

他绞着两腿，笨嘴拙舌地申辩："那妖邪的玩意儿，迷的总是心术不正之人罢了。我涂老幺对我婆娘满心满意，邪祟都自己寒碜！"

"我对我婆娘那叫，叫什么……情有独钟！"他将脸往阿音处一伸，"情有独钟！你你你，你听过没有？"

阿音听涂老幺用她惯常说的言语来堵自己，嘴一扁便噗笑出了声，抱起胳膊转过头，用肩膀撞了撞一旁的李十一，冷笑道："我一个窑姐儿，他同我说情有独钟。"颇为惋惜地指了指太阳穴，摇头，"脑子不灵光的。"

一行人未在瑶草处过多停留，再往墓穴深处走，正中央便是一块四四方方的砖石，下窄上宽的石台，半米高的样子，上头搁着一个新棺，长条形上下齐宽，黑青色的漆木尚有几分氤氲的光泽。

石台左右竖着两架与棺椁同色的玻璃盏，树枝似的伸展着，李十一示意涂老幺上前将灯点上，"嚓"一声细微的燃火声，白油烛弥漫出蜡香，同乍然而起的光亮一齐铺散在凉凉的墓室里。

烛火点了，却没有半分暖意，阿音裹了裹大衣，牙齿磕碰着哆嗦起来，李十一将十九抱起，摸摸她冰块似的小手，问她："冷不冷？"

"不冷。"宋十九奶声奶气地哈着白气。

涂老幺冻得直跺脚，一面搓手一面眼馋阿音脸边的毛领子，阿音四处张望，原地转了一圈儿，道："这里头倒没什么尸首。"

李十一以掌心熨帖着宋十九的背心，对涂老幺道："起钉，开棺吧。"

涂老幺答应一声，抱着布兜上前，双手合十毕恭毕敬地向那棺椁上了一炷虚香，随后淘换出一个二指粗的撬棒，一脚跨上石台借力，一手将撬棒嵌入右下角的棺材钉中，粗喝一声憋出劲儿，三两下便将细长长的巨钉起了出来。

接连扔了六颗，仅余正中央一颗未封死的长钉，突兀地扎在当中，钉头上缠了几圈织得密密的红线，涂老幺正要上手，却听李十一道："子

孙钉不能动，下来吧。"

涂老幺一迭声儿应了，三两步跳下来，一番活计干得浑身都热乎起来，他抹一把脖颈里的汗，将撬棍握在手里掂了掂，想着若遇着些什么，给一闷棍也算趁手。

李十一将宋十九换了个胳膊搂着，腾出手来敲了敲右耳下方，却只闻几下噼啪爆灯花的声响，倒是十分清静，又同阿音对视一眼，用眼神示意她上前去。

阿音不紧不慢地拿眼绕她，似笑非笑地瞅一眼她怀里的宋十九，做足了眼神戏，这才伸手一扯涂老幺的前襟，拉着他一块儿上前，将酸溜溜的背脊留给李十一，低声向涂老幺道："我说怎的同奶妈子似的抱着那女娃不撒手，敢情，咱们倒成观音兵了。"

"观音兵啥意思？"涂老幺一面推棺盖一面问她。

"不晓得，南方来的客人教的。"阿音摇头晃脑，总归是个供差遣的吧。

涂老幺习惯了她不拘词汇随手乱拣的做派，乐呵一声埋头干活。棺盖被二人合力推开，阿音未来得及细瞧，一松手直嚷着腰疼，李十一近前一看，赵姨娘的尸身倒没什么特别的，石灰泛铁青的脸，糊了一层墙腻子一样的浓妆，却掩不住炭黑的斑点自肌肤里钻出来，熏香里隐隐透着腐气。

阿音弯不下腰身，只一手扶着后腰，娇着嗓子叫唤："趁还辨得出眉目，细瞧瞧，她好看我好看？"她轻蔑地挑着尾音，显见对吴老爷喜新厌旧的行为十分不忿。

涂老幺将通红的手揣进袖口里焐着，大腿习惯性地带着身子一抖一抖的，拉长音道："同死人比皮相，哎——脑子不灵光的。"

阿音正要还嘴，却见李十一那头有了动静，宋十九自她怀里挣脱出来，摇摆着蹒跚的小步子，小手抱住棺木，短腿儿一跨，"咕噜"一声

滚了进去。

"这……是是，干啥？"涂老幺目瞪口呆，话都说不利索了。

"认娘吗？"阿音狐疑地望着在棺木中打滚儿的小人。

却见宋十九在那棺材里翻腾了几下，小手扶住边缘站起来，晃晃悠悠地举出一卷帛画，递到李十一面前，水嘟嘟的小嘴张了张："这个。"她黑宝石一样的瞳孔懵懂而天真，眼白带着婴童特有的淡蓝色，分明是一个不谙世事的稚子，可自棺木里爬起来的场面又如此离奇，令人心头无端端地一跳。

李十一沉着眼神望她。

阿音倒吸一口凉气："这技能……猎犬？"

李十一瞥她一眼，上前将宋十九手里的帛画拿过来，想了想又顺手抚了抚她的脑袋，宋十九将小小的脑袋软软依偎在她身上。

只见李十一十指灵活地拆开，暗黄色的帛画被时光侵袭，斑驳地昭示着岁月的痕迹，边角有些缺损，好在中央的图案尚算完全，画上没有色彩，只用黝黑的线条生硬地勾勒出一个身着交领曲裾的女子。

画中的女子长发过腰，低低束着，身姿窈窕，年岁正好。尽管画艺并不精妙，却依稀能辨认出那女子掩面哀泣的愁容。

李十一拇指抚了抚衣饰上描绘的带钩和皮革，轻声疑惑道："春秋时的画作？"

两大一小三个人静悄悄地望着她，李十一认真的模样好看极了，她的好看是自言语的停顿中错落出来的，是自动作的进退中拿捏出来的，连轻言细语亦透着不由分说的笃定，令人踏实到骨子里。

涂老幺不晓得她在想什么，大气不敢出，宋十九困了，只倦倦地靠着她，终是阿音出了声："想来是它了，带回去吧。"她摩挲了几回单薄的胳膊，"怪冷的。"

自陵墓里出来，已是月影西斜，管家同家丁还在山脚下候着，烧着篝火打盹儿，见着他们出来，惊喜极了，忙将备上的大袄子搭了他们一身，领着搂着地上车回了府。

那吴老爷见着画，喜得泪花儿都溢了出来，一面揩着眼角一面翻来覆去地摩挲，同寻回了心肝儿似的喜不自胜。宝贝失而复得，吴老爷没了旁的心思，捧着帛画便入了书房。管家到底得体些，依照信里所托的付了银钱，又安排李十一几人在东厢房歇下，说是若无事便小住几日，若有要紧的，也待明儿一早买了车票再走。李十一恭敬不如从命，携着大小几个入住东院里。管家又着了小厨房的管事夏婆婆，好不丰盛地备了一桌子菜，热腾鲜香令人食指大动，涂老幺也不客气，胡吃海塞得直打嗝，夏婆婆瞧得欢喜，又紧着送了几盘糕点来。

酒足饭饱后，便各自回了厢房，宋十九乏得厉害，李十一替她擦了手脚，又将在棺材里打过滚儿的衣裳换下，大巾被一裹便将她哄睡了去。

约莫至了亥时中，院子里传来隐隐约约的琵琶声，悠扬婉转，似天外来音，缠绵悱恻萦着清月打着纱窗。李十一掩门出去，却是多饮了几盅酒的阿音坐在石桌旁，抱着一把窄颈大肚的柳木琵琶，素手拨弦迂回揉捻，行云流水的乐曲自指缝里倾泻而出，环着若有似无的酒意，袅袅绕梁。

李十一坐到她对面，道："倒是许久未听你弹琴了。"

阿音停下动作，横着玉臂抱住琵琶，笑道："姑奶奶的琴声值钱得很，你有几个钱？"

语毕她塌着肩膀噙着笑，朝李十一伸出手。

李十一波澜不兴地动了动眉睫，道："我有钱。"想了想又添一句，"有许多。"

阿音"扑哧"笑一声，收回手："是了。"她埋头撩一把琴弦，悠

悠道，"既有钱，你这倒斗下墓的日子，什么时候是个头呢？"

李十一未答，阿音也不再追问，直起身子轻拢丝弦，绣口一张盈盈唱曲。

"鸦翎般水鬓似刀裁，水颗颗芙蓉花额儿窄。待不梳妆怕娘左猜。不免插金钗，一半儿蓬松一半儿歪。"

她的眼神烟雾似的，被月色妆点过，湿答答地含着水，浸淫脂粉的身段同琵琶叠在一处，丰润白嫩，透着不知今夕何夕的诱惑同寂寥——

若有人望着她，便约同于望进了月亮里。

次日清晨，涂老幺起了个大早，吆三喝四地挨个拍了门，李十一正坐在桌前，不慌不忙地喂了宋十九一口稀粥，宋十九胖乎乎的脸蛋儿鼓鼓囊囊的，一面咀嚼一面眨眼睛，似一只偷藏果子的小松鼠。

阿音打着哈欠靠在门边，涂老幺照例钻进屋子里，以堪比打劫的势态挨个检查一遍，连桌底亦弯腰瞧了瞧："东西都收拾齐整了没？可有落下的？"

原本只是随口一问，却见李十一用瓷勺刮了刮宋十九嘴边残留的汤汁，淡淡道："有。"

"什么？"涂老幺疑道。

李十一收回勺子，唇角意味不明地扬了扬："时间。"

涂老幺丈二和尚摸不着头脑，阿音站直了身子盯着屋内人。李十一将碗放下，指着宋十九道："她没长。"

鸡皮疙瘩涂老幺起过许多次，可从未有一次似今儿这样，一浪又一浪，潮水似的遍布全身。他颤着脖子打了个激灵，却在李十一秋水一样清亮的眼神里镇定下来，他上前望望宋十九的后脑勺，掐着指节比了比，头发仍旧是软绵绵恰好盖过耳，再拉起她盛着五个肉窝的小手，指甲也半寸没长。

"果真没长嘿。"他退开身子思索，原本叉着腰，想了想又文雅地抱臂摸着下巴。

阿音歪着身子上前来，坐到李十一对面，心知她有计较，快语道："怎么说？"

"恐怕置身幻象，并非人间。"李十一温声下了结论。

涂老幺张嘴，又欲言又止地噤了声，环顾四周一圈，又偷偷捏了捏黄花梨的桌面，斟酌了七八秒，才指着宋十九道："就因着她没长，便是假的？"他一面说一面在桌子底下轻轻敲，显然十分难以接受。

"还有，"李十一道，"我昨儿吃了许多。"

"嗯。"阿音捏着绢子撑着脸颊，眉头稍稍抬起来，认真听她言语。

"还是很饿。"李十一平静地瞧了一眼被宋十九搜刮干净的两个空碗。

幻境里头便是如此，饭菜哪怕色香味再全，终究只能抵一时口舌之欲，未有实物下肚，自然难以果腹。

阿音支着无名指探入嘴唇里，一面思索一面无意识地咬着，忽听门槛响动，夏婆婆拎着一个食盒入了内，鹤发鸡皮带着精神而慈爱的笑，她同几位客人问了好，便将食篓子搁到桌上，拿出几碟花生果子来，道："女先生几个要动身，管家差我送些干果，路上吃。"到底年纪大了，行动不大利索，光顾着瞧着几位笑，手上便不留神抖了一抖，阿音忙放下二郎腿，伸手扶夏婆婆一把，戴着金镯子的柔荑在她干枯的手皮上一硌，捉着她道："婆婆当心。"

夏婆婆好容易稳住，翻手将花生拢了回去，齐整整一盘子放到桌上，才刚直起腰，便觉颈后一凉，过电一般僵在当场。

涂老幺的食指不听话地抖，张口结舌地立着，方才他眼瞧着李十一长腿一收，干脆利落地站起来，三两下移至夏婆婆身后，冷着脸素手一抬，将手心儿里不知何时攥上的符咒狠拍至夏婆婆的后脑勺。

那老婆子被定住身时，涂老幺分明瞧见了她脑门中央、眉心往上的地方隐隐发出一声不同人语的嘶啼，一团朦胧的雾气自上头冒了出来，又极快地缩回躯干内。

涂老幺不大敢讲话，纳了几回粗气，才道："制，制住了？"

李十一颔首，又坐回桌边饮茶。

见李十一优哉游哉，涂老幺这才将憋足了气的胸腔缓缓释下来，待得"咯噔"一声心头大石沉甸甸落了地，才松了脖子找回些好奇心："你怎知是她？"

"方才我握她手时摸了骨。"阿音捉着绢子匀了匀面，嫣然一笑，"非人骨。"她同李十一之间，一个眼神足够了。

涂老幺若有所思地点头，瞄一眼木偶似的夏婆婆，腿一提一屁股坐下，抬手郑重其事地指指她，大喝一声："说，说你的故事。"

阿音以惊诧的眼神望着他，李十一亦顿住，表情复杂，他这才赔笑道："我听戏，里头都这样审的。"

李十一剪水似的双瞳静悄悄的，仿佛凝了许多光影，她望着垂着脸的夏婆婆，浅言道："咱们应当在画里。"

她们从未出过墓穴，自拿到那幅画起，便被困在当中，她偏脸望着窗外灿若玫瑰的云霞，思索道："昨儿出墓，月边便有一弯红云，此刻仍挂在西边，泣血似的红，形态浓浓，同画卷下方的朱印倒是十分相似。"

她眼见夏婆婆的眼珠子一扩，唇纹缩起来，仿佛想要言语什么似的，便将手一挥，那紧贴身后的符咒竟凭空燃起来，幽蓝的火焰自中央开了一个小洞，飞速地将符咒吞噬掉，灰烬没入她佝偻的骨架里。

涂老幺瞧得冷汗直冒，阿音倒是嘴一歪在桌上敲了几轮手指，也不知是安抚他，还是揶揄他没见过世面："雕虫小技，雕虫小技。"

夏婆婆如复生的木偶一般僵硬地动了动脖子，将原本弯曲的脊背挺起来，停在腿侧的手颤巍巍抬起，怜惜万分地抚了抚自个儿的发髻，那手如鸡爪一样没剩什么血肉，只一张枯黄的皮裹在骨架上，静脉的涌动一览无余。偏偏她吃力又熟悉地拈了一个兰花指，指头自耳边滑下来时，她低着下巴横着眼波，交叠双手宛宛委身行了一个礼。

这情景实在诡谲极了，阳光穿透她苍老而干涩的皮相，却从她欲语还休的眼神里勾勒出一个倾城之姿、媚骨天成的女子，遗落的时间再次重合，好似能听见命运齿轮转动的巨响。

"那并非朱印，却是吾的心头血。吾姓姬，名少。"

她的声音如寒鸦一样艰涩难听，偏偏带着勾人的抑扬顿挫，仿佛执拗地守着早已消逝的青春年岁，透着令人胆战心惊的偏执。

"姬少……"李十一眯了眯眼，"夏姬？"

"杀三夫一君，亡一国两卿，夏姬。"夏姬浑浊的眼珠子早没了当初的灵动，媚态却仍自眼角飞着，朝阳落在她沟壑纵横的脸上，将消逝的岁月填满。

"扯谎不是？"阿音剥了一个花生，"夏姬是出了名的美人儿，能是你这副样子？"

涂老幺被她剥花生的脆响逗弄得回了神，怔然伸手从她绢子里抓了几个碎壳子，也没觉出什么不对来，一门心思剥着，听完阿音的言语，才碰碰她的胳膊肘："谁？你俩认得？"

夏虫不可以语冰，阿音冷笑一声，见怪不怪。

"这便是我原本的模样。"那夏姬仓皇一笑，幽幽望着阿音年轻丰腴的眉眼，也不知是惋惜还是怨毒。

院子里收的京班子醒了，咿咿呀呀吊着嗓子——

"休要噪，且站了，薛良与我再去问一遭，听薛良一语来相告。"

"我自小生得平凡，机缘下得了瑶草。'其叶胥成，其华黄，其实如菟丘，服之媚于人。'媚于人呀，这才有了蛾眉螓首，这才有了仙姿

佚貌。"

夏姬一步一颤地碎碎行了几步，弱柳扶风似的，似极了一位曲裾缠腿、仪态万方的佳人。

"得了美姿容，我自是万分小意，终日惶惶，唯恐哪日丑了怪了，又现了原形。其后我发觉，那瑶草吃了便吃了，是再不能吐出来，可却有一样，任王公诸侯难逃其势，那便是——子丑寅卯，春夏秋冬。岁岁如洪流，美人终迟暮。"

她西子捧心似的蹙了蹙眉："我遍寻古方，日日祷祝，终于在少室山脚下一古庙中得了神眷，我遇着了一位大人。大人听了我的哀思，怜我说，她可赐我永恒的时光，只要……我以永恒之情爱来交换。

"我献出了我尚未生发的情爱，获享不老不灭，恒如星辰之光阴。

"十五岁，我艳若桃李，名动天下，同亲兄公子蛮青梅竹马，偷尝禁果。三年，仅仅三年，他便形同枯槁，永诀长眠。我父大怒，将我远嫁陈国，我同夫君琴瑟在御，赌书泼墨，共育一子，幼子未成人，夫君壮年离世。随后，我被赐予楚国连尹襄老，未几，他体弱难撑，亡于战场。而我年逾不惑，貌若二八，齿如瓠犀，顾盼生辉。

"我这才明白大人所言，我自亲爱之人身上夺了光阴，再无一人能同我携手白头，相伴终老。"

阿音拿绢子拭了拭唇角，涂老么不动声色地将凳子往后搬了搬，离夏姬远了些。

宋十九绕着夏姬瞧了两圈，又回到李十一近前来，自个儿爬上凳子，腿一撒坐下，抓阿音手边剥好的花生吃，她照着阿音的形容，亦不自觉地将右腿架在了左腿膝盖上，一晃一晃似悠着秋千。李十一瞥见，指头屈起在她二郎腿上一敲，宋十九抿抿嘴，放下脚规规矩矩地坐好。

"后来，我遇见了他。"夏姬抬头，眼里流光溢彩，木齿一样梳理着久未开封的回忆。

"他唤作屈巫。我同他两心相印，海誓山盟，我思及自身境况，不愿他老死身旁，便复又去求那大人，祈求她收回赋予吾身之神力——若是没了他，不老不死之身还有什么意趣呢？大人……她笑了，她说我同时辰作了交易，时辰自会加倍偿还我。大人的意思，我再明白不过。我问屈巫，屈郎呀，屈郎，若我变得十分丑怪，你可还怜我爱我？

"郎呀郎，若吾姿仪不复，心悦吾乎？郎呀郎，若吾姿仪不复，心悦吾乎？！"

李十一眼神黯下来，长长的睫毛投射下阴影。

她听见夏姬以比蚊蝇还轻的声音说："他答，吾心悦尔，山海不移。"

夏姬的头天真地扬起来，眼里的情绪溢得满满当当，可终究是老得太久了，老进了血沫子里，竟一滴新鲜的眼泪也没有。

"大人收回了赐福，我掠夺的时光悉数回返，不过三两日，我便成了这个模样。"夏姬老态毕现地一笑，"我的情郎呀，我海誓山盟的情郎，竟吓得尿了出来，一面嚷着我是妖是怪，一面惊慌失措地将我扼杀在了日日欢好的琴房。"

"我四十余岁展娉婷颜色，死三夫亡一国，屈郎待我如人间富贵花。然而一朝朱颜散尽，我却成了妖物。"

她呢喃了一句什么，李十一未听得清。

"她说啥？"涂老幺悄声问阿音。

阿音自然也未捕捉入耳，却认真地附耳过去，偷言道："男人的嘴，哄人的鬼。"

李十一扫过一眼，余下的故事，她猜了个差不离。夏姬临死前，怨气同心头血一齐附了这画上，又因着是古物被辗转拍卖，见多了情爱红尘，精魂炼成了鬼魄，藏身画内报复人间。

几月前吴老爷拍了它回来，又挂在了赵姨娘屋内，夏姬附身于赵姨娘，同吴老爷日夜缠绵,取其元寿,这才将吴老爷熬成了那副衰老的形容。

　　赵姨娘死后，这画随葬入了棺，同赵姨娘未散的阴气混作一处，更添本领，幻化了瑶草来迷惑下墓之人，而未受瑶草蛊惑的李十一等人，却在开卷的一瞬被困在了这画内。

　　李十一琢磨了一会儿，想起了要紧的缺漏，问道："那位大人，叫什么？"

　　夏姬道："大人之名号，凡人自是不能直呼，我只唤她，九大人。"

　　"九？"李十一拧眉。三人的目光齐刷刷聚集到宋十九身上，宋十九打了一个奶嗝，下巴上沾着一粒花生壳，摆着小手，头摇得同拨浪鼓似的。

　　"九大人。"她咬着重音奶声奶气地重复了一遍，十分委屈地说，"我小啊。"

　　"既过了前尘，便想想后路吧。咱们如何出去？"阿音拍拍手上的残渣。

　　语毕她晃晃下巴，好整以暇地望着夏姬。夏姬却哀哀道："我在这画中几千年，好容易来了人，怎能不留客呢？"

　　阿音嫌弃极了她那副扭扭捏捏的模样，冷笑一声道："方才的符咒你是见识过了，这画里虽杀不了你，却有法子折磨你，索性写几个符子将你一日烧三回，姑奶奶倒瞧瞧，是你先疼死，还是咱们先饿死。"

　　涂老幺亦七七八八地想法子："她爱美，不如将她捆了，立个镜子在跟前，寒碜死她。"

　　"妙啊！"阿音来了精神，双手一拍，"这法子可真是——"

　　她对上涂老幺略有得色的脸，笑道："娘们儿得再不能够了。"

　　却听李十一开了口："以你之言，那画乃屈巫同你风花雪月时所作。"

　　夏姬不明所以，剜她一眼："正是。"

　　"那么，上头的你，为何在哭呢？"李十一抬眼，抿唇望着她。

　　夏姬一震，见李十一拍拍衣裳下摆，站起身来，行至她跟前，问：

"你若意在报复，该畅快才是。你哀而不得的……是什么？"

那画上的夏姬，原本应当是在笑，可凝了数年的怨怼，竟化了哀戚之容。

"哀而不得？"夏姬将被拧过水一样的眼皮耷拉下来，遮掩似的叠了三四层。

李十一抬手，一枚定身符贴在她脑门上："阿音，探骨。"

南摸骨，北问棺。问棺之用，在通棺聚灵，请精魂答一问。而摸骨则分三探，一识人鬼身，二晓生卒年，其三，便是感知人死灯灭之时，未出口的最后一句话。

垂死之眼，可视魂魄；弥留之语，能通阴阳。

阿音吃吃一笑，站起身来，伸手勾过夏姬的尾指，将指头一根根嵌进去，与她十指反扣，略向上一提，而后左手穿过她的身子，食指同无名指自龟尾、肺俞而上，直达天柱骨，轻敲了两下。她一面敲，一面媚态横生地笑，虎口的张弛同呼吸一样撩人，抚摸过双肩，又置于前胸膻中和天枢处略揉了揉，最后勾起指头抬起她的下巴，拇指将唇中抵住，附耳过去，娇声道："若有未尽言，说与姑奶奶听。"

她的音调如吟唱一般，微合的双眸亦随着呼吸上下起伏，涂老幺瞪大了眼，见那夏姬眼皮剧烈地抖动起来，似被锁了魂一样惶恐不安，两颊的浮肉叛逆地起伏，最终将一切战栗汇聚在于唇边，念咒一般吐了几个字。阿音满意地放开她，手绢子沾沾额头的汗，瘫在凳子上向李十一挑了挑眉。

涂老幺双手撑在桌上，探身越过一大半桌面，十分稀奇地问她："你的看家本领？"

阿音点头："怎么？"

涂老幺不好意思地笑了笑，阿音皱眉询问，只听涂老幺眉飞色舞道："这摸骨是原本便这德行，还是你自个儿循着理想，嘿嘿，发挥了些？"

阿音一个绢子甩过去，见李十一望着她，便不再同涂老幺计较，只伸出两个指头道："俩字儿，束薪。"

李十一抬手将定身符摘下来，问夏姬："束薪？"

夏姬如久困获释一般松了筋骨，险些瘫倒在地，李十一伸手将她背部略微一扶，她扶着墙根儿站定，挺了许久的背又老龟似的弓起来，被打回原形一样驱逐了体内不合时宜的少女姿态。

"束薪，束薪……"

绸缪束薪，三星在天。今夕何夕，见此良人。

"我将死之时，念的竟是他。"夏姬声嘶力竭地咳嗽起来，胸膛嘶嘶作响。

"他是谁？"涂老幺见她这模样，竟有些不忍。

满头华发的夏姬靠在墙上，发出窸窣的声响，痒得恰似正当年时梳角拢发的滋味，她道："我幼时颇不起眼，兄长姊妹厌弃我，下人自也不必讨好我，唯有束薪。他乃弄火的侍奴，连名字亦是一捆柴火。"

"他同我吟歌，摹我作画，替我梳头，还赠我桃枝。"她并未再说下去，可旁人从她的眼神里读出了许多，那桃枝，大概便是她口中"尚未生发的情爱"。

"多矫情的事儿呀，"阿音道，"原本有了那不爱皮相的真心人，却偏偏抛了换皮相，待有了皮相，却又念起了真心。"

涂老幺认同："矫情。"

宋十九眼馋着阿音手里未剥完的花生，李十一看了两眼，接过来，不言不语地替她剥起来。

夏姬横着微红的眼望向阿音，正要发作，却听阿音笑道："你别恼，细细听我说。"

"我若是你，又何苦执着于这画卷，自然要尽早入地府投胎转世，你与那束薪缘分未尽，合该有一世姻缘，你却执念如斯，人鬼殊途几千年，是蠢不是？"

夏姬眼波搅动，连涂老幺亦听得一愣一愣的，李十一淡淡勾起唇角，专心致志地喂宋十九吃果子。

阿音又道："你瞧瞧你这模样，生前好歹也是体面端正的公主，如今搁着好端端的正缘不要，却附身旁人日夜同旁的男人厮混，同我这窑姐儿，又有什么分别？"

宋十九张嘴咬了一颗花生，咯嘣咯嘣地嚼。

"你那情人——叫什么，束薪？指不定轮转几世，另遇良人了。你在这画儿里受罪，他呢？老婆孩子热炕头。"

"老婆孩子热炕头。"宋十九一面搭腔，一面紧盯李十一剥花生的手指。

阿音"噗"一声笑出来，赞许地对宋十九挑了挑眉。

李十一撩起眼皮扫一眼一大一小两个人，将花生放下，拂去手上的渣滓，抬头对夏姬道："投胎去吧。"

她的语气十分温和，又隐隐透着不容置疑的压迫，竟听得夏姬结结实实地一怔，仿佛魂魄自躯体里被抽出来，捏至近前，抵着天灵盖竖着一根棍子，只待重重一敲。

她终于道："诸位，闭眼吧，婆婆我该歇息了。"

03

滴答滴答，是凝露自砖瓦上坠下来的声响，地底的凉意自脚底板处钻出来，透心噬骨地难受，耳旁还遗留着戏班子悠悠的唱曲儿声，仿佛回音似的，一下比一下远地荡出去，可周遭却恢复了死寂的宁静，比方才在画卷中还不似人间。

大腿被一团暖乎乎的糯米抱住，李十一睁开眼，目之所及却是一片漆黑，早先点的蜡烛已燃尽了，她弯腰握住宋十九的手，听见涂老幺大

叫一声："啊！"

"你大爷！号什么呢？！"阿音被吓得不轻，拍了好几下胸口，作势要循着声音过去拧他。

涂老幺没了声儿，摸摸索索着往这边靠，挨上了李十一的袖子才道："我寻思着，能听声儿辨个位不是。"

李十一从涂老幺的兜里翻拣了几下，掏出一个火折子，"唰"一声点燃了，这才瞧清了众人的模样。仍旧是从前那个墓室，帛画摊在她脚下，却不知过了几日，涂老幺活生生饿瘦了一圈儿，阿音髻散发乱，胭脂褪了个干净，一脸菜色同被蹂躏过似的。再将目光投向宋十九时，李十一显而易见地愣住了。

她长至了四五岁的模样，半长的头发过了肩，手指甲尖尖地挠着她的手心儿，同地底下爬出来的粽子娃娃没什么两样，可从前的小袄子却是缩水似的小了，露出一小节圆滚滚白嫩嫩的腰肚。

李十一低低笑了一声，将火折子交给涂老幺，脱了自个儿的外衣给宋十九裹上，遮住她腆着的小肚子。她刚站起身来，便听得阿音提高了声调骂道："王八羔子！竟将咱们填墓里了！"那管家见他们久不出来，没了动静，恐怕觉得这墓实在邪乎，索性便封了了事。

她推了一把新封的土墙，呛了一鼻子灰，她转头"呸"了几声，对涂老幺道："所幸是土，拿铲子，挖吧！"

李十一转过脸，将帛画拾起来，卷好握在手里。

待从墓里出来，却是烈日高悬的艳阳天，李十一捂住宋十九的眼，自个儿亦眯着眼睛，适应了好一会子才恢复了视力。

一行人沿着山路往下走，阿音瞟一眼李十一手里的画儿，忽而笑道："既把咱们埋了，也只当是死人了，不如将这画带走，卖个好价钱。"

涂老幺接口道："你不怕他往后找上门？"

"那吴老爷的模样，想来是没几个日子了。"阿音笑一声，问李十一，"十一，你说，好不好？"

李十一示意涂老幺将画装进箱子里，点头。

"好。"

津县是顶奇特的，开港猎海的洋气同贯口相声实在结合得恰恰好，法国梧桐过了麻花的香气，再配上炸得金黄酥脆的糖饼，本地人蹲在街边儿过早，凭你认得不认得，脸上笑一堆便是一声"姐姐"。

好容易来一回，阿音央着李十一涂老幺同她在津县住了几日，租下个小洋楼，每日清晨一口香气四溢的黑咖啡，一口涂老幺排了小半个时辰买来的包子，再靠着阳台听听戏，舒坦得阿音直叹赛神仙。

涂老幺十分吃不惯咖啡，莫说入口，便是连闻也闻不来，一近前便嚷着头疼，李十一淘来一罐古丈毛尖，他倒是喜欢极了，一面珍贵万分地啜着一面偷眼顾阿音，生怕她黑汤下肚，不留神再中了毒。

三五日后，众人才回了京市，涂老幺踏入自家的地界先嗅了嗅，熟悉的气味唤出他从未有过的思乡之情，连连叹息了好几声。

李十一租了两辆黄包车，要领着阿音同涂老幺上酒楼去，涂老幺却道惦记家里的婆娘，半道上便下了车。

他自个儿付了车钱，却未往家里去，只四处转了转，又两手一揣蹲在路边儿发愁。他算是看明白了，李十一的做派，那不是一般的富裕，往日里灰不溜秋地守着烟摊儿，又生了一副丑陋的相貌，瞧着倒是小市民的模样，可细细跟下来，却全不是这么回事。这一回买卖没了收成，反倒贴了好几十大洋的车票同房钱，还有那猫拉屎的咖啡，贵得教人闪舌头。李十一同阿音混不在意，可他涂老幺穷得叮当响，出去一趟未挣着几个子儿，倒是……他捂住仍旧揣在口袋里的车票子，不晓得回家如何同婆娘说要将车钱凑给李十一。

涂老幺瞧了一会子过往的行人，肚子饿得直叫唤，想了想，还是往家里走，钱嘛，挣呗。

一到家，仍旧是矮了一截的篱笆墙，仍旧是漏风的院门子，婆娘在院子里晾衣裳，见着他，竟毫不惊讶的模样，只对他道："去去，洗个手，包袱搁下，饭在里头。"

涂老幺"哎"一声，上前瞧瞧媳妇的肚子，怎比记忆里小了些似的，又说了两回话，便同她进屋吃饭去。他扒拉了两口，不愿拖拉，便开门见山道："我这一趟……"

"你这一趟，究竟做什么去了？竟是挣了这许多？"媳妇一面舀汤，一面道。

"挣，挣？"涂老幺结巴。

媳妇笑道："李家姑娘差人送来了结的工钱，我没敢动，搁在那灶台上，可掂了掂，竟是沉。"

涂老幺一口饭哽在喉头，转脸望着灶台上报纸包裹的方块发怔。

第三章

山长水阔何处太平

01

京市的胡同永远闹腾腾的，说书人一个惊堂木，荒唐言从唐宋一嘴便至了明清，一出玄武门之变是讲了七八百回，可仍旧回回人头攒动，撑着扁担的挑夫、抱着幼童的婆妇，纷纷挤在当口朝里头看。说书酒楼对面便是一个滚着热汤的茶肆，阿音嫌弃酒楼的茶汤不好吃，便又拉着李十一至这茶肆来。

大腿宽的粗板凳短了一个脚，前后咯吱咯吱地晃着，蹬着棉布鞋的小腿略有了些纤细修长的样子，白皙的脚腕不经意露出来，在寒冬中透着淡粉色，凸出来的踝骨同凹进去的跟腱两侧贴合得十分漂亮，在暖阳中明晃晃地灼人眼。

半大的两手抓在板凳一侧，宋十九倚着凳子的缺角左右晃，晃得茶摊儿的老大娘忙上前来，笑道："我的姑娘，可别摇了，当心跌着。"

眼前的姑娘十岁上下，用红绳绑着粗辫子，黑乎乎的脸蛋子抹了煤灰似的，五官倒是十分标致，翘鼻蛾眉，一双檀口粉嘟嘟的，最招人的莫过于那双眼，圆溜溜的杏目，眼尾却卧凤似的往上挑，根根分明的睫毛掩着饱满亮黑的眼珠子，天真中透着未开化的风情。

对面的阿音笑道："青嫂，不打紧，若摇坏了，有人赔。"她笑吟吟地望着李十一，一只玉手撑着脸颊。

李十一不搭腔，抬手将摇晃的板凳按住。

青嫂道："原是十一家的姑娘，从前倒是未见过。"

李十一道："表亲家的妹妹，十九。"

"听着是一家。"青嫂笑道，在围裙上揩了揩手，便要转头去看茶，才刚挪了步子，又想起了什么闲篇儿，问李十一，"十一，你这几日出摊儿不曾？"

"这几日有些事，烟摊儿收了。怎么？"

"我听我男人说，有位小姐寻你，日日在你烟摊儿旁候着。"青嫂道。

李十一皱眉，青嫂惯会察言观色，寻常人家喊"姑娘"，若用了"小姐"，那必定有些来头。李十一谢过青嫂，同阿音交换了几个眼神，便领着宋十九往平常出摊儿的巷口去。

宋十九跟在后头，为防着她再长，鞋子穿得有些大，挂不住脚后跟儿，一走便啪嗒啪嗒地拖着，令她跟得十分勉强。她见李十一迈着长腿走得十分利索，不高兴了，索性止了步子，委委屈屈地咬着嘴唇。

李十一听身后没了动静，转头瞧过去，宋十九仰脸问她："你不牵我了？"

阿音将身子往街边儿的灯柱上一靠，抖抖绢子瞧热闹。

李十一道："十岁了，不牵了。"

可她才活了几日呀。宋十九不服气："谁说的？"

"我娘。"

宋十九没了法子，伸手拽住李十一的袖子，亦步亦趋地跟着她，也不知是不是错觉，李十一好似放慢了脚步，令她走得没那么吃力了。

至巷口，远远儿地果然见一位姑娘候在那里。只一眼，李十一便明

白了为何青嫂方才的神情那样复杂。这姑娘于冬日的晴天里撑着一柄象牙骨制的伞，伞柄满工镂刻牡丹，伞面是纯黑的缎子，倒没有什么别的花样。她身着淡蓝色洋装套裙，外头一件羊绒织的精贵大衣，苍白的手腕从羊皮手套里露出来。

李十一慢步上前，那小姐认得她似的，转身将伞放下："女先生。"

她斜戴了一顶时髦的洋帽，黑色的网格遮掩住半张脸。形形色色的人李十一见过许多，浓墨重彩的美貌也不新鲜，可未有一位似面前之人那样雍容华贵，透着与生俱来的天家气相。欲拒还迎的网格在她脸上画出阴影，带着诱人深入的禁忌感，偏偏她的嘴唇毫无血气，连瞳孔都似褪了颜色一样淡漠。

她道："我有一桩心事。"

李十一想了想："去茶肆里，坐下说吧。"

细小的水柱将茶汤冲得变了颜色，玄武门之变仍未说完，那姑娘静耳听了听，开口道："我叫阿春。"她的清音十分动听，带着旧时的绯丽和温淑。

"我有一样心结，令我辗转反侧，郁郁终日，我想不起来那是什么，我只知道，在地底下，在棺椁里。"

阿春的话说得慢，慢得令她眉间的愁绪更加扰人："我遍寻当地的先生术士，皆无用处。我听闻，南北派后人皆在京市，便不远万里来此，求先生下墓开棺，了我心头事。"

李十一的指头在桌子上无意识地绕着圈，阿音靠在阿春手边的尾指动了动，默不作声地移了回来，翻手捉一杯茶，杯沿抵在下唇，对李十一眼神儿一飞，无声道："不是人。"

"确实。"阿春慢声细语，点头道。

"人非真人，钱是真钱。"阿春拿出一张房契。

"你说不远万里，在哪里？"李十一问她。

"西京。"阿春望着酒楼里听书的人群，眼神悠长而深邃，"那里是，我的……故土。"

"我同阿音去。不过，"李十一瞧一眼宋十九，"过两日再动身。"依照宋十九成长的速度，要不了几日便能成人，届时身形不至于变化太大，自也不必备着这样多的衣裳鞋袜。

宋十九却惶惶望了她一眼，哀哀怨怨地低下头去。李十一不明所以地看她，她捏着拳头用力捶了李十一的手背一下，也不说话。待阿春告辞，又同阿音交代过几句，李十一才领着宋十九往家里走。宋十九难得地未吵着要她牵，只默默在后头趿拉着鞋，一面走一面小心地顶鞋头。

李十一回身看她，她欲言又止了几回，小声道："你是不是想说，我大了，不必带我了？"

李十一讶异极了，扬着眉头好一会儿没放下来，随后才摇头："没有。"

宋十九观察了一会子她的神色，显见是不太信的。李十一抬手，将她辫子上不当心沾的树叶子拿下来，手却未收回去，垂着四指落在她胸前。

"我娘没这样说。"李十一道。

宋十九瞄她一眼，再瞄一眼，随后才抿着小嘴，将手递过去抓住她，晃晃归家去。

02

再两日清晨，鸡才刚叫了几声，隔壁家的老黄狗便汪汪汪地撵着涂老幺到了李十一门前，宋十九一大早便不见了人影，唯剩李十一独自理床铺，见着涂老幺，她懒洋洋地打了个招呼。涂老幺也不多言语，将早饭往桌子上一搁，拉过肩头的毛巾打了水，将李十一家里里外外刷洗了一遍。

李十一洗过手在桌前坐下，问他："这又是哪一出？"

涂老幺道："你前儿个送了工钱给我婆娘，咱们出去一个子儿没赚着，我是知道的。"

李十一夹了几根腌得爽脆的萝卜，道："那画若出了手，只多不少。"

涂老幺弯腰吭哧吭哧地墩着地："我说不来客气话，那银钱我婆娘拿了，她高兴，屋里头用钱的地方也多，我也不推让了。只一样，往后你家里的活计我包了，你出门寻活，也只管带着我，不必额外给洋票子。我虽没什么能耐，做个饭，使个力气，总比你几个娘们儿强——昨儿青嫂说，你又接活儿了，是不？"

青嫂不大晓得她究竟做什么，依稀听了几句，总归是什么买卖。

李十一正要答话，却听外头张婶的大嗓门响起来："十一，在是不在？"

李十一应了一声，用巾子擦了擦嘴，出院子里去瞧，见张婶敞着袄子正蹲身拉扯掉到了脚后跟的鞋，平素光整的发髻此刻乱糟糟的，脸上沁着薄汗。脚边是一只蔫儿了吧唧的老母鸡，左手边是蔫儿了吧唧的宋十九。

张婶见李十一出来了，笑着招呼了几句，顺了顺喘气声，才指着那母鸡道："你家表妹妹今儿翻院墙，抓了我笼里的鸡。"她斟酌着将"偷"这个字换成了"抓"，面上倒没有什么愠色。

李十一合了合眼帘子，将难以置信的眼神披进眼底，随后看向宋十九，偏头单挑了右边眉毛。

宋十九眨了两下眼，面上一派天然，也无风雨也无晴。

张婶没心思听别家断公案，只踹了一脚没什么活头的母鸡，笑道："它素日里活泛，一日总要下几个蛋的，这三两下没了声儿，也不晓得日后还能下不能？"

话说得不远也不近，李十一听得明白，掏了几块大洋递给张婶，又欠着身子道了一回不是，张婶推托一番，便也收下了，将鸡留在院子里，拢着头发告了辞。

李十一瞥宋十九一眼，鼻端轻轻哼一声，听着似笑非笑的，也不言语两句，转头往屋内走。宋十九三两步撵上去，跟在后头转悠："你不打我？"

"打你做什么？"李十一耷拉着眼皮子，"我是你爹？"

若要是，也得是娘呀。宋十九停下来，一面思索一面嘟囔，见她波澜不兴，又追到她前头去："你这两日只管翻什么西京的古籍，也不搭理我……"

她猝然停下，歪着脸收着下巴，狐疑地问李十一："这是什么？你，在做什么？"

她伸出手，小心翼翼地比在李十一嘴边。

李十一尚未收好的笑意一僵，薄唇抿了抿，问她："什么？"

"你方才的表情，是什么？"宋十九用四指掩住嘴唇，大眼珠子奇异地转了一小圈。

李十一皱眉："你是说，笑？"

宋十九咬了咬下唇："你那模样，叫作笑？"

"怎么？你未见过？"李十一抱臂，她虽性冷，也不至于从未笑过。

宋十九斟酌了一会子言辞，道："你从前笑，是这样的。"她不咸不淡地勾了勾嘴角。

"你方才，是这样儿的。"她愉悦地堆起卧蚕，笑窝深深的，露出明晃晃的贝齿。

李十一愣了愣，随即好笑地扩了扩嘴角："那涂老幺日日露着牙花子笑，你也未见过？"

宋十九摇头，咬了咬嘴唇，认真道："涂老幺那样不好看，你这样子，好看。"她说完，也学着李十一的模样莞尔一笑，杏眼眯起来，嘴角翘得高高的。

山长水阔，何处太平

第三章

李十一只觉十分有意思，伸出食指按住她的嘴角，轻轻往上一提。

"咯噔，咯噔。"

宋十九的笑僵在唇边，她大气不敢出地落下睫毛瞟一眼李十一的手指，忽然生出了一种奇妙的错觉。她忽然觉得，自个儿活了许多许多年，活得百无聊赖，活得糟糕透了。

她还太小，还不足以容纳这种博大的空虚感，好在那感觉只是一瞬，在李十一收回手迈进门槛时，便猝然消失。

三日后，阿音上了门，貂裘披风裹着水蛇似的身段，蹬着细高跟儿便迈进了院子。院子里一个半大姑娘摇头晃脑地背书，暗红的袄子，蓝黑棉裤的膝盖处洗得发白，仍旧是十来岁时的红头绳，侧绑了一个粗粗的大辫子。那姑娘十四五了，因早起还未在脸蛋上抹黑灰，又刚洗了脸，白得发亮的肌肤上生着蜜桃似的绒毛，配上出挑的眉眼，水灵得教人嫉妒。

阿音哀叹一声，摸一把脸颊的细粉，快快不乐地同宋十九打了个招呼。宋十九却气鼓鼓的，胡乱应了一句，便又皱眉背起书来。涂老幺仍旧在屋内扫洒，一面修笞帚一面听李十一说一些入门的知识，见阿音来了，问她吃过饭没有。

阿音道："馆子里吃的，也没动几个，有羊奶子没有？给我热上一碗。"

涂老幺道有，便起身开火。不大一会子，一碗热腾腾的羊奶便上了桌，涂老幺又盛了一些，招呼外头的宋十九进来喝。宋十九放下书走进来，也不洗手，腿一提"哗啦"一声将板凳勾过去，动静刺耳得令李十一皱了眉头。

"做什么？"涂老幺张着嘴，用气声询问李十一。

李十一摇头，不明所以。

宋十九见李十一摇头，吸了一口羊奶，眼泪竟啪嗒啪嗒往下掉，小鼻子一抽一抽的，仿佛委屈得不想活了。阿音吓得忙放下碗，过去搂着她肩膀，问她："怎么？哪个王八羔子欺负你了？"

宋十九抽抽噎噎地摇头，随即伏在阿音肩头呜呜哭，阿音拍她的背温声哄着，好一会子才听她断断续续地哭道："晨起时我想吃羊奶，他们竟不给我，如今你来了，我才好歹有一盅。"

李十一道："你晨起吃了两碗粥三个馒头并一个小煎包。"

宋十九哭得更是伤心："嫌我吃得多了是不是？我本就是捡来的，爹不疼娘不爱，总是遭人嫌罢了。"

这又是从何说起？李十一愣住，同涂老幺交换了个眼神，涂老幺脖子一缩，回到板凳上专心修笤帚，偶尔拿滴溜溜的眼扫一回饭桌上的人。宋十九见李十一毫无反应，更添气恼，将碗一搁便扭头出了屋子，跑到院子角落里擦擦眼泪继续看书。

李十一头疼地扶额，却见阿音若有所思地咬了咬指甲，用绢子掸了掸被宋十九眼泪浸泡过的肩膀，对李十一道："你可记得，前两年咱们遇着一个洋教士，同咱们说道了好一阵子。"

"说是有个叫霍什么的，写了个本子，里头的症状同她差不离，也是一阵儿笑一阵儿哭的，好似叫……"

"青春期。"李十一道。

03

明儿便要出发，李十一等人细细瞧了线路，自京市坐火车往商都，再由商都西行至陕州，由陕州换轮船登岸，随后由汽车送达西京。李十一略略算了算，途中竟要六七日。涂老幺在夜幕降临的梆子声中犯了难，才刚夸下海口说要同她风雨同路，可念着家中的婆娘又有些不放心。

阿音道："路途遥遥，你去是不去？"

男子汉大丈夫，一言九鼎，涂老幺咬牙："去。"

李十一看他一眼，同他说："阿春赠的宅子，我收下了，地段好，格局亦通透，家具摆件也是一应俱全。如今天愈发冷了，你那院子漏风，让你媳妇搬过去，我再请几个扫洒婆子照料，出不了岔子。"

涂老幺嗫嚅了几番嘴唇，要再说，李十一低头瞧地图："宅子大，东西院空着也是空着，西面留给阿音。"

阿音嘻嘻一笑，虽不见得过去住几日，倒是难为她想着。

"好是好，只是，"涂老幺愁道，"那宅子乃事成的谢礼，若不成，怎么好？"

阿音柳眉倒竖："姑奶奶出马，能有不成的？"

李十一却道："若不成，便盘下来。如今时局不好，宅子也不算顶值钱。"

她虽有些积蓄，却也是意外之财，向来在衣食住行上不大讲究，一人一院也舒坦，如今却不同了。她看了看一旁解九连环的宋十九，她日益大了，总不能一直同自己挤一张床，这小屋子便显得不大够用了。再有，周遭的邻里街坊都是熟脸儿，宋十九一日一个模样，这才几日，未打几个照面，可天长日久的，难免惹人疑心，还是搬了好。

她考量了许多，却并未说出来，也实在没有吐露的必要。

却见宋十九瞄过来两眼，对上她的目光，磨磨蹭蹭地到桌子旁坐下，问她："东院涂老幺，西院阿音，我呢？"

你自小搂到大的宋十九呢？

李十一顿了顿，饮一口茶："同阿音住也成，同我住，也成。"

宋十九抿着唇角甜滋滋一笑："我自是同你住。"

李十一斜眼乜她，嘴角淡淡往上一提："不是捡来的，也不是遭人嫌的了？"

"我说过这样的话？"宋十九一愣。

阿音用绢子掩住嘴吃吃一笑，四月的天，小姑娘的脸，猴戏似的一出一出的，变得令人招架不住。

李十一同涂老幺交代完毕，涂老幺精神抖擞地准备回家收拾，又听李十一道："若你家有红鸡蛋，备上几个。"

"要那红鸡蛋做什么？"涂老幺纳闷。

李十一垂下睫毛想了想："过几日她要成年，恐是在路途上，没什么好东西。"她不晓得赠她什么，思来想去，念及宋十九曾眼馋邻里生娃娃时赠的红鸡蛋。

阿音一愣，看了宋十九一眼，嘴角仍是挂着往常的三分笑。

宋十九亦怔了怔，随即软绵绵地靠过去，抱住李十一的胳膊，头往她肩膀一靠，小声道："你待我十分好。"

她不晓得心里酸酸胀胀的感觉是什么，总之又舒服又难受，又是暖又是疼，她想了想，道："待我长大了，我便嫁给你。"

阿音"噗"一声笑出来，涂老幺亦是乐得抽了抽嗓子，两个姑娘，说什么胡话哪？

李十一下颌一收，将胳膊自她怀抱里抽出来，一眼未瞥她："倒是不必了。"

宋十九鼓着两腮哀怨地看她一眼，坐在一旁生闷气。

阿音两手一拍，笑得弯了腰："今儿这出戏可算是瞧着了，竟比那角儿唱的还有意思些。姐姐我这便回了，明儿一早，西站见吧。"

西站今日的人比前两日多了许多，涂老幺这回有了经验，大包小包地挤上了车，却没料到阿春大手笔地包了一整节头等车厢，一人宽的床位，大理石的桌面，西式的实木装潢配着墨绿的小洋灯，珠串的绳子一拉，那灯便亮了，再一拉，又灭了。涂老幺歪着头瞧了好一会子，电灯他只见过一回，还是在李十一的仓库里，这一回研究了半晌，问阿音："这里头，倒是怎的装煤油呢？"

火车开动，涂老幺整好行李，又左右逛了逛，回来乐道："你们怎样也想不到，这里头竟是千奇百怪的，同洋货商场似的，左面有一客厅，右边竟是酒馆子，还有阿音爱吃的黑汤。"

阿音心知那是时髦的西式吧台，也不同他计较，只笑吟吟拿着绢子扇风。

稀奇不过半日，众人便在火车有规律的律动中犯了困，黑夜泼墨一样洒下来，流萤似的星辰在窗外晶莹闪烁，倒映到透亮的玻璃上，一个星子便变作了两个。

阿春不爱说话，只默然坐着，夜里更是睡不着，听着涂老幺淡淡的鼾声，独自走到会客室，靠在窗边望着外头瘦得如弯钩一样的残月。

李十一披着衣裳推门进来，见她的侧脸在暗暗的月华中朦胧至虚幻，白日盘起的头发散了下来，温顺地趴在她优雅的脊背上，车厢内不见一丝风，她的发尾却浅浅地飞起来，妖异又瑰丽。

阿春偏过脸，仍旧是发白的唇色，叫她："女先生。"

"叫我十一吧。"李十一道。

"十一。"阿春的声音轻得似薄霜降临，"雨歇微凉，十一年前梦一场。"

"此情已成追忆，零落鸳鸯。"李十一默念道。

"自我见到你起，我便知道，你能帮我。"阿春抬手支颐，"你说，如今的月亮，同从前的，是一个月亮吗？我若望着月亮，能望见故人吗？"

李十一笑了笑，摇头未答。

"可是，我连我是谁都不晓得，又哪里来的故人呢？"阿春的声音仿佛自车外来的，比旁人要慢上许多，带着夜露的清醇。

李十一忖了忖："你让我去，究竟是找什么呢？"

"骸骨。"阿春道，眼波流转地望向她，"我的骸骨。"

李十一动了动唇线，又听阿春道："我在那里躺了许多年，无棺也无碑，我不晓得我是谁，我想知道，我是谁。"

铁门开了复又关上，李十一侧过脸，见阿音穿着香槟色丝绸睡袍，松松垮垮地系着腰带，一手拢着如云卷发，一手夹了一根烟，慵懒地靠在门边。

"阿音。"李十一颔首。

阿音眯着眼笑了笑，撩人媚骨百态生，款款走过来，轻着嗓子道："风月，佳人，倒是有情趣极了。"

李十一习惯了她信口胡说，也不搭腔，看阿春同阿音点头打过招呼，便又陷入了烟气朦胧的沉默。

阿音又吸了一口烟，烟灰掸落在茶缸里，李十一启唇道："既你来了，不妨替阿春姑娘探一探。"

"我不来，你也不使唤我。"阿音笑道。

阿春偏脸，望了李十一半眼，随即朝阿音伸出右手，青紫的静脉在白皙的手腕上清晰可见，她低了低下巴，好看的眸子定定望着阿音："有劳女先生。"

阿音将烟灭了，抬手在她的手心松松一握，又极快地放开，笑道："我是摸骨，不是诊脉。"

阿春一愣，抿唇淡淡地笑了笑。

火车不厌其烦地吞吐白雾，似一个不知疲倦的巨兽，只顾迎着风铆力跑，不问尽头，亦没有归处。夜幕便是它咆哮的喇叭，将乌拉乌拉的声响放大后搁到人的耳蜗里。

阿音头上的薄汗又沁了出来，透着若有似无的熏香，她将面色更白的阿春放开，抽了抽鼻子坐回椅子上，闭眼定了定心神，左手无意识地拈起方才吸了一半的香烟，又用力地杵了杵。

"她的未尽之言，是什么？"李十一问她。

阿音的双目眯得小小的，疲惫又茫然。

"她说——只差一点儿，就一点儿。"

04

旅途说慢也慢，说快也快，不过几日，便至了陕州码头。天似一汪碧澄澄的透玉，云朵抱团似的躲得低低的，挂在白红相间的大轮船四周，桅杆直竖，帆布被风吹得呼呼作响，那水被船吃得一荡一荡的，摇摇曳曳煞是好看。待走近了，才发现那轮船足有两层楼高，似一个巨大的怪物，铁铸的阶梯自船上延伸至岸边，长舌一样接纳形形色色的旅客。

少女乳白色的高跟皮鞋一踏，将脚背的肤色衬得白皙极了，戴着蕾丝手套的指头扶上栏杆，弹钢琴似的敲了敲，杏色的洋装包裹住盈盈一握的腰身，裙袂翻飞间露出莹润修长的小腿。有过往的行人瞧得痴了，西装革履的青年不当心撞上了这位小姐，忙不迭伸手扶住她，她低低"啊"一声，将背靠在栏杆上，食指扶住帽檐往上轻轻一掀，露出娇俏得过分的面庞——窄唇是温暾含蓄的中国风骨，大眼是顾盼神飞的西洋春情，美得矛盾极了。

她不大在意自个儿被碰着，展颜一笑，波浪卷的头发上跳着阳光，扬声道："十一，走快些！"

李十一因宋十九被撞的那一下拧着的眉头还未散，涂老幺腆着肚子将大小包裹往上带了带，十二分不满意阿音："原本便长得招人，不抹灰就算了，你还给她穿这个，缺心眼子不是？"

阿音"呸"一声，晃晃脑袋笑道："多好的一身儿呀，十八九岁的大姑娘，成日里同你们混，也没件儿像样的衣裳，啧，暴殄天物，暴殄天物呀。"

"舔什么？抱什么？又舔又抱的成什么样子？"涂老幺嘟囔，这阿音自个儿轻狂便算了，竟将宋十九打扮成这德行，头发跟被火钳夹了似的，嘴红得好似要吃人，偏偏还惹得狂蜂浪蝶一篓子一篓子往上扑。

右肩一凉，却是阿春慢步至李十一身边，柔声道："她不似鬼，也不像人，这才几日，便变了模样，是什么？"

既有这样的奇事，当日包了车厢，竟是误打误撞，包对了。

李十一望着宋十九的背影，轻轻一笑，无声道："小怪物。"

待上了轮船，宋十九十分新鲜，拉着阿音叽叽喳喳地倚着栏杆左右瞧，正要回头同李十一说话，却见她同涂老么二人站在座椅的尽头，被一位端坐着的衣着考究的男人挡住了去路，李十一低声说了两句，仿佛是请他挪挪脚下的箱子——横在了二人入座的过道上。

宋十九头一回见着竟有人拿眼白瞧人，仿佛那黑眼珠子是没什么作用的，那男人的笑意浮在脸上："这位……小姐，大概未瞧得清，这是上等舱。"

李十一皱眉，涂老么涨红了脸，张口争辩道："咱们不晓得这是上等舱不成？你这话说得倒像屁话了，火车包厢你听过没有？你爷爷我坐那个来的！"

他的嗓门有些大，惹得左右的人都投来暗暗的目光，他一瞧众人的打扮，更觉出了个人儿的寒酸来。

那位男士倒是笑了，道："也没什么意思，不过怕两位不识得字，走错了道罢了。"

涂老么脸红得像熟了的虾，气得青筋暴起。宋十九拉着阿音过来，皱着小小的眉头，李十一扫她一眼，将她的话堵了回去。

"你放屁！"阿音的嗓音立时响起，身子往座位旁一靠，香风扑了满怀，"姑奶奶认字儿的时候，你还在问你妈讨奶喝呢！"

有小小的哄笑声传来，那男人脸上颇有些挂不住，神色僵了僵，复又自下而上打量阿音一眼，笑道："这香味我倒是认得，八大胡同惯常用的。"

　　阿音冷笑一声，抱着胳膊天了天身子，却见宋十九满面怒容上前来："你放——"余下的话被掩在一双柔软的带着淡淡烟草的香气的手里。她张了张瞳孔，见高了她半个头的李十一站在身旁，右手自她脸侧揽过来，面无表情地捂住了她的嘴。

　　见宋十九发怔，李十一无名指的指腹敲了敲她的下巴，提醒她回过神来，而后收回手去。宋十九这才小心地抽了一口气，弱声道："你……你胡说。"

　　剩下的三个字说得十分没有底气，仿佛胡言乱语的是她似的，面上不晓得怎样就怯了场，带着被蒸熟了的红色，同脱兔一样的心跳，一下一下击溃了她的自信心。她伸手扶住座椅的椅背，只觉自己仿佛被下了药。

　　宋十九余光中瞟见李十一略微勾了头，望着那男人道："我们要过去，烦请让道。"她的嗓音清冷极了，脸上是不卑不亢的神色，说是请，却未有半分屈就的姿态，瞧得那男人心头一愣。

　　正僵持间，落后一步的阿春匆匆行了过来，略扫一眼便猜了个七八分，将票递给李十一，缓声道："进去吧。"

　　那男子瞟一眼阿春领口的象牙扣，再扫一眼李十一，黑眼珠子终于归了位，略笑一声叠好报纸，欠身让了道。

　　"欸！瞧瞧你爷爷我认字儿不认字儿！"涂老幺自他身前过时，龇牙咧嘴地朝他虚晃了两句，直至入了座，还气不顺地小声咧咧。

　　李十一倒是没往心里去，惯常抽了一张报纸，抿唇低头瞧起来。

　　宋十九望着她脸颊上青青紫紫的腐皮，咬了两下唇，小声道："你作什么要扮成这副样子？晚间你洗了脸，我瞧见了，好看极了。"

　　李十一翻了一页报纸，仍是埋着头，只将右手抬起来，用冰凉的手背轻轻碰了一下她的嘴唇，示意她不必再说。

　　宋十九倒吸一口凉气，"嘶"一声捂住嘴，梗着脖子远离了她半寸，好容易才找回了些神识。她望着李十一翻报纸的手，抿着嘴角小心地笑了笑，一时又觉皮相实在不重要，李十一的手才是宝贝呢，她幼时被那只手轻轻拍着，一下一下地，便似荡在舟里一般，踏实温暖极了。

水一荡便到了晚上，轮船上到底不如地上舒坦，晃得人脑仁儿生疼，座椅间隔又近，到了半夜，宋十九便觉得腿有些抬不起来了。她左右瞟了瞟歪头熟睡的众人，拖着肿得和萝卜似的小腿往船舱外走，轻手轻脚地生怕吵醒了李十一。

甲板上倒是开阔多了，没了舱里头闷哄哄的人群味儿，风又腻又咸地往脸上打，面庞湿乎乎的，灵台却清明了许多。宋十九双手拉着栏杆往后悠着身子，仰脸同天上的星子打招呼。

轮船一晃，背心被一双手托住，宋十九回头，见是散着头发的阿音。阿音笑她："多大姑娘了，还同天老爷说话呢？"

宋十九眯眼一笑，转身靠在栏杆上，似是想到了什么有趣的，美滋滋道："再过几日，我便要比你们高了。"

阿音也笑，不大一会子却拧了眉，问她："你便这样一直长？那岂不是很快便老了，丑了，死了？"

她问一句，宋十九的脸便白一寸，她似乎从未想过这个问题，心里头霎时似钟摆一样不安定地左右晃起来，晃了五六下，她才攥住阿音的手，问："那可如何是好？我，我……再过几日，便要成老太婆了？"

她颤着声儿，怕得要哭出来，风华正茂的李十一和老太婆宋十九，她嘴里的"表妹妹"，恐怕要成"表婆婆"了。

阿音原本只是想吓唬吓唬她，没承想她果真急得变了脸，便也皱眉思索起来。想了一会子，道："你这非人非鬼的，必定是有些能耐的，总不能让你来这人世一遭，稀里糊涂便没了。我猜呀，你这长势，指不定能自个儿把控呢。"

"当真？"宋十九将信将疑。

"这样，"阿音一甩绢子，拢着貂裘，"你每日睡前默念，我貌美如花儿，念它个百八十回，没准儿有效用呢？"

宋十九眼巴巴地望着她，见阿音一脸严肃，好一会子才点了点头。

阿音见宋十九嘟囔着咒语回了舱，欲言又止地将手收回来。

骗小姑娘，会不会遭雷劈呀。

第二日清晨，李十一正支着额头睡觉，忽觉腰上痒酥酥的，似有棍子一下一下地戳。她困意十足地睁眼，实在睁不开，又眯起了半只，只拿右眼虚虚张着，瞧着一旁有些上头的宋十九。

宋十九将自个儿的手举到她跟前，竖起来前后翻了翻，对她挑了挑眉头，见她毫无反应，又将自己的头发递过去，一下下地扫着她的睫毛。

李十一捉住她的发尾，懒着鼻音，哑声问她："做什么？"

"我，"宋十九放低了声音，似做了一夜的贼，两眼却隐隐泛着光，"我没长。"

话音刚落，涂老幺骤然惊醒，两手紧攥左右扶手，如临大敌地往两边瞧："又，又入画儿了？"

宋十九咳了两声，将李十一咳清醒了，抬手揉着额头中央，声音仍旧是哑哑的："说吧。"

她微哑的嗓子似幼鸟换下的绒毛，挠得人心尖儿痒酥酥的，与她同寝同食那几日，宋十九总爱趴在她臂弯里，支着耳朵听她将醒未醒时的那一声。

宋十九神秘兮兮地说："我又了不得了些，竟能将生长的形势缓下来。"

说话间船舱里的乘客陆陆续续醒了过来，有的端着茶缸到外头刷牙，有的趿拉着鞋寻方便去，涂老幺左右看了看，暗嘿一声，这上等人睡眼惺忪地抠着眼珠子，竟也是这么个不体面的模样。

李十一"唔"了一声，不晓得在想什么，五指仿佛刚刚恢复了知觉，把玩扑克牌似的，无意识地将宋十九的发尾绕在指缝里来回勾。

头皮被扯得有些疼，宋十九却忘了要将头发拿回来，只怔怔瞧着她的动作。所幸自个儿的头发够长，如此拉扯着也不至于太尴尬，宋十九神游天外地想。

却听"啪"一声脆响，阿音探过身子将李十一的手一拍："今儿要下船了不是？"

李十一懒怠怠地皱了皱眉，将宋十九的发尾放开，反手揉着僵硬的脖颈，瞧了瞧外头的景色："仿佛是的。"

宋十九将自己的头发接过来，神色复杂地望了阿音一眼。

阿音不明所以："怎么？"

咒法没了效用，寻仇不成？

宋十九摇头，忽而又想起了什么要紧的，左右晃了晃身子，问涂老幺："涂老幺，你多大了？"

涂老幺道："我同你个奶娃娃说什么，我涂家小子再几日也要同你一边高了。"

讲大话。宋十九撇了撇嘴，又探身问阿音："阿音姐姐几岁？"

阿音掏出镜子补妆："你既喊我姐姐，竟还问我的岁数，成心的不是？"

宋十九再瞧一眼阿春，阿春正要开口，宋十九抬手阻止："不必说。"

语毕她撤回身子，这才犹犹豫豫地看向李十一，问她："十一，你，你几岁了？"

李十一拨了拨刘海："不记得。"

"不记得？"宋十九一怔。

李十一叹了口气："活太久了。"

山长水阔，何处太平

第三章

宋十九缩了缩瞳孔，小小的嘴唇皱起来，包子似的裹着空气，缓慢而郑重地打量李十一，却见李十一将眼皮无所事事地一撩，漆黑如墨的瞳孔里笑意稀松平常，仿佛一眨眼便不见了。

宋十九头一回感受到了"捉弄"这种促狭的情绪，尽管李十一的表情并不明显，但如此鲜活的眼神出现在她的双目里，便似乌云裂了个口子，春风若有似无地泄出来，惬意地抚弄岸边柳色。

"哎。"她揉着心口无端端叹了口气。

李十一莫名地抬眉，又听她歪头问："那么，你喜欢我几岁？"

这话没头没尾，令李十一结结实实怔了好几秒，认真忖了几个来回，才沉吟道："一两岁吧"

"怎么说？"宋十九心里"咯噔"一下。

不吵不闹，安静乖巧，并且……李十一抬头看她一眼："会吐泡泡。"

宋十九张嘴咬住下唇，将身子靠到椅背上，听着轮船的嗡鸣声，沉沉地呼出一口气。

船靠岸时已是晌午，一行人哪里还有登船时的意气风发，个个灰头土脸精神不济。光鲜亮丽的贵人们亦一脸青灰，抻着皱巴巴的西装裤子，抽了一宿大烟似的架着身子往外走，阿春倒仍旧是那个玉堂金马的芙蓉面，拢一拢秀发仍旧一丝不苟。

"到底做鬼好。"阿音靠在李十一身上，骨头要散了架。

所幸汽车要不了几个时辰，不到黄昏便至了西京，西京的街道四四方方的，街道亦比京市宽，柏油马路两侧码着豆腐块儿似的砖瓦屋，远处的高塔一枝独秀地傲然立着，近前是当地羊肉锅子略带腥膻的香气，自行车丁零零一响，年轻人支着腿停在路边，掏出几个铜板换一碗热乎的汤水。

奔波了几日，几人的肚皮早就瘪得没什么油水了，宋十九矜持地背着手，咽着口水拿眼觑一旁吃喝的小摊贩。偏偏那摊贩是顶上道的，捉起一个肉夹馍便往她手里塞，宋十九一个措手不及，举着香气四溢的肉夹馍，呆呆地望着李十一。

熬得黏稠的肉汁，肥瘦相间的炖肉，再剁上碎碎的青椒同香菜，被外焦里嫩的馍一裹，迷得宋十九神魂颠倒，她见余下三人一起停下来望着她，便十分艰难地对小贩摆了摆手，还回去道："不，不必了。"

李十一看她一眼，上前递了银钱，问她："一个够吗？"

顺着街道买了些小食，又上酒楼里好生吃了一顿，阿春将众人领至城西北的一座宅子里安顿，原本想着休息一晚上，明日再下墓，李十一却道耽搁太久过意不去，略歇憩几个时辰，夜间便可动身。

05 🦢

入夜，西京城温顺地沉寂下来，姓名的变迁无法剥夺岁月赋予的深厚，万家灯火依旧，遥遥静止在记忆的一端。

洋车驶出城门，沿西北方向往秦城而去，至西京同秦城的交界处，方停了下来。李十一等人下了车，见是一片黑漆漆的山地，月暗星沉，辨不出什么地形来，山坡半腰仿佛有几间不大的寺庙，零星烧着烛火，鸡眠狗睡间香火味随着山风飘下来，惹得林间亦有了些许佛性。

山脚下围着几个打盹儿的民工，拉着布棚子，将一处不大的平地围起来。领头的人蹲在石板上抽烟，见着阿春，忙用鞋底碾了烟头，搓手上前来："阿春小姐。"

阿春同他说了两句话，涂老么见天儿冷，将手里的大衣递给李十一，李十一接过去，抬了抬眼，见捂着貂裘的阿音搂过宋十九，手心儿来回搓着她的胳膊，问她："冷是不冷？"

宋十九摇头，李十一将大衣自个儿穿上，走到棚子近前，阿春过来，指着那一人宽的四方坑，道："便是此处。"

那是一个黄土围的天井，架着一方木梯，直通地底下的墓道，李十一蹲下往里看了一眼，又敲了敲壁沿，站起身来同阿春道："下去吧。"

阿春点头，沿着梯子攀下去，拎了一盏玻璃煤油灯，灯光中见李十一等人陆续下了墓，涂老么几步上前接过来，靠到李十一身边，眼珠子四处一绕，心里便有些凛然。

这墓比他从前见过的都要大，墓道有三人宽，深深长长不见终点，同下墓时一般无二的天井列于前方头顶，被土封了，就着火光才能看得分明些。李十一在墓道里轻踏几下，脚跟触地复放下脚掌，仔细听着里头的动静，墓室极空旷，一脚下去三四层回音，两旁是浅波纹状的墙面，由石头雕刻而成，倒没有什么旁的花样。

李十一示意涂老么将油灯举高些，仰头往上看，竟数出了四个天井，每两个天井间的侧墙上有一方壁龛，里头供着有些破败的陶俑。李十一在近前停下，勾头看那褪了色后青灰的人俑，大约一尺余长，半袖衫罩着襦裙，帔帛挽在臂间，头梳螺髻，手捧竹笙，尽管妆容同眉眼已被侵蚀得瞧不清，丰腴的脸颊却清晰可见。

"唐代的墓？"李十一望着火光中死气沉沉的女伎俑，轻声问。

阿春点头，缓步穿过月亮形的拱门，道："从前请来的先生，也这样说。"

李十一跟步上前，依着天井的数目同壁龛陶俑来瞧，墓主人的地位应当不低，可墓里却毫无壁画、铭文、祷碑，仿佛在刻意掩盖身份。

穿过拱门便入了墓室，四方形甚是规整，圹砖夯筑而成，四壁斑驳，除却灰黄相间的表皮，仍旧是半点图文也无，更无金银玉器，不知是本未陪葬，还是被阿春着人搬了出去。

一路畅通无阻，并未有什么奇门或机关，想来那术士来了多趟，任有什么机要也破了个干净。

墓室的正中央便是刻着祥云睡莲纹的棺床，三面围帘形状，保存得尚算完好，棺椁却被氧化得厉害，蛇蜕皮似的剥落了一层又一层，灰灰白白辨不出原本的颜色。

涂老幺好歹学了些皮毛，将煤油灯搁在地上，绕着棺椁四处看，阿音勾着宋十九的手站在入口处，嫌腐味太重不肯过来。李十一伸手敲了两下棺壁，又探手摸了摸，仿佛是楠木，厚约六寸，上头裹着风干的咒牛皮。她收回手，搓了两下指腹的浮灰，胸腔扩了扩，又沉下去，转头望阿春，见她怔怔地立着，望着那棺椁，眼里头千帆流过，又归于深海。骤然涌动的情绪令她的躯体仿佛行将消散的游魂，遗世般立在古老的墓中。

忽听得涂老幺哀号一声，后退两步到李十一跟前来，李十一伸手撑住他，见他指着棺椁侧方不远处大叫道："骨……骨头！"

李十一侧头一瞧，棺椁不远处躺着一具完好的骸骨，头朝棺床，脚向墓口，头骨隐隐发黑，好似是中了毒，她下意识回头瞧阿春，阿春面上泛起一个不易察觉的苦笑，眼波徐徐一放，垂眸道："是我。"

沧海桑田，时移世易，红颜楚楚，白骨森森。

"十一，"她望着那具可怜而可怖的骨架，温声道，"问棺吧。"

李十一暗叹一口气，手一伸自涂老幺手中接过烟管子，又从锦囊里掏出烟丝装上，单手架着火柴熟练地一擦，将其点上，搁到棺椁正前方。

一钱艾草、一钱生犀、三钱罗勒、半两白酒，浸烟丝整三十六日，分毫不可差。

罗勒勾其情，艾草乱其神，白酒铺前路，生犀与人通。

叩棺门，问三声，一问何处来，二问何处往，三问缘何墓中留白骨，肉腐心不腐？

"何处来？"

"麟德元年，陕县。"

"何处往？"

"孽镜台阴十二司。"

"棺外白骨何人？"

"……月娘。"

"月娘……"墓中霎时安静下来，只余一缕浮烟缱绻上升，李十一怔怔地回头望阿春，烛光打在她侧脸，熠熠生辉的是镇国公主天赐的倨傲与璀璨，暮霭沉沉的是千年孤魂刻骨的孤清与伶仃。她似一颗暗投的明珠，蒙着萧条的黄土，终于等到拂尘之人。

她褪了色的眼珠子终于有了光亮，却是迟到了许多年的眼泪，禁锢在眼眶里只盈不落，像是不屑于，又似是没有胆量。

"月娘，是我的小名。"她喉头一动，眸中晓雾将歇，"我更夺目的称号，唤作——太平。"

大道纵横，玉辇香车，红烛青雀，酒宴流脂，九天宫阙，万国来朝。

四方无事，天下太平。

"我忆起来了。"月娘的眼神直勾勾的，仿佛被一根无形的线牵着，线绕过腐蚀已久的棺木，通往阔别已久的故土。

"我是太平，阿爹高宗讳治，阿娘则天武氏。那里头的人，是阿婉。"她指着面前的棺椁，声音仍旧薄弱，显着不容置喙的起承转合。

"阿婉？"李十一难以置信地确认。

月娘颔首，下巴的弧度透着天潢贵胄的骄矜："中宗昭容，上官婉儿。"

她仍旧是那套修身的洋装，雀首一样高傲的脖颈却为她添了华彩，偏偏眉宇间的闲愁愈加深邃，令她仿佛一个踱着年岁之道婉婉而至的人。

她道："我自幼万千宠爱，着胡服，佩男装，围玉带，戴罗巾。我参阿爹阿娘之谋议，诛二张，灭韦氏，权倾朝野，声势烜赫。她乃罪臣之女，出身掖庭，为阿娘识，通诗文，掌诏命，理奏表，人称巾帼宰相，称量天下。"

提起阿婉，她眼里细小微弱的星芒盛了盛，如复燃的死灰，衬着她遮掩着什么一样抿住的唇角，瞧起来娟秀极了，玲珑极了。

"我同她年岁相当，志趣相投，诗文做伴，交情甚笃。"她勾着迷蒙的凤目望向若有所思的阿音，意味深长地扫过懵懂未开的宋十九，最后落于李十一眼底。

李十一唇角一动，没有说话。

月娘固执的睫毛垂落下来，也仅仅低眉敛目了这一回，她行至阿婉棺木前，将手伸出去，四指却犹豫地回握起来，抓了抓袖口，才又伸展开，踏实而笃定地抚上装载她尸身的沉木。

她望着棺椁，抿着唇角，好一会子才放开，道："景龙四年，唐隆政变，诛韦后一党，斩阿婉于旗下。"

她平和安宁的语调似断弦一样一变，带着令人不忍卒听的余颤，好在那颤动只是一瞬，在她紧闭唇线之时便随着呼吸一齐安静下来。似煮沸了的水，还未及好生咕噜出几回声响，便被釜底抽了薪。

烧水的是记忆，抽薪的叫时间。

她细致而温柔地抚摸阿婉的棺木，忽而明白了自个儿为什么要选择忘记，原来有些事情刻在骨子里，非遗弃自身无法驱逐。没了阿婉，她是无所依的游魂；有了阿婉，她是意难平的恶鬼。

她的眼泪将下睫毛濡湿，令她瞧不清棺木的形状，她勉力睁大了眼，眼眶却模糊得更加厉害，她想让眼泪坠下去，可那泪珠子究竟是舍不得她，抑或是舍不得沾染阿婉，总之不肯遂她的意。

生杀予夺，权势滔天的镇国公主，在无能为力之时，同贩夫走卒，也没什么两样。

"我悲痛万分，赠绢五百，遣使吊祭，主领丧仪，亲题墓志。"

——潇湘水断，宛委山倾，珠沉圆折，玉碎连城。甫瞻松槚，静听坟茔，千年万岁，椒花颂声。

"可是，"李十一靠在墙边，终是忍不住提醒，"这墓里，并无你题的铭文。"

"这墓，又哪里是那一个呢？"月娘盈盈含泪，默默微笑了一会子，随即递过来一个饮痛入骨的眼神，摇头道，"我以牛骨填了她原本的陵墓，将她的棺椁移至此处，以金缕玉衣缠体，保尸身五年不腐，只盼有一日，能将她复活。"

她的眼神因最后一句变得凄楚而偏执，在阴风阵阵的墓室里，竟活生生令阿音同宋十九浑身一抖，涂老么挨过去同李十一并肩站着，却也不敢靠上那邪乎的墙壁，只干着嗓子问道："复活？"

他同阿音对视一眼，若是从前，恐怕早便骂上一句鬼扯了，可对着这金枝玉叶的公主，竟软了膝盖骨似的，怎样也辩驳不出一句。

"是。"月娘抬头，目光悠悠对上闪烁的煤油灯，又瞥向地上的骸骨，"你可曾听过，反魂树？"

宋十九讷讷地看向李十一，李十一将靠在墙上的脊背抬了抬，又贴回去，道："出自《十洲记》：西海之上，聚窟洲中，申未地上，有大树，与枫木相似，而华叶香闻数百里，名为反魂树。"

她见宋十九闪着灯芯一样亮堂的双眼极其认真地听，便又道："于玉釜中煮取汁，制返生香。将返生香置于死尸鼻下，死尸闻之，复乃活。"

"竟有这等奇事。"宋十九脆生生道，又问月娘，"那你可找着这反魂树了？"

月娘将扶着阿婉棺木的手收回来，轻吸了吸鼻腔，道："三年。我一面上奏求请收编阿婉的文集，一面倾举国之力寻反魂树，终于先天二年春寻得。"

她行至自个儿的骸骨前，蹲下去，将指尖同向前伸抓的骨节相对，似在安抚，又似在慨叹，甚至还有隐隐的愤恨，她自白骨的间隙中将食指探进去，里头空空如也，倾世珍宝亦化了黄土。

她轻叹一声，道："先天二年，我因权势过盛，为帝所不容，被迫自尽，我含恨饮毒，唯一桩心事未了，拼力逃至这山林，于生门墓道入这阿婉墓，欲将返生香置于她鼻端。"

她伸手摩挲过自己泛黑的头颅，笑得胸腔发震："差一点儿，不过一点儿。"

阿音这才明白她的未尽之言是何意，原来如此。

"最难平不过是，我从未来得及问她一句为什么，我只要她返魂复生，跟我讲一句苦衷。"

"三两步，差了，便是差了。"她紧紧搂着手中的头骨，用力得好似要陷进去，可到底是成了鬼怪，竟连疼痛也不再眷顾她。

她靠坐在阿婉的棺前，头轻轻抵着棺木，恍惚道："你方才问的那一句，阿婉还记得我，竟连我尸骨也认得。如此，孤魂野鬼许多年，也罢了。"

阿音沉沉叹了口气，对上李十一讳莫如深的双眼，猝不及防地怔了怔。

"十一？"阿音轻声唤她。

李十一反手抚了抚干燥的墙面，摇头道："你既有返生香，为何不自个儿用呢？"

"你若用了，留得青山在，又怎会有憾事呢？"话音坠地，字字诛心，偏偏李十一面容冷淡得好似只是问了个天气，她行至月娘的身侧，蹲下身平视她，"那反魂树，不是真的，你一早便知道，是不是？"

众人愣住，月娘闻言一震，惊恸万分地望着面前的人。李十一的双眼黑白分明得厉害，里头什么都没有，只如实地倒映出眼前人狼狈得难以遮掩的慌乱，她张了张唇，不肯听话的眼泪终于砸了下来，一颗一颗豆子似的，她涕泗横流的样子难看极了，丝毫不复方才沉稳镇定的帝女模样。

涂老么最怕姑娘哭，伸手想要拉她，却见她眼眶鼻尖通红，眼下堆得同皱起的布帛，太阳穴的青筋随着肋骨一凸一凹，仿佛极力想要克制住忍痛于心的抽泣，却将自己的软弱纤毫毕现地暴露了出来。

她泣道："我……我。"

李十一的眉头紧锁，她不愿去戳月娘的软肋，可潜伏于记忆假象下的苦楚，才是真正的难平之意。

她前几日翻《旧唐书》时，恰巧阅过了太平公主同上官昭容的生平。

"你以伪药欺人骗己，只道若再勉力一步，将阿婉复活，便可免于悔恨。执念至斯，竟千年不散。然而，你口中的阿婉，究竟是怎样死的呢？"

月娘豆大的眼泪坠到地上，砸起零星的尘埃，她的青筋自额角炸起来，盘蛇一般蜿蜒至耳后，用力得脸侧的肌肤竟发青发白，她咽着眼泪，咬牙望着阿婉的棺椁，终于哽咽。

她同阿婉，亦友亦敌——友是闺阁之友，敌是朝堂政敌。

"阿婉八面玲珑，左右逢源，谁能晓得她哪一句真，哪一句假呢？"

月娘抽了一下濡湿的鼻翼，颤着声儿笑道："景龙四年，唐隆政变，我与阿婉一同拟诏，立李重茂为太子。随后，韦后干政，我便又结盟隆基，清除韦氏党羽，废了李重茂。阿婉却同我说，李隆基野心勃勃，不甘人下，必有兔死狗烹之举，又兼有忠于中宗之义，仍力保重茂一派。"

"她同我站于你死我活的对立面，不肯与我说一句软话，我与她争吵不休，恨她心肠冷硬，又欲巩固与隆基之盟，便未置一言，由着李隆基将她打为韦氏一党，斩于旗下。"

"我权欲熏心，自食恶果。"月娘仰头一笑，将后脑勺在阿婉的棺木上重重一磕。

李十一兀自一叹，随后曲起双腿，将小臂搭在膝盖上，轻声问她："既有立场相对之恨，又为何有亲题铭文，主领丧仪，强求复生之举呢？"

"因为，因为……"月娘嘴唇抖得如坠冰窟，连带着牙齿都碰得咯咯作响，她道，"我整理她遗物之时，发现了幼时一同念过的一本书。

"那书置于书案上方，显见是新翻过的。里头夹了一页纸笺，只以飞白体书了八个字。"

李十一心内一滞，听见月娘轻轻说——

"山长水阔，何处太平。"

墓室里响起若有似无的呜咽声，不知是风来了，还是云散了。煤油灯始终一言不发，玻璃上的倒影却清晰得异常残忍，昭然若揭地提醒众人，风华已逝，一千三百余年。

"唉。"涂老幺头一回如此唏嘘，大老爷们儿蹲在地底唉声叹气。

阿音倒是同方才李十一那样靠在墙壁上，垂着头不晓得在想什么，半晌才皮笑肉不笑地提了提嘴角，嘲讽又落寞。

李十一哽了哽喉头，隐隐透着酸胀的难受，但她只是默不作声地将燃尽的烟管子收起来。

相见不如不见时，记得也未必好过忘记。

月娘无魂之烛一样望着阿婉的棺材，最可悲不过是，她骗了自己这样久，却偏偏什么也不记得，她同阿婉秘而不宣的一切，到头来也要旁人来拆穿。

那个身着胡服、咬牙咽血的天之骄女，匍匐到地底下，伸手划拉出血痕，想要抓住的，不过是与斯人永别之后，不肯面对的悔恨同愧疚罢了。只消一步，她便可以将不知真假的返生香置于阿婉鼻下，抱着阿婉复生的希冀，前尘尽消地闭目长眠。

她还有一个不曾言明的私心，她想要阿婉醒来，抱着她冰凉僵硬的身体，如她当时那样彻头彻尾地痛哭一番。

她同阿婉之间，也唯有黄泉相隔之时，才肯在对方面前哭。

然而她差的又何止那一步呢？

十四岁那年，上元节，长安城华灯初上，她同阿婉换了男装出宫游玩，小小才人的侧脸留在公主的灯影里，公主的侧脸落进才人的瞳孔中。

十六岁，帝之掌珠太平公主下嫁城阳之子薛绍，八音迭奏礼乐齐升，拆县墙以通婚车，灯笼直燃到天上去，万千盛景中骄纵的新妇捏着裙角，阿婉送亲的身影隐藏在郁郁葱葱的柳树下。

三十往后，她渐渐忘了才人同公主的故事，权势刻进了倨傲的骨子里，只是在回廊下拉着幼小的子女时，偶然望见奉书而过、蹙眉问政的昭容。

她同她持剑相对，红眼散发，却也曾掀被同眠，问山月知不知女儿心底事。

只是人总善于遗忘，在化作鬼魂之前，便忘了个干净。

阿婉总归比她要聪颖一些，早赴黄泉，一碗孟婆汤，抿笑辞月娘。

角落里传来低低的啜泣声，一抽一抽的，克制极了，又微弱极了，李十一抬眼一瞧，见宋十九咬着下唇，下巴同锁骨轻轻抽搐着，温热的泪珠子啪嗒啪嗒往地上掉。

李十一扫一眼阿音，阿音心领神会地将宋十九的头按到自个儿肩膀上，捂住了她的眼睛，又轻轻地拍了拍她的头。

李十一抬手抵了抵鼻端，瞥一眼快燃尽的煤油灯，站起身来扫扫衣裳上的浮灰，薄声道："走吧。"

涂老幺兴致缺缺地站起来，抖了抖发麻的腿筋，俯身拎起灯。

月娘却望着地上的散尘，摇头道："将我留在这里吧。"

众人一怔，又听她道："寻了这许多年，倦得很了，不想再走了。"

她抬头，对李十一颔首："将墓封了，有劳。"

李十一嘴角微动，却最终未答话，上下睫交缠一瞬，点头应承："好。"

行至墓口，李十一侧转回头，双唇缓动，念了一声："阿春。"

自墓里出来，已是月褪日升，凌晨的空气最是稀薄，也最是冲人，只一吸，便直往人脑仁儿中心处钻，凉得涂老幺一下子眼泪鼻涕一股流。他停下来擤了一把鼻涕，又搓了搓干燥的手掌，阿音在他略前方一些，裹着温软华贵的长袍犯着困。

李十一自个儿走了一会子，停下脚步，回头看跟在身后半步的宋十九，她倒是不再哭了，却屈着柔嫩的手指，垂头默不作声地抹着眼泪。手在墓里沾了灰，抹得眼旁深一道浅一道的，李十一怕她眼睛疼，便抬腕将她的手拿下来，问她："哭什么？"

宋十九睁着濡湿的杏眼，肿眼皮翻起来，眼角还挂着泪痕，嘴被咬得红艳艳的，她精巧的鼻翼一动一动，抬头望着李十一，小声道："心里头难受。"她十分乖巧地压抑着哭腔，可正是这点子委屈，令她的语调同神情瞧起来似被遗弃的幼兽，可怜极了。

"难受什么呢？"李十一偏了偏头，认真地低头看进她眼里，嗓音仿佛放柔了些。

宋十九咬唇想了想，又泪眼蒙眬地望着她："你也难受。"

"我？"李十一讶然。

"我知道呀。"宋十九低头嗫嚅，伸出指头戳了戳李十一的胸前，"你这里软乎乎、暖乎乎的，怎么会不难受呢？"

李十一有些好笑，却不再言语，只提步又往前走，宋十九跟上去，因着泪水糊了眼，脑仁又哭得疼，瞧不大清路，便将胳膊靠过去蹭着她，由她带着路。

又走了两步，宋十九忽然道："月娘同阿婉的交情，是何意？"

李十一未答，听她问："是我同你这样吗？"

李十一道："我同你认得不过十来日，哪里来的交情？"

宋十九结舌，才十来日？可她却总觉得过了好些年似的。

她想了想，又问："那你同阿音，是吗？"

李十一顿了顿，摇头："也不是。"

"那——"

"不许问涂老么。"

宋十九欲言又止地"哦"一声，用手背抹一把残留的泪花，哭得久了，仿佛人也虚了，此刻哆哆嗦嗦地打了个寒战，又吸了两下鼻子。

李十一瞥一眼她抽抽噎噎的模样，忽然道："我如今觉得，十八九岁，也好。"

"怎么说？"宋十九脑子仍有些钝钝的，耳朵却快人一步地支起来。

李十一道："会吐鼻涕泡儿。"

宋十九飞快地抬手捂住鼻尖，掩面哀号一声。

晨曦中李十一弯着嘴角微微笑，隔着眼泪瞧过去，笼在玻璃里似的模糊又清透。

涂老么望着前头的两个人，嘿嘿莽笑感叹一句："娘儿俩感情真好。"

娘儿俩？阿音顿住，神色复杂地望着他。

西京城迎来崭新的曙光，将古老的城墙照得熠熠生辉，李十一等人却没有欣赏朝阳的福气，在街口吃了一顿水盆羊肉，便回宅子里补起囫囵觉。

再醒来时，天已擦黑。宅子里管事的连妈问李十一，阿春小姐几时回来，说是做了她最爱的浇头面。她在宅子里做工七八年了，阿春小姐总是奔波，回回归来，总要念着她的一碗面。这回匆忙，还没吃上呢。

李十一道："她说，不走了。"

"不走便好了。"连妈笑应了两声，抬头一瞧落了雨，便忙撑着伞到大门处等她。

宋十九偎在门边，怏怏地望着雨。

李十一撑一柄伞到她跟前，同过来的阿音与涂老幺道："出去逛逛吧，这城里的古玩市场十分好，我想去瞧一瞧。"

这个时辰早没了早起的鬼市，好在鼓楼大街南院门的市场还开着。细雨霏霏笼罩灰墙黑瓦，两旁的招牌店旗湿答答的，毫无精神地裹在一处，这古玩市集逛的人本就不多，又因着这阴雨天气，半条街的店门开一半掩一半，掌柜的套着袄子窝在柜台后头打盹儿。偶然听见一两声尖利的争论，仿佛在辩那古物源自中唐还是晚唐。

青石板被雨滴洗刷得十分干净，踏在上头足底生凉，李十一随意逛了几家店，倒是见着了几个好的，详细问了问哪里出的，照例店家是不大讲来处的，可三两句下来，总归能透些底儿。她只顾瞧，并没有掏钱的意思，有店家瞧不上她的打扮，嫌她只问不买，将她三两句轰了出去，她也不恼，只淡淡一笑便又撑伞往前走。

宋十九躲在她伞底下，问她："你下斗，也出手这些，是不是？"

她道："是。"

"可我瞧着你并不十分像下墓的，倒干了些黑白无常的活计。"宋十九未多琢磨便出口了书本上的"黑白无常"四字，觉得形容得十分精妙。

李十一道："混口饭吃罢了。"

宋十九不大信："你哪里是缺一口饭的人？"

"缺。"李十一睥她一眼，又正回头，"一个不够。"

宋十九转了两三回脑子，才明白过来她嫌弃自个儿肉夹馍吃了好几个，一时有些羞恼，眯起长睫带雨的双目，清清嗓子低头看鞋尖儿。

一辆黄包车停在路边，车夫捉着汗巾子拭着面上的雨，里头的人伸出手，给了几个铜板，车夫忙不迭弯腰谢过，再以脚压着拉杆，将里头的小姐让了出来。那姑娘二十上下的年纪，中等身量，瘦瘦弱弱的，面庞被挡雨的黑斗篷遮了瞧不大清，斗篷里头是过时的青绿色饰边长袄，清末汉家女的式样，很有些不伦不类，幸而雨意深深未有人多留意，她

便撑了伞往前头走。

李十一同宋十九说着话儿，与她擦身而过，外肩被隐约的寒凉之气一袭，惹得李十一蹙了蹙眉。

那姑娘走了几步，忽而心头一跳，扶住伞停下脚步，若有所思地往后头望："阿蘅？"

巷道蜿蜒，雨幕淋漓，安静得似是错觉。

又过了半个时辰，天便放了晴，街口卖灯笼的人家终于出了摊儿，迫不及待地点了几盏灯，支起竹竿挂在巷尾。晚风摇晃，推攘得灯影支离破碎，宋十九仰头展颜看，阿音也十分喜欢，把玩着几盏兔子灯舍不得放下，涂老幺亦凑近了瞧，眼神儿跟着店家手里的竹篾一翻一飞，想着回家做给婆娘讨喜欢。

花灯对面是一卖茶的人家，茶香湿漉漉地传过来。李十一抿唇入内，见店内空无一人，唯一个七八岁的女童站在矮凳上，似模似样地掌着比胳膊还长的秤杆子，大气儿不敢出地学称量。那女童狭长目，柳叶眉，生得是端正又内敛。

李十一上前，问她："你这店里有什么茶？"

"我店里的茶有许多，您平常好哪一样？红茶？绿茶？"女童将秤杆子放下。

李十一道："你平常爱哪样？"

"太平猴魁。"女童不假思索。

李十一望着她眨了眨眼，忽然又问："是太平，还是猴魁呢？"

女童不明所以，正要开口，听里头的妇人扯着嗓子唤她："阿婉！"

她从矮凳上跳下来，匆匆往后头去——

"哎。"

第二日，连妈仍未等到阿春。

李十一泡了一壶昨儿买回来的太平猴魁，收拾东西准备踏上归途。阿音早早儿地将箱子归置好，坐到桌边拨着炉子。

"这冬日是越来越长了。"阿音打了个哈欠。

李十一递给她一盏茶，听外头院子里连妈摘菜的动静。

阿音瞧她一眼："下月是什么日子，你想到没有？"

李十一坐到一边："怎么？"

阿音将双手在暖炉上烤着："下月是我师父的忌辰，自入了土，竟是许多年未去瞧她老人家了，这回好容易松了懒骨头，你若得空，陪我回去一趟。"

她见李十一正琢磨，又道："你师父也葬在那里，一并去瞧瞧，也算全了孝心了。"

阿音嗓子有些哑："这寒冬腊月的，也不晓得地底下冻骨头不冻。"

李十一刚点了点头，还未说话，便听"哐当"一声推门响，涂老幺一脚踏进来，甩着冻僵的手："我方才去瞧那十九，你猜怎么样，竟睡得同……"

他愣在原地，半口白气未哈出来，气若游丝地散在嘴边，支棱着形同冻瓜的大脑袋，讷讷地问："你谁？"

他望着还未乔装的李十一，洁白的里衣包裹颀长的身量，肩上简单披着厚袄子，半长的头发刚过了下巴，柔顺地扫着棱角分明的下颌，眉眼分明而清丽，搁在白皙光滑的肌肤上，仿佛是从冰上雕出来的。

李十一侧着脸，耷拉着眼皮波澜不兴地睨了他一眼——这眼神十分熟悉。涂老幺倒吸一口凉气，腿肚子无端端有些打战。

"完了完了，"阿音白眼儿一翻，仿佛接了个甩不掉的包袱，"这回果真成自己人了。"

李十一将烤着火的右手翻了个个儿："首先，下回记得敲门。"

涂老幺眨巴两下黄豆眼，僵着糨糊脑袋，右腿得了令似的一撤，退回门槛外，展臂将门合拢，在风里头立了两三秒，才抬手叩了叩门。阿音道一声进来，同李十一摇头笑："这才是个活宝呢。"

涂老幺复进了屋，同第一回乘火车那样拎着小心，方才的话忘了个干净，只拿指甲抠着桌面，也不晓得应不应当坐下。他不大敢瞧李十一，只偷偷拿眼觑着，她好看得跟电影儿明星似的，好看得令他心里头有些秃噜皮，这姑奶奶遮掩之处这样多，不晓得究竟是哪路菩萨。

李十一见他只顾清嗓子不说话，便开口问他："方才去十九屋里，敲门了吗？"

"敲了，敲了。"涂老幺忙应道，待说完了才细细思量，死活忆不起来敲是没敲。

李十一抬腕沏了一杯茶，伸手搁到他面前的桌上，杯底暗自一磕，像是将涂老幺唤回了魂："你方才，要说什么？"

"我要说……"涂老幺龇牙"嘶"一声，竟不知自己要说什么，便另寻了话头道："适才听你俩嘀咕的，仿佛是不回京市了？"

李十一颔首："咱们要往鲁地去一趟，瞧瞧师父。"

涂老幺"噢"一声，见她一如从前，心里松快不少，琢磨了一会子，道："既是师门的事儿，我便不同你们去了，只是天南地北的，你们几个大姑娘总令人搁不下心——音大姑奶奶您别恼。十一姐，我同你们一道，至了胶东道，再自个儿回京市，找我婆娘去，成不成？"

"胶东道？鲁地？"娇清的嗓子响起来，同门缝里透出的冷空气一样掳去了几分屋内银炭的燥热，宋十九穿着藕荷色的袄子，兔毛领子簇着满月似的脸，站在门口盈盈笑。

涂老幺"唉"一声，两眼跟着她迈腿入屋，轻车熟路地坐下，心里直犯嘀咕：这宋十九未敲门，李十一也未见得言语什么呀。

女人心，海底针。涂老幺咂一口茶，皱着脸下了结论。忽而记起什么要紧的，指着李十一，问宋十九道："你瞧瞧这是谁，认得不认得？"

宋十九柔荑撑着脸，大眼儿忽闪忽闪的，小心确认道："涂老幺，你失忆了？"

涂老幺一惊，指头扫了一圈，惶恐道："她长这副模样，你晓得？你们都晓得？"

宋十九怔住，这才发觉李十一素着一张脸，于是歪歪头煞是满意地欣赏两眼，记起方才涂老幺不大识货的"这副模样"，又很有些不高兴。

"就我不晓得？"涂老幺平白生出几分委屈来，默了一会子又冲李十一道，"你既生得好看，扮丑样子做什么？怕不是……担了人命吧？"

他心头惴惴，余光落到李十一的手上，偏偏那手搭在桌子边缘，无意识地点着圈，很有些江洋大盗草菅人命的做派。

香风一飞，阿音的绢子自他眼前掠过，止住了他的胡思乱想，却听李十一道："行走江湖，图个方便罢了。"

阿音拨弄着波浪卷，笑道："十几岁时她下了一个老墓，手艺不大精，惹了一女鬼，追到地上来缠了她两三个月，顿顿让她做饭吃。前两年刚到京市，被军老爷请去开棺，自墓里一出来，兵卫子竟围了一圈儿，说是被军老爷瞧上了，要讨她去做小老婆。咱们十一姐这皮相呀……"

她笑叹一口气，横着媚眼儿咬唇住了嘴。

涂老幺听明白了，道："也是。你这抛头露面的，又总是在男人堆里讨饭吃。现今的军老爷，略平头正脸儿的……"他欲言又止，胆子不太壮地"唉"一声。

几人静了一会子，涂老幺才腆腆肚子道："如今不同。我同你头一回下墓时说的话，自是作数的，你有了我涂三平这弟兄，咱们又有了宅子，总要有些派头，往后谈买卖的活计不必用上你，遣我便是了。你那烟摊儿，我也替你支，你不必风里来雨里去，我寻了正经营生，你弟妹也喜欢。"

山长水阔，何处太平——

第三章

　　"瞧瞧，"阿音笑道，"到底是吃街头饭的，脑子竟是活泛，这三下五除二，替十一想了法子不算，自个儿还平白得一烟摊儿。"

　　这话又酸又甜，也不知是夸还是贬，涂老幺只当听不明白，也不恼，又觍着脸凑近了些，嘿嘿笑道："按我说，最好再买个洋汽车，往后你出了宅了便进车里，往那后头一坐，谁也寻不着你。"

　　李十一道："不如再请两个司机三个管事并二十个婆子丫鬟。"

　　阿音拍桌："再招一队护卫兵吧。"

　　涂老幺咽了咽口水，望着二人似笑非笑的神情，缩缩脖子坐了回去。

第四章

只恐深夜花睡去

01

一路走走停停，十来日后一行人才入了胶东道，胶东道临海，不似西京城干燥，却要冷上许多。至诸城县时，天刚刚擦黑，路上薄薄一层冰霜，连叶子上也挂了零星的冰碴子，南边儿海浪隐隐咆哮着，往嶙峋的岩石上拍，黑漆漆仿佛不见底的修罗场，远处山顶的积雪倒是有些清晰，森森泛着青白的冷光。

李十一几个到得晚，天儿又冷，四面的妖风直往脖子里灌，路上没什么行人，连小店也未见得几个，好容易见着前头一个灯火通明的旅馆，忙拎着行李入了内。旅店里没什么人，灯却亮了好几盏，如白昼一般亮堂，将一尘不染的桌椅照得更显干净。

诸城不大繁华，这旅店又小，瞧起来仅是个客栈模样，小三层的砖瓦楼，旧式的格局，一层酒楼二三层客房。外头是黑漆木制的门脸儿，招牌上只写着"吃酒、住店"四字，白字青底的三角旗上缝了一个"棠"。

涂老幺将布包袱甩到桌上，粗喘了几口气，外头太冷，气管子竟有些抽抽，他胡乱撸了几下通红的鼻头，伸着脑袋喊一声："可有人没有？"

楼梯噔噔作响，下来一个二十四五的姑娘，绣花衣裳乌云辫儿，倒是十分朴素，一手掌着一盏煤油灯，一手拢着光，在楼梯拐角处见着她们，愣了愣，显见没料到这个时辰有客人，过一会子才挂上笑，道："来了。"

她将油灯搁在柜台上，又紧赶着先上了几盘瓜子和山楂，在衣裳下摆擦了擦方才洗脸弄湿的手，才过来接待来客。

几个姑娘都不大挑食，涂老幺胡乱点了几个当地的小吃，芥菜疙瘩同萝卜片儿拌的辣丝子，喷香流油的烤鸡架子同烧肉，再并上几个芝麻裹的大烧饼，就着一壶爽口提神的绿茶，待菜一齐整，精神同味觉一并活泛了过来，指头末梢的寒气都被驱了个干净。

宋十九一面吃一面眨眼睛："这店里实在太亮，晃得眼睛疼。"

涂老幺寻了一回那姑娘，却见她上了菜又回了上头，竟不见个人影。

阿音笑道："哪有这样做买卖的，烛火不要钱似的。"

李十一将筷子搁下，伸手替宋十九将碗筷挪了个位置："坐这头来。"

宋十九"哎"一声，坐到另一头，正巧笼在李十一投下的阴影里，李十一睫毛的剪影就在她手边，李十一眨一下眼，睫毛的影子便温柔地抚一下她的手背。她望着李十一的影子，又听见了心底熟悉的回响，令她口干舌燥，呼吸被甜滋滋的红晕烫过，发烧似的进退。

对面的阿音放下茶盏，拿指头支住额角，在眉心揉了揉，奇道："这烛火不仅亮，还十分香。"

她素日里爱弄香，嗅觉比旁人灵通三分。

话音刚落，又是一段蝮蛇游走似的幽香，自四周的烛焰中袭来，涂老幺抽着鼻子四处嗅，却见李十一垂下的眼皮动了动，伸手掌住宋十九的后脑勺，略略往自己方向一按，另一手于她身后一推，将一纸符咒拍了出去。

涂老幺呆若木鸡，宋十九在李十一的掌心里转了转脑袋，回头一望，见那符咒悬在空中，一动不动，半截被风带起来，一下一下地掀着角。

"这是……"宋十九将头往李十一处靠了靠。

"游魂。"李十一以手背反手将那符纸一拍，只听一阵呼呼的风声，也没什么旁的动静，那符纸却掉落下来，在地上烧作了黑灰。

李十一四处扫一圈，复又提起筷子，夹一口辣丝子，对涂老幺道："这里头好几只游魂，入了夜，也不便换住处了，你睡前将熟糯米撒在咱们房间的四角，再于门前中央的横梁上悬一黑驴蹄，寻常游魂不敢近前。"

涂老幺一连声应是，逐一记下了，才顾得上抛出自己的纳闷："我怎么瞧不见？"

阿音娇娇一笑，涂老幺问："你能瞧见？"

阿音摇头。

涂老幺放了心，又问宋十九："你也瞧不见吧？"

宋十九正自顾自地怔愣，李十一的手方才自她头上松松滑下去，指头不经意挨了她的颈子，凉津津的。

涂老幺痛心道："吓傻了。"

"哪里是瞧的呢？"阿音学着从前李十一那样敲了敲耳朵下方，"听的罢了。她自小能听见，她娘说，既有这个能耐，便去学倒斗吧，若听着了什么，撒丫子跑便是，这才吃了这行饭。"

涂老幺新鲜得不行，两个灯泡似的招子往李十一的耳朵上一顿招呼，凑近了问她："听的是什么？游魂说话？"

"脚步声。"李十一道。

正说着话，方才的姑娘又从楼上下来，咚咚咚地动静不小，见他们几个仍在吃，便点头笑笑，钻入柜台前噼里啪啦打算盘。

阿音将拭唇的巾子一扔，晃着水蛇腰上前去，往柜台旁一靠，三分媚骨七分亲近，问她："这店里就你一个？你们老板呢？"

那姑娘扬了扬眉，笑道："我便是老板。还有两个伙计，近来天儿冷，早早放回了家。"

阿音又问："你叫什么？"

姑娘道："棠玉，叫我阿棠也成。"

"阿棠，好听极了。"阿音往她身边靠了靠，在她手上摸了一把，"这天儿冷得不行，你冷不冷？"

不远处的涂老幺将瓜子壳一扔，嫌弃地拉下嘴角："得亏是个女的。"

只见阿棠一怔，缩回手，笑得有几分尴尬："习惯了，不大冷。"语毕她又道，"客房的床铺备好了，水也烧上了，若用过了饭，便早些歇着吧。"

阿音笑着谢过，又谈笑了两句，方回来入了座。

三个人齐刷刷望着她，她翻了个白眼："不是。"

天冷得厉害，打更的人也不出活儿了，万籁俱静，连几声狗叫也听不见，阿音乏了一日，简单梳洗过便钻进被窝，正仰躺下轻叹一声想要休息，忽而听见外头传来轻轻的叩门声。她皱眉，狐疑地开了门，竟是宋十九抱着枕头站在门边。

小姑娘散着一头青丝，裹着单薄的衣裤，一双眼纳着灯烛璀璨的光晕，脸红扑扑的，也不知是不是冻的。

她跑进屋掩了门，拉着阿音钻进被窝里，轻轻道："我有些怕。"

一面说怕，一面两眼放光？

阿音将被子提了提："说实话。"

"我……我有心事。"宋十九扯着被角跑出来的线，像扯着看不见摸不着的丝。

"怎么说？"

"我有样在意的事，想与你说一说。"宋十九闪着精灵似的眼波，"不对，是人。"

阿音正支起身子越过她掖被角，闻她此言顿住了动作，半个身子罩在她上方，染了茉莉香的发丝垂下来，落到宋十九耳边，她瞧了宋

十九一会子，未几便了然地挑了眉："明白了，你长大了。"

"长大了？什么意思？"宋十九不明白。

阿音笑了笑，躺到一旁，想了一小会儿，问她："先说你在意的是谁吧，涂老幺？"

宋十九眼里透着迷茫，脸庞却比墙腻子还白，木着脸道："涂，涂老幺？"她在脑海里过了一下涂老幺的黄豆眼和大肚腩，厚实的手掌同咧嘴笑的模样，恨不得立时抹了脖子去。

阿音侧起身子，手腕子将脑袋撑起来，笑道："若不是，难不成是我？"她抬手碰一下宋十九的下巴，摇头，"我可不成，我桃李满园子，你却是一朵小栀子花儿。"

宋十九将咬唇的下半张脸藏进被子里，顿了顿，小声否认道："也不是。"

"我白日里见她捉了游魂，只觉十分厉害，想做她的师妹学个道上功夫。我总有些害怕，我不过是她从墓里拎出来的，万一，万一她不想要我了……"宋十九一面想，一面说。

阿音微眯着媚眼儿瞧了她一会子，嘴角似是而非地翘了翘，轻轻笑一声，复又躺下，也不知是高兴还是不高兴："十一呀……"

宋十九没落下她意味深长的停顿，翻身问她："怎么？"

阿音望着横生出木架子阴影的床顶，笑道："自她师父去了后，她便一个人，独来独往的，从不见她喜欢什么，也从不见她不喜欢什么。"

阿音偏头望宋十九一眼："她待你好，是不是？"

宋十九点头。

阿音道："她的心也不晓得是什么做的，瞧起来冷冰冰的，却万事随和，细致周到。可旁人的和气是亲近，十一的和气却只是和气，她待人自留三四分余地，到头来仍是无牵无挂的。"

若寻常友人的关切抛到别处，甭管是水凼子还是土泥地，总归能听个响儿，可若递给李十一，便成了那看不见摸不着的游魂，脚步走到哪儿，只有李十一能听见。

"这样冷的性子，你要同她亲近，要入她师门做她师妹，我瞧你是火烧骨头，不怕凉了。"阿音俏皮道。

"我不怕。"宋十九摇头，抿着小嘴，眼睛仍是亮晶晶的。

阿音拍拍她的脑袋，笑了笑："睡吧。"

又听宋十九问："那你说，她能让我做她师妹吗？"

阿音瞄她一眼，紧紧被子翻了个身："我吃什么饭的？师门这玩意儿，我怎么晓得？"

"问涂老幺去，他自诩师从李十一。"阿音含糊着困音，迷迷糊糊地打了个哈欠。

02

一夜无梦。这地头荒僻，但好在十分安静，几个人睡得算不错，唯涂老幺夜里胀肚醒了一次，眼皮眯着缝儿往茅厕去，依稀瞧见下头冒着光，仍旧是亮堂堂的，嘟囔一句："当真不要钱哪？"便又回屋打起了呼噜。

阿音睡得散了骨头，直到日上三竿才起来，打完水洗了脸，又将仍旧犯困的宋十九推了起来，两人懒懒梳妆，又小半个时辰才下了楼。

青天白日的，楼下倒不似昨夜那样冷清了，也围了几桌散客，一面吃一面聊着闲篇儿，烧肉清酒的香气过了瓜田李下的嘴，愈发引馋虫。阿音同宋十九到涂老幺身旁坐下，桌上摆了一屉薄如蝉翼的纸皮包子，鲜肉的厚实和山药的清醇交织出惊艳的香气，另一旁几个油浸浸的酥油旋儿，并两碗似粥非粥的甜沫儿。

李十一自隔壁拿了醋过来，也在旁边坐下，宋十九因昨儿初吐露了心事有些不自在，闪了两下睫毛只顾埋头喝粥，李十一见她夹了个包子，

问她："要醋吗？"

宋十九摇头，顿了顿又道："要。"

阿音咬着手背低低笑，李十一蹙眉，拣了个碟子给宋十九倒上。

"多谢。"宋十九望着醋汁儿说。

李十一手一顿，将醋瓶收回去，微微偏头望着宋十九。

宋十九垂着头咬了两口肉包，这才抬起头来，看清了李十一却是一怔，轻声问她："你今儿没贴上？"她手指碰了碰自己的右脸。

李十一摇头："人少，懒得装扮了。"李十一懒怠地拖着尾音，垂下眼帘望着桌角，食指自额角撑着，缓缓地往上移，配上毫无矫饰的一张脸，十分随性慵懒的模样。

宋十九放下筷子，拿了一张纸巾擦着嘴，又将那纸团子捏了，握在手里杵着唇角。

正吃得热闹，老板娘阿棠过来了，笑问："吃食可还入口？昨儿歇得好不好？今儿还续上一夜吗？"

涂老幺道："吃食不错，床铺也暖和，只是大姐，您这烛火也忒亮堂了，昨儿个我起夜，没留神只以为天儿大亮了。"

他环顾四周，道："这大白天的，怎还掌着灯呢？"

左右无事，阿棠便坐下了，望一眼四周油汪汪的灯盏，在白日倒不显得十分起眼，火舌晃晃悠悠的，外头起了风，也只是将那火焰打得歪了歪身子，复又坚挺地立了起来。

阿棠将两手叠在桌上，身子歪斜着坐着，对那油灯抬了抬下巴，又转过头来："各位有所不知，这哪里是普通的油灯，却是人鱼膏。"

"人鱼膏？"阿音蹙眉。

涂老幺晓得，又到了自个儿听不明白的时候，索性也不出声，只镇定自若地抓了一个油旋儿。

"人鱼膏我似乎听过。"宋十九想了想。

"秦皇陵。"李十一道。

宋十九瞄她一眼，想起来了："我前几日读《史记》，里头说：始皇初继位，穿治骊山，及并天下，天下徒送诣七十万人，穿三泉，下铜而致椁，宫观百官奇器珍怪徒臧满之。令匠作机弩矢，有所穿近者，辄射之。以水银为百川江河大海，机相灌输，上具天文，下具地理。以人鱼膏为烛，度不灭者久之。"

她摇头晃脑背了一长段，随后偷眼觑了觑李十一，李十一正巧也偏头望着她，对上她的目光，弯唇清淡地笑了笑。

"阿音，"涂老幺敲了敲桌子，"译一译。"

阿音不怒反笑，娇声道："说是天下之大无奇不有，什么老菜帮子也敢使唤起他姑奶奶来了。"

涂老幺原本支着耳朵听，却等来了一阵夹枪带棒的揶揄，一瞬便塌了肩膀，赖笑道："哪里是使唤，这不是您老经多见广，我受个教长长见识罢了。"

阿音这才略有些高兴的样子，头一扭道："相传南海之外有鲛人，又叫作泉客，形体同人类似，却是居在水里头。这人鱼膏乃鲛人的尸骨熬油制成，据说，一滴可燃数日不灭。十一说的秦皇陵里头，便有这人鱼膏制成的香蜡，保地底万世长明。"

涂老幺啧啧称奇地近前看那人鱼灯，脸皮上沁出些欢愉来："这皇帝的东西，咱们也能享用享用？"

"您这小店里，竟有这样的宝贝。"涂老幺比一个大拇指。

阿棠道："这也是机缘，咱们这儿临海，却没什么渔货，前两年我往海边去，却正见几个渔夫网了那奄奄一息的鲛物，说像是搁了浅，我眼瞧着它活不长了，便买下来，熬油做了灯，所幸那几个渔人也不是识货的，还生怕招了祸事，不过几百钱罢了。"

"原是这样的缘故，怪不得。"阿音喃喃道。怪不得夜里长明，怪

不得燃有异香，以尸骨为灯，怪不得招了游魂。

"那鲛人，长什么模样？"涂老幺问。

"十分丑怪，并没有什么人的模样，皮似蛟皮，有一个指头那样厚，脖子上有小孔，耳朵不过两个洞。"阿棠道。

"噢。"涂老幺呵呵一笑，顿失了好奇心。

众人默了一会子，阿棠站起来收拾碗筷，一面拾掇一面道："方才我收拾屋子时，见四角有熟糯米，房梁有黑驴蹄，敢问一句，几位是否是先生？"

李十一抬眼："怎么？"

阿棠将碗碟摞起来："我听说，再往北边去，临近马耳山的地方，有一老墓，说是哪个皇帝逃了来修的，墓里头好些金子，许多先生术士往墓里下。"

"嗬！"盛世古董乱世黄金，涂老幺招子一亮，"可有人得了？"

阿棠摇头："有些死里头了，倒是有些回来了，却痴痴呆呆的什么也不肯说，也不晓得里头究竟有什么。"

阿棠说完，将最上头一个碗一摞，抱起来往后厨去了。

李十一琢磨了一会子，说是有半章书惦记着，起身回了客房。阿音闲闲地嗑着瓜子儿，听隔壁桌的八卦。宋十九将追着李十一背影的目光收回来，扯了扯涂老幺的袖子。

涂老幺停下剥瓜子的手："咋了？"

宋十九压低了嗓子："你说，李十一喜欢不喜欢我？"昨儿同阿音谈过心，她有些紧张，若李十一是这么个冷漠的姑娘，怕是不爱带着自己了。

"喜欢。"涂老幺嚼了两下瓜子。

"当真？"宋十九耳朵一动。

涂老幺乐了："咱们谁不喜欢你？"

宋十九横他一眼，不死心："不是那样的。是……我若要拜师学艺，她会喜欢吗？"

涂老幺一愣，望着宋十九嚼了几下空气，头摇得两颊的肉直颤："那不喜欢。"

"为什么？"宋十九心里一紧。

涂老幺认真道："她是你娘。"

宋十九抿着嘴深深望他一眼，随即往后仰了仰身子，将嘴唇递到听隔壁八卦入神的阿音耳边，悄声道："涂老幺说你胖了些。"

阿音正在兴头上，没工夫同他言语，只将嘴唇一抽，暗骂一句："他大爷！"

宋十九满意地收回身子，耷拉着眼皮坐回来，对涂老幺连名带姓道："涂老幺，我是你大爷。"

现学现卖得活灵活现，甚至连重音和轻声都同阿音如出一辙，涂老幺却没见过将脏话骂得这样纯情的姑娘，又是好气又是好笑，将腿架起来嗑了两个瓜子儿，悠着脑袋朝上头一指："你娘来了。"小丫头片子，咱不敢同十一姐大小声，咱还治不了你？

宋十九气结，涂老幺吐着瓜子皮嗤笑她："嘿，不过活了十几日，学人谈拜师。"

且练呢你。

李十一在桌前坐下，换了身亮色的衣裳，眼见涂老幺右脚脚腕架在左边大腿上来回晃，宋十九咬着嘴唇满脸不忿，见着她来，竟不是很愿意瞧她，气氛微妙得厉害。

"什么时候回去？"李十一问涂老幺。

涂老幺一寻思，这入了胶东道，按讲好的，便是兵分两路的时候了。只是李十一向来是个不拘小节的人，任谁什么时候跟着她，什么时候走，

从来也不过问一句，此刻问了，仿佛是有什么下文。

涂老幺自觉聪颖一回，便答道："你有什么打算？"

李十一道："方才阿棠说的那个墓，我想去瞧一瞧。"

"这冰天雪地的！"涂老幺提了声调，见李十一态度坚决，又缓声追了一句，"当真要去？"

李十一点头，涂老幺琢磨了一会子，道："既来了，我也同你下了这个墓再走。"

李十一欲言又止："我原本不是要留你。"

她看了一眼宋十九，那墓听着有些凶险，方才翻了书，也没什么头绪，原本想让涂老幺将宋十九先带回京市，对上宋十九水盈盈的双目，话头堵在嘴边，却软了回去。那对莲藕似的胳膊又环住了她的脖子，耳边有小得同猫叫的一声："不要。"

涂老幺瞧出来了，意有所指地暗笑一声："姑娘大了，不由人。"语毕他抖抖肩膀，寻不远处的阿音讲笑话去。

宋十九抿着嘴唇目送涂老幺离开，又恼了一回他轻快的背影，这才将视线收回来，宛转地对上李十一若有所思的眼。

李十一喝一口茶，看看她，也没有说话的意思，但仿佛是打定了主意等她开口。

宋十九也学着她饮一口茶，再看看她，忽然觉得这样坐着也十分好。

李十一握着拳头抵住嘴唇，低低咳嗽了一声，宋十九将嘴唇从茶杯上挪开，忽然想起了什么要紧的，问李十一："我问你，咱们，是娘儿俩不是？"

李十一讶异的神色突现，盯了她三两秒，才摇头："自然不是。"

宋十九高兴了，心头大石落地，笑眯眯地将头枕在胳膊上，用蜜桃一样水灵的眼睛望着她。李十一却皱了眉，难得地欲言又止，斟酌了好一会子用词才开口："你若要我的钱，也不必寻什么由头。"

她想了想，好似明白了宋十九今日缘何心事重重，多半是没爹没娘的，不知来处也没有去处，怕被她扔下，自个儿也没什么营生的本事，吃不起饭，这才想要认个娘。她想起宋十九呜呜哭着说自个儿"爹不疼娘不爱"的模样，脑仁又隐隐作痛。

宋十九怔愣："钱？"

李十一道："你若要什么，只管花便是了。"她想了想，又添一句，"我既将你从墓里抱出来，总不会不管你。"

宋十九望着她认真的神色，嘴里又含了两遍"我总不会不管你"这句话，一时也不知该哭还是该笑，她望着李十一闭得并不牢靠的嘴唇，偏偏它色泽鲜润弧度美好，什么话讲出来，都让人觉得动听。

她叹一口气，将头埋在臂弯儿里。

03 🐚

又在阿棠店里歇了一夜，第二日一早众人才收拾了东西动身。宋十九睡得不大好，起得十分早，未绑上辫子，只以发箍将一头青丝束了，柔顺地垂在两侧，配上白嫩的小尖脸儿，很有些恬静的学生气。

她扶着栏杆往下走，却当先听见了阿音同李十一压抑的争吵声。涂老幺照例是坐在一旁缩着骨头，大包小包堆在桌上，阿棠早早儿地开了门，翻了桌椅擦了地，捧着一杯茶坐在店门口发呆。

李十一手揣在裤兜里，靠在楼梯下方的墙壁上不作声，只听阿音冷笑道："金子，银子，比什么都入咱们十一姐的眼，这才听了一两句，便要往那墓里头钻。"她昨儿只顾聊闲篇儿，却是今儿一早才听涂老幺说起李十一要下墓。

涂老幺打圆场："欸！"

阿音回身一瞪他，眉毛挑得高高的，交叉胳膊挺了挺胸脯，截了他的话头："怎么？我说错她了？说好是来瞧师父，半道儿里仍不忘摸个

棺材，可见是师父的好徒弟了，总不忘吃饭的家伙什儿。这也是稀奇了，当年你师父在的时候，也不见你这样殷勤。"

李十一舌尖顶了顶牙关，缓慢扫了一圈儿，仍是未说话，抬头见宋十九下了楼，喊她一声："十九。"

阿音顾了宋十九一眼，将气纳回去，只回身嗤一声："去！钻钱眼子里去！"便坐下搭起二郎腿。

宋十九见她生气，过去拉她的手，听李十一道："你若不愿，不去也成。"

"屁话！"阿音斥一声，勾着宋十九的手心儿冷脸不再说话。

李十一这招以退为进是百试不爽，活活吃死了她，吃定了她。

该。她骂自己一声。

李十一过来，问她："那你去是不去？"

阿音指着宋十九和涂老么，冷笑："姑奶奶不去，谁给你收尸？这老、弱、病、残？"

面前两个人，她却一字一顿地说了四样，涂老么在她的眼神里明白过来，"弱"是宋十九，旁的都是他。

李十一暗笑了笑，埋头收拾起行李来。

待收整完毕，阿棠仍旧坐在门口，入定一般一动不动，她今日没梳头，漆黑的秀发拨到一边，发梢沾了些水，被冷风一吹结了冰碴子，她也浑然不觉，只伸手有一搭没一搭地捋。

"我们要走了。"李十一走至她身后。

阿棠温温道："雪天路滑，慢着些。"

李十一却坐到旁边，道："昨儿的故事，还没讲完。"

阿棠穿山渡水的眼眸溢出些惊讶，转头看着她，笑问："什么？"

李十一环顾四周，将眼神最后定在有些漏风的门脸儿上，问她："你一月挣几个大洋？"

阿棠想了想："这地方偏，多则五十，少则二十吧。"

"你昨儿说，买那鲛人，花了几百钱。"李十一抿了抿嘴角，"什么缘由，能让你花这样多的银钱，只为点几盏灯呢？"

阿棠深深望着她，待冷风再起时，才又转过头去，微笑道："要涨潮了。"

阿音他们见李十一同阿棠坐在门口，心里头纳闷，也拎起行李过来听。阿棠同他们打过招呼，将头倚在门边，道："你倒是头一个问我的。"

她说："我在等一个人。"

"我生来无父无母，自幼在海盗窝里长大，海上同地里一样，靠天吃饭，饥一顿饱一顿，面黄肌瘦同大头萝卜似的。"不晓得谁给她起了名字叫棠玉，好似是抓来的一个教书先生。棠是海棠的棠，玉是翠玉的玉。

"前几年海上抓得紧，我们东躲西藏，被炮轰了，不当心便落了海，也是我命大，被冲到了这诸城岸边，一个白面小子救了我。

"那小子生得顶漂亮，又白嫩，仿佛极少见太阳似的，却是病恹恹的，眼睛有些毛病。

"他照顾了我六七日，随后便要家去，我问他可还来吗？他说他眼睛不大好，又不大认得路，恐怕寻不回来了。

"我便说，我在靠海的地界盘一个小屋，点最亮的灯，他必定能找着。他笑说这样便好了，一眼就能瞧见。

"我在岸边做了两年工，有了些银钱，小屋开作了客栈。海边风大，夜里灯总是灭，我唯恐他寻不着我，便花大价钱买了那鲛人，熬油制了灯。"

阿棠说得断断续续，人鱼灯也同她的话一样明明暗暗，却始终不曾熄灭过。

阿棠最后笑了笑，望着屋外说："也不晓得，他什么时候才能回来

呢？”她眼里的希冀是那样明显，令她瞧起来像个十三四岁的少女。

　　李十一听完，望着远处静静吹了会子风，清淡一笑，道：“我听闻，鲛人的故土在南海，离这里十分远。你碰见了，是有福气的。”

　　阿棠讶异地扬了扬眉，随即弯起眼角笑了笑。

　　“既有福气，大约能等到吧。”

　　李十一不置可否，站起身收拾了东西，对宋十九三人点点头，在冷风中辞别了阿棠同她小小的旅店。

　　阿音呛了一口寒气，裹着大衣微微咳起来，仍是想着店里那盏灯："不晓得，那鲛人究竟是似鱼还是似人？”

　　李十一望着海雾弥漫的前路，道："我师父说，她曾见过一次鲛人。

　　"鲛人一生可化形一次，变作人样时，眼内有雾，视物不明，幻化七日，不复人形。”

何处觅知音

第五章

01

马耳山不远，雪路难行，也不过一个半时辰便至了山脚。山十分矮，连雪也没有积上，山脚下仍有几处刚升了炊烟的人家，并一两个小卖铺。李十一在铺里买了些干粮，又问了问找零的老板，老板对有人来寻墓见怪不怪，头也未抬地往东北方向一指，也不言语什么。李十一依言谢过，待几人走了，那大爷才窝到藤椅上，耷拉着眼皮望了他们一眼。

沿着山道蜿蜒向上，再半盏茶的时间，他们面前便有了岔路，那路并未铺上青石板，也未设什么屏障，两旁的枯草一丛一丛的，东倒西歪，仿佛是纷至沓来的行人踏出来的。

涂老么当先跳过去，兴冲冲地说："必定是这条道了。"

蜷缩的黄叶和干燥的树枝被踩得嘎嘣作响，风仍旧呼呼刮着，却不是太刺骨，偶尔有正午的阳光刺下来，仿佛有了几分京市的晴朗模样。沿那小道再西行几步，眼前便现出了小小的洞穴。

李十一瞧一眼便明白了，这是山洞汉墓的形制。山洞墓依山而建，开洞为陵，与寻常地底的墓室十分不同。路两旁垒着黄白相间的碎石，十分简陋地形成一道扇形的入口，正中一株半死不活的歪脖子树，风刮来也不见得摇两下，树后是一个半人高的矮门，以锈迹斑驳的铁皮封住，与墓并不十分契合，仿佛是山里的村民掩上的。

涂老幺得了李十一的眼色，搓了搓手上前去，在粗布裤头上揩了两把汗，双手执住铁门把手，扎了马步大喝一声将其拉开。戏做得很足，门却并不重，只略一施力便散了下来，"哐当"一声砸在地上，连动静也并不十分大。

涂老幺有些尴尬，讪笑两声收回手，用力擦着掌心的铁锈，将李十一她们让了进去。眼前是一个黑不见指的山洞，洞顶比李十一高不了多少，涂老幺依着外头的光亮点了灯，见李十一微微勾着脖子，仿佛不太高的顶部有些压迫感似的。

这山洞十分怪，未有寻常洞穴的凉风，也未透出几分阴森，甚至比外头还暖一些，仿佛燃了炭火似的，温热地包裹着涂老幺红萝卜似的手指。山洞里虽不冷，却愈来愈黑，油灯的光亮仅够笼住半人长的视线。脚步声踏在里头，荡出的回音也着实有些恐怖，涂老幺心里头又有些犯怵，便找了话题问李十一："十一姐。"

"嗯？"

"您有没有发觉，咱们每回下墓，都不必打洞。"他从前听说书，人家吃这行饭的，那可是分金定穴，什么黑折子探阴爪，那叫一个技术。

李十一瞟他一眼："倒是发觉了，你每回一紧张，便会喊'您'。"

涂老幺悻悻然住了口："有这回事儿？"

阿音嗤笑一声不搭话。宋十九不习惯阴暗的环境，走得十分小心，两个指头抵着岩石内壁，埋首张着大眼看路，下巴要抵到胸口去。

李十一有些奇怪，以宋十九往常的做派，若路难行，必定吵着闹着要牵手了，如今却呼着小气挨边走，也不央她一句。

　　思及此处，李十一又抿了抿嘴角，想来相处不足一月，这个"往常"，却也是她十岁的时候了。李十一心里没来由地有些怅然。在她自己一个人时，她是十分不在意"时间"这个玩意儿的，春夏秋冬，也不过是添衣减衣罢了，偏偏宋十九以一种奇异又夸张的方式，似人形怀表一样杵在她跟前，让她无法不审视时间的意义。从搂着她脖子的白胖婴儿到如今贴边潜行的娉婷少女，让她猝不及防地感受到了一种人事变迁、光阴流逝带来的失去感，这种失去感被一再压缩，任再迟钝的人也无法忽视。

　　她停下来，将手递过去，柔嫩的手心朝上，修长的四指略略弯曲，是一个完整的邀请姿势。

　　涂老幺停下来，手中的灯影一摇，阿音亦愣愣地将眼神放在了李十一的手上，李十一看着宋十九，宋十九抿嘴盯着她的指尖。

　　好在宋十九的怔愣同众人的停顿都是一瞬，她未多思索什么，便眉眼弯弯地将手递了过去，握住李十一冰凉而干燥的手，捏了捏，肌肤细腻骨节分明，分明只有几日未牵，却暌违得似久别重逢。触感仍同幼时一样，只是她的手大了许多，李十一不能再松松地任由她抓着，而是反手握住她柔软的四指——以成年人的方式。

　　宋十九反而有些退缩，揣着脱兔似的心跳将手指往后撤了撤，李十一不明所以地回头看她，手不自觉地捏了捏她的指腹。

　　宋十九咬唇低着头，呼出一口气。

　　前头开路的涂老幺只自顾自地说着话："十一姐，你说，若拿了金子，要做什么？"

　　"不晓得。"李十一的嗓音十分动听。手腕被宋十九握着，在她无波无澜的语调里，埋藏着肌肤下动脉鲜活的跳动。这种感觉奇妙极了，仿佛和她有了清冷淡漠的外表下，不为人知的某处跳动的关联。

　　涂老幺又问阿音："音大奶奶？"

阿音端着手："金门成衣局的衣裳，姑奶奶全包了。"

涂老幺揶揄地看她一眼，转脸向十九："你呢？奶十九？"

宋十九一愣，望了望李十一，随即低了头，不好意思道："不瞒你说——我还没见过金子。"

涂老幺一声驴叫似的畅笑，将宋十九吓了一跳，捏了捏李十一的手腕子，抬头正好望见昏暗的灯光下她微微翘起的嘴角。

宋十九抿嘴莞尔，又问涂老幺："那你怎样花？"

涂老幺转身回来对着她，大手一挥眉飞色舞："勒吐精牌代乳粉，你们听过没有？我从前听南边来的几个老哥说的，洋牌子，与母乳无异。我听隔壁的婶子生娃通乳的时候，疼得直叫唤，我寻思等你嫂子生了儿子，若有钱，买代乳粉吃。你嫂子一叫唤那你可不知道，十里地的老牛腿都打战！"

宋十九听得直乐，胸腔一颤一颤的，正要搭话，却听耳边"啊"一声巨响，正是老牛入水的声音，水花子荡起来，溅了她满脸。她停下步子，在摇晃的灯光中瞧清了眼前的状况，面前竟有一条小河，横在道前，死水一般，涂老幺从水里钻出来，皱巴着脸"呸呸"吐了几口水，双手举得高高的，抢救一般托着煤油灯。待他站定了，才发现那水不过大腿高，自他膝盖上方绕着，有些缓缓流淌的动态，李十一伸出原本插在兜里的另一只手，弯腰递给涂老幺，阿音亦上前道："快上来，仔细冻着。"

涂老幺却疑惑地望了自个儿的腿一眼，挠头道："这水温温的，并不冻。"方才入口的水还有些咸，这河道仿佛连着海子。

李十一直起身子收回手，涂老幺举着灯四处瞧了瞧，指着前方道："那上头有阶梯，想来是墓室了，这里没有旁的道，仿佛只能自水里穿过去。"

李十一想了想，当先下了水，试了试深浅。她将手腕从宋十九手里抽出去，宋十九将手垂到腿边，空落落地捻了捻衣裳的毛边。

李十一道："水算干净，也不冻。"

语毕她将迟疑的眼神递给阿音，望着她精美的旗袍，问："下不下？"

阿音哼一声："不问十九，反倒问我？我下斗摸棺的时候，还没她呢。"她一面说一面将高跟鞋脱了，并作一处挂在手上，"哗啦"一声跳下了水。

宋十九无二话，也蹲下身子探腿入河。

仍旧是涂老幺打头，拥着水旋子一脚一个坑地往前涉，李十一牵着宋十九慢慢挪，阿音跟在一旁，因这水里烂虾一样难闻的味道掩了鼻。

水路难行，涂老幺也不咋呼了，大气不敢出地顾着路，偶尔拿棍子划拉一下水，敲两下探探虚实。李十一手里忽然一紧，回身一看，却是宋十九白着脸僵在了原地，对上她的目光，舔了两下嘴唇，视线下移道："好……好似有东西。"小腿上有滑滑的触感，木棍子似的一下一下往她腿肚子上撞，水里冒出咕噜噜涌动的声音，一秒更比一秒大，她噤若寒蝉，未知的恐惧自脊梁骨散开来，轻易便遍布了全身。

李十一感受到她指尖的战栗，紧了紧握着她的手，温声道："别动。"

宋十九点头，急急吸了两口气，却见李十一慢慢靠近她，一手牵紧她不放，一手随着弯腰下探，略一用力便将那顶撞她的物事捉了出来。待瞧清了，李十一鼻息微动松软一笑，转了转头，又正回来眼眸清透地望向宋十九，抬了抬眉头。

"嗨！鱼呀。"涂老幺凑近前，注视在李十一手里摆着尾巴的小鱼苗。

未等李十一松手，他又将眼睛凑近了些，在灯下眨巴了两下，奇道："这什么鱼，竟没有眼珠子？"

李十一翻手仔细瞧了瞧，体长而扁，腹圆头短："应该是赤鳞鱼。"

"赤鳞鱼不下山，寻常长于泰山之水中，缘何会在这里头？况且，这眼珠子都没了，仿佛是退化了。"阿音走过来。

李十一将那鱼放了："山洞之中不见光，天长日久，视物的本事用不上，眼部退化也是有的，只是这鱼既游到了此处，河又通着海，自然也能游出去，没有久居洞中繁衍生息乃至双目退化的道理。"

阿音点头称是，听李十一沉吟道："除非。"

"除非这里头，有吸引它们围聚于此的东西。"

02 🐍

蹚过河水，不大一会儿便触到了前边的阶梯，涂老幺将灯搁在上头，双手一撑当先上了岸，随即将几位姑娘一个个拉起来。阿音靠在一旁拧袍脚，方才水里是暖，此刻上了岸，哆嗦一个接一个地打，到底许久未下墓了，身子骨实在是矫情了些。

涂老幺蹲在对面脱了鞋倒水，李十一将裤子拧干，又对宋十九道："将裤腿挽上去。"宋十九依言照办，莹白的小腿在洞中钩月似的亮，细皮嫩肉瞧得涂老幺连连慨叹。

休整完毕，一行人才又往里边走，好在洞中没什么别的生物，唯独两旁挂着一些簸箕大的蛛网，同几排倒吊的蝙蝠，人一过，蝙蝠振翅哗啦啦地飞，抖落簌簌的尘土。

越往里走，洞穴越安静，凸出的石柱上偶尔坠落水滴，似蟒蛇吐信时犯馋的垂涎。再走了两三分钟，才显出了墓室的模样，正中央一个开阔的前堂，岩洞下方筑了瓦片垒的屋檐，连着红漆脱落的四根巨柱，若忽略柱上腐蚀的痕迹，倒似墓主生前富丽堂皇的宴客厅。前堂里头只一张供桌，想来应当有殉葬的礼器，可竟被搜刮得十分干净，唯余几块土砾色的碎片，若好生辨一辨，大抵能推断出此墓的朝代来。

前堂两旁有两个偏侧的耳室，涂老幺逛了一圈，仍旧空荡荡的什么也没有，他又是疑惑又是气，骂一句："这小娘子说瞎话，哪来的金子？连个苍蝇腿子也没有！"

李十一动了动鼻翼，穿过前厅，见一个小小的过道，过道用石门掩着，李十一本要推门，又收回手蹲下来瞧了瞧，石门下半段尽是深浅不一的刮痕，嵌着朱砂色的血迹，李十一伸出指尖比了比，仿佛是抓痕——

如此凄惨的抓痕，想来经过万分恐惧又走投无路的惊吓。

她手中捏了一个符，示意涂老幺将包袱里能用的工具都招呼上，又对阿音使了眼色，阿音一手捏符，一手牵过宋十九，将她护在身后，屏住呼吸注视着李十一手掌一撑，将石门慢慢推开。

石门里头才是正经的棺椁室，四壁勾着年代久远的壁画，以红白两色为主，无非是礼乐上宾一类的画作，未有功绩生平，想来墓主生前应是富甲一方的乡绅，却没什么大的地位，更遑论那传言中的九五之尊。

涂老幺补了些知识，也懂行了几分，一瞧壁画便有些失望，心里头直呼上当。地上半个金银匣子也没有，甚至棺椁也不见了踪影，唯独中央一张巨大的、足有二人长一人宽的汉白玉棺床，冷气氤氲地矗立正中。

李十一手中的符纸在指缝里来回绕，仍旧是玩扑克似的方式，阿音却晓得她心里头紧张了起来，李十一面上总是一潭深不可测的清水，可紧张时她会抿住嘴角，左手指尖会在腿侧无规律地轻叩。

涂老幺见那白玉床还有点意思，搬是搬不走，上前看仿佛被人凿了几个缺口，那玉屑不晓得是什么缘由未带得出去，零零散散碎落在底下，如拱月的星辰。涂老幺正要弯腰拾掇几个，却猛然顿住，瞳孔似被针扎了一样缩起来，面庞扭曲得如同见了鬼，半晌才跌坐在地，反手撑着蹬腿往后挪，嘴里言语不成形，只被掐了脖子一样"啊，啊"了几声。

涂老幺胆子虽不大，却从未有被惊吓到如此地步的时候，李十一心下一凛，忙蹲到他身边，眼盯着那白玉床，问他："怎么？"

"兔……兔兔兔兔子。"涂老幺结巴得厉害，豆大的冷汗从额头上滚下来。

"兔子有什么可怕的？"阿音疑惑。

涂老幺屁滚尿流地往外爬，一面爬一面扯李十一的裤脚："吃吃吃……吃人哪！"

话音刚落，白玉床角落处骨碌碌滚出一个头骨，沾着干涸的血迹，宋十九抬手捂住了嘴唇，见一团柔软的绒毛落地，四爪一抬一落，白玉床后头走出一只狮子大的巨兽。

那巨兽长得同兔子一个模样，脑袋却比人头大，毛发跟银线织似的漂亮，一抖便是一室清辉，火红得似宝石一样的眼，别到身后的长长的耳朵，俊美的脊背和臀部，大腿两侧同背部有牡丹花似的图案，行走的姿态优雅极了，活生生一只灵气逼人的瑞兽。偏偏那瑞兽嘴边的绒毛上沾了血，牙齿咯吱咯吱地咀嚼着，偶尔蹙一蹙眉头，好似被坚硬的豌豆硌了牙。此刻它略偏着头，好整以暇地审视众人，仿佛瓮中捉了鳖。

宋十九一个腿软便靠在了墙边，阿音亦冒了冷汗，急促着呼吸退了两步，李十一心中警铃大作，轻步移动身体，不动声色地挪到了宋十九同阿音的身边。

"是什么？"阿音以气声轻轻问她。

李十一勉力平复着呼吸："讹兽。"

《神异经》里有记载："西南荒中出讹兽，其状若菟。"讹者，伪言也。兽如其名，擅说谎话，据闻若吃了讹兽的肉，便再也无法说真话。

讹兽常在西南出现，李十一从未碰到过，不想在此处遇见，也霎时明白外头的赤鳞鱼为何团聚在此——正因这讹兽有善魅动物、引人聚兽的本事。

"吃人吗？"宋十九颤着声儿悄声问。

李十一护着她们不紧不慢往后退："吃。"

"讹兽以谎言为食，最爱吃说谎之人，若几人同行，便挑最善说谎一人先食。"李十一的尾音罕见地抖了抖，盯着讹兽的瞳孔又暗了几分。

讹兽将口里的手指咽了下去，一步一摇地向他们走来，涂老幺惨叫一声便要往外跑，却见那讹兽臀部用力，轻盈一跃便至了他近前，前爪扣地，锐利的双眼攫住他，发出低低一声嘶鸣。

那吼声似海豚的尖音，又略带了些沙哑，迅速地敲击人的耳膜，令

人头晕目眩恨不能掩耳闭目。魔音穿耳循环往复，尖利得要将人七窍震出血来，连室外的水流亦如被捶打一般震荡，满池子赤鳞鱼来回跳动，鱼跃龙门一样争相出水。阿音呻吟一声跪倒在地，手死死扣着泥地；涂老幺抱着脑袋直打滚儿，眼皮抽得似被泼了开水；宋十九蹲在角落，浑身失了力气，捂住双耳眼泪直流；李十一亦被袭得神魂俱震，半坐在墙壁旁，抓着膝盖的手用力得指节发青。

涂老幺扯着李十一的裤管叫唤："符咒呢！法术呢？！十……十一姐，我，我难受啊！"大男人涕泗横流，比抽了大烟还扭曲万分，李十一反握住他的手，喉头腥甜说不出话。

眼见他们没了气力，讹兽才停了下来，鱼伏水稳，安静得似什么也没发生，唯独耳郭里饿鬼哭号一样呜呜呜的回音和被打了几闷棍似的前庭，提醒他们一切都不是错觉。

李十一平复了几回呼吸，才找到了些调子，将涂老幺的手放开，绝望地摇头："符咒只收鬼魂，对着古兽半点用处也没有。"

涂老幺的眼珠子混混沌沌地停下来，嘴唇似被锯子拉下来的钝肉，麻麻木木的半字不能言。墓室里仅有几人焦灼而无力的喘气声，同讹兽扣着爪子前行时指甲嗒嗒嗒触地的声响。它闪着天真却狡诈的眼，来回观察它的猎物，这几个姑娘都长得十分水灵漂亮，漂亮的姑娘总会骗人，还有这一个市井泼皮模样的男人，不晓得哪一个的谎言，会先成为它腹中之物。

涂老幺翻过身剧烈地呕起来，黄白汤一齐往外冒，讹兽却并未停止向他走来的步伐，它抖着水亮的皮毛，周身的阴影把涂老幺笼罩在内，竟将他衬出了几分无助与柔弱来，涂老幺眼一闭心一横，吃江湖饭混日子的，说过的谎比吃过的米还多，就没两日前，他还指着李十一说她是宋十九的娘。他吐得胆汁儿都要出来，腿触电似的颤，只恨此刻没了力气，不能抽自个儿一个大嘴巴子——叫你胡说，合该撕烂这张没用的嘴。

他正准备引颈就死，慌里慌张竟想不起来遗言，待心里头急匆匆开了个头，却见那讹兽脚步一顿，却是犹犹豫豫地朝一旁的阿音走去。

阿音仓皇地抬头，泪痕印在眼边，嘴唇被咬过，是红润润的艳丽，任是这个时刻，仍旧是春风一度后，枝头一等一的娇花。

讹兽似嗅吻一样凑近她，耸动的鼻瓣好似在打探她的心扉，半晌，它带着腐尸般令人反胃的恶臭，朝她张开了嘴。

阿音喉咙里吞了几声，闭上了眼。

我叫阿音。

我有一个理想，是桃李满天下。

我自小生得好看，六岁父母离世，舅舅要将我卖去窑子里，师父路过，以大半副身家将我买了下来，给我起名叫阿音。

未知何处有知音，常为此情留此恨。我便是这个阿音。

十二岁那年，南边战乱，摸骨南派凋落，我同师父北上，在泉城的钱将军墓里碰见了李十一师徒。那年冬天冷极了，师父没挨过去，临终前将我托付给了李十一的师父，自那以后，我同她一齐挑水劈柴，练术法打盗洞，她叫我阿音，我叫她李十一。后来，我叫她十一。

十六岁，我同她一起将她师父埋在了九如山下，她领着我背着包袱来了京市。时局不好，尸骨乱葬，墓不好下，还要同军老爷的队伍抢饭吃，我同她有一顿没一顿，穷苦得没了盼头。李十一便是从那时起，日夜练功，翻书习册，什么墓都下，什么活都接。

十八岁，我同她安顿下来，盘了一个简陋的小院儿，在道上也渐渐有了名头。十八岁尾的最后一天，她接了冀北雾灵山的活儿，可身上没好利索，疼得直哆嗦，我让她歇着，替她入了那盗洞。

我在那盗洞里，碰见了螣蛇的精魂。

螣蛇乃上古神兽，据传是女娲座下左右宠仙的后人。即便是精魂，

我也万般不敌，我动了它老人家的供桌，它发了怒，以蛇尾鞭打我眉心，附了一魄在我身上。

师父留给我的书上有这么一句：螣蛇，性柔口毒，懒而淫。

我百般求药，仍不得解，身子也一日懒过一日。我同李十一有了嫌隙，我不愿再同她过在一处，我搬进了胡同里。

我被这副身子里的欲望驱使，快活，也不快活。瞧不见李十一的时候我快活，瞧见了她，便不大快活。李十一数次来瞧我，同我彻夜长谈，我笑嘻嘻地同她说，我的理想，是桃李满天下。

我叫阿音。

我满口胡诌，谎话连篇，我此生撒过的弥天大谎，叫作理想。

我会骗她一辈子。

"阿音！"一旁传来李十一失措的嗓音。

讹兽低低打了个嗝，胃里返出下水一样的恶臭，阿音紧张地舔了舔嘴唇，下颌凸出来，冷汗细细密密地将她的妆容晕花，浑身的汗毛有所感应似的立了起来，仿佛在微弱地对抗讹兽的靠近。

讹兽冰凉湿润的鼻尖抵着她的额头，触感似蛇一样黏腻，阿音紧闭着双眼，却忽然感觉汗毛一软，笼罩她的阴影缓慢撤开，压迫感同讹兽嘴里的腥味一起消失。

嗒嗒嗒的爪子挠地声又传来，阿音喘着粗气睁眼，见讹兽纵身一跃，跳到李十一面前。

李十一同宋十九靠在一起，筋脉似被震断了一样毫无力气，她眼睁睁看着讹兽一步步向她走来，口里干燥得似冒了火，眼皮不听话地直跳。一旁的宋十九发出无助的呜咽声，李十一转头望着她，忽然一个侧身背对讹兽，随即抬手捂住了她的眼睛。

李十一低低喘着气，同宋十九快速而清晰地低声交代："你才生为人不久，没说过谎，想来它不会吃你，若你能逃出去，想法子回京市，找涂嫂子，同她说一声对不住。"

宋十九的睫毛在她手心里一直打战，似捉了一只惊惧的蝴蝶，李十一反倒奇异地镇定下来，同她说："我也，对你不住。"

她不晓得自己为何突然说了这句话，但好似挑挑拣拣不晓得该同宋十九说什么，明明才同她应承过，将她从墓里抱出来，总不会不管她，可才照顾了她不到一月，便要将她独自丢下了，她生得漂亮，却没什么本事，虽机敏，心思却单纯，又没几个相识的好友，在这个世道也不晓得能活下去不能。

宋十九的睫毛不抖了，她的鼻尖微微发红，乖巧地在李十一手心里闭着眼，认真地问："我若立刻说许多谎，是不是便能同你一起死了？"

李十一万万没想到她说的是这样的话，心神颤得不像样，仿佛有人结结实实地在她心尖儿上打了一拳似的。她所做的一切努力，都是为了活下去，可对宋十九来说，生或死仿佛并没有什么区别。

她放开掩住宋十九的手，宋十九睁着黑白分明的眼望过来，她这回没有哭，也没有吵，仅仅红着鼻头，柔软而坚持。

讹兽的气息喷在耳后，眼前是宋十九嘴唇一开一合的默念，她在绞尽脑汁想着能说的一切谎话，一旁是涂老幺无能为力的哀泣同阿音精疲力竭的抽噎声。

李十一转头越过讹兽的毛发，看了阿音一眼。讹兽在头顶张开血盆大口，喷着血沫子的往事尽数翻涌，将李十一打了个措手不及。

我叫李十一。

"雨歇微凉，十一年前梦一场。"我便是这个十一。

我还没落地我爹便跑了，是我娘独自一人在坟场里将我生出来的。不知是不是这个缘故，我能听见鬼的脚步声。长到四五岁，家里穷得揭

不开锅，我娘养不起我同兄姊几个，将我送给我师父学艺，她嘱咐我说，既然我能听见鬼的脚步声，也算是个奇技，下墓前听一听，若有鬼，便不下了，无论如何，保命要紧。

说是学艺，实则也便是送了人。我从四五岁便同她分别，此后再没见过，所以我其实并不晓得，十岁应当不应当牵手，我娘也从未对我说过。

师父爱喝酒，并不是十分记事，自然也不会记得我的年纪，久而久之，连我自己也忘得差不多。我同师父四处接活，在泉城的钱将军墓里，遇见了阿音师徒。同我和师父相比，他们实在体面，我头一回见倒斗的小姑娘下了墓，头上还有红花似的打蝴蝶结的头绳。

阿音的师父好打扮她，她走到哪都是粉雕玉琢的一个，而我的师父拿煤灰抹我的脸，对我说，皮相实在不重要，能活下来便好。师父同我娘一样，总说命要紧，相貌不重要，年岁不重要，是不是在一处，也不重要。

阿音的师父染了肺痨，没挨过冬天便死了，痨病染人，我同师父将她一把火烧了，阿音一个豆子也没掉，只跪下磕了三个头。

再往后我与阿音同吃同住，情同姊妹，师父待她同待我一样好，她的力气比我差些，有时挑水砍柴的活计，我偷偷帮她做，师父发现了，也不罚我，只笑着喝一口酒，指着我说，你如今帮了她，往后却是害她，你若不信，便等着瞧。

我后来想，师父说的总是有道理，若我同阿音当初勤勉一些，再长些本事，便好了。

没几年，师父也走了，不晓得是酒喝多了伤了身，还是墓下多了坏了神。师父走得十分安详，她说，不哭便对了，我这辈子没看走眼过，你是个有大造化的。

我同阿音将师父埋在九如山下，而后收拾包袱去了京市，头一回到这地界，糖葫芦、豌豆黄、驴打滚儿……阿音什么都新鲜，只是新鲜要钱，我们新鲜不起。我那时同阿音顿顿都是白水面，她并不嫌弃，还笑吟吟同我说，日后有钱了，便在面里卧上鸡蛋，想卧几个就卧几个。

穷困让人的想象都畏畏缩缩，敢贪图的也不过就是几个鸡蛋。

又过了两年，出了几样好货，我们才渐渐宽裕起来，手里也有了几个余钱，当初没尝过的新鲜都尝了个遍，还在城南租了一方小院子，我支摊儿揽活，她洗衣做饭，日子算是踏实。

再往后，便是她十八岁尾那一天。她一如往常地去了，一如往常拿着钱回来，关门说累坏了，再不干这事了。

她一直以为我不知道，可是，我能发现这样多破绽，又怎么会发现不了同我日日在一处的阿音的不同呢？我瞧见了她冬日困乏得睁不开眼的懒惰，听见了她一日比一日毒辣的言语，听见了向来不爱认字的她辗转反侧、披衣翻书的声响。

我一页一页翻看她瞧过的书，书上被反复捻出毛边，拓下汗渍的页面，都有螣蛇的记载。我明白了她所发生的变化。我寻遍古籍，求问高人，还去雾灵山探查了一番。

雾灵山半山腰有位老道同我说，螣蛇乃女娲座下蛇族神兽，它的毒轻易难解，然而《山海经》里有言，女娲座下还有一龙身灵兽，唤作白曜。相传白曜同螣蛇追随女娲补天，分列女娲娘娘左右护法，白曜为左，位尊于螣蛇。倘若找着纳有白曜精魂的神物，八成能将螣蛇之魄驱赶出来，剥离人身。白曜的模样没几人见过，却同螣蛇相生相克，螣蛇通常便藏身于白曜神像周遭。

我谢别老道，回了京市，阿音却搬往了胡同里，我去寻她说话，她同我谈天，谈地，谈理想；无风，无月，也无情。

我没有说什么，自个儿回了家里，而后接了从前推拒的几样活。我四处打听，是否有灵异妖兽出没的地方，哪里有奇事诡事，我便往哪里去。

涂老幺不能动的墓，我下了；吴老爷迷人窍的活，我接了；阿春万

里之外求解生前事，西京古物市集的铺头挨个问；阿棠口中令我动心的也从不是什么金银珠宝，而是……

万一呢？万一呢。

我叫李十一。我爱说"不晓得"，我常装"不知道"。我用几年的时间说了一个天衣无缝的谎，叫作若无其事。

03

铁锈一样的呼吸自讹兽的鼻腔里吐出来，令人作呕地喷到李十一头顶，李十一本能地偏过头，动作激怒了垂涎三尺的巨兽，洞内疾风一动，讹兽胸腔中又起了呜呜的兴奋噤叫，仿佛是美餐前虔诚的祷告。

李十一被它的右爪拂倒在地，肩膀似被铁钳焊住了，能感受到讹兽钢筋一般的利爪行将冲破骨肉、死死往下穿刺的张力。濒死之时她的感官被悉数带走，耳旁涂老幺同阿音的哭喊声远得似在天边，眼前唯剩酸痛的汗水，糨糊一样迷住她的眼睛。她仅能觉察到自己的呼吸声，同恐惧一起起起伏伏，像腰斩了她一遍又一遍。

讹兽侧过头，伏在她颈边，朝她张开口，她勉力动了动未被制住的左手，艰难地攥了一个火符，一抬手拍到讹兽的身后。虽然无能为力，但若全然不反抗，未免也太孬种了些。讹兽大怒，吃痛地噤叫一声松开了爪子，血腥味从喉头涌出来，阴鸷的双目眯起，倒映出李十一嘲讽的面容。她似乎在说，若要吃，便快些，磨磨叽叽成什么样子。

讹兽欺身上前，朝她张开嘴，白牙森森似并排的利刃，足有小指粗的唾液黏在上下齿间，垂在脑后的长耳立起来，召唤一般令墓室平地刮起了阴风，呼呼地吹着它耳上的绒毛。

李十一闭上眼，嘴角仍是不咸不淡地勾着。忽听身旁风沙急动，身上被重重压住，温香软玉撞了满怀，全然不是想象中腐臭的猛兽味，李十一睁开眼，竟是宋十九翻身上前，将自己牢牢护在了身下。

她一腿压制住李十一，一手撑着身体支起上身，一手按住李十一的右肩，滔天的震怒和惊惧在她剧烈起伏的胸腔里若隐若现，李十一同她靠得极近，分毫不差地感受到了她爆如烈日的心跳声。

这心跳……李十一忙想抬手拉住她，却被宋十九的发梢一扫，宋十九侧转回头狠戾地望着讹兽，眼角开花一样渲染出氤氲的红色，将卧凤一样上挑的尾部填满，她的骨节在咯咯作响，带动鼓跳的山风，拂在李十一面庞的头发也飞速地长了一寸。

温水被点得沸了锅，这画面诡异得令众人忘记了呼吸，仿佛亲眼瞧见了暗夜里昙花极速盛开的模样，雾鬓云鬟，美撼凡尘。

她眯起发红的双目，朝讹兽启唇松齿，急急低唤了一声，那唤声似人非人，似兽非兽。一时间她脸上青筋毕露，邪气非常，眉心往上半寸处升腾出一团青白色的冥雾，那雾随着她的咆哮声往前张扑了一回，似将猎物挠回了笼中，再缓慢而优雅地隐退回去。

安静，死亡一样的安静，李十一自有记忆以来从未经历过如此死寂，像完成了一场九死一生的战役，坐在白骨成堆的坟冢上，筋疲力尽地握着滴血的长枪。

不，连血滴的流动都没有，一切声音都消失了，尘土的飞扬、露水的坠落、疾风的吟啸，甚至周遭人的心跳和呼吸，统统以难以置信的方式被剥夺了。

靠近心脏的怀表"咔嗒"一声，将秒针停在了三点钟方向，李十一气喘吁吁地望着俯于自己身上的宋十九，她微微侧了脸，飞扬的眼角同唇角将还未龟缩的气场泄露了两三分，那张姣好的、俏丽而温柔的面容被催熟，娇艳若滴得令人退避三舍。

她的呼吸像湍流，横冲直撞难以抑制，握住李十一肩膀的手轻轻抖起来，仿佛终于找回了一些知觉，李十一反手撑起身子，将她安抚性地搂在怀里，拍了拍她的上臂，温声道："别怕。"

她平复着宋十九的焦灼和恐慌，也尽力让自己镇定一些，面前的讹兽停在原地，保持着要咬她的姿势，眼睛死鱼一样张着，睫毛也分毫未动。一旁的阿音匍匐在地，抓着尘土要往李十一的方向爬，眼角的泪落了一半，摇摇欲坠地挂在脸颊上，被硬生生止住下落的趋势。涂老幺眦眦欲裂，哭爹喊娘地往李十一这边张着嘴，唾液拉出的银丝悬挂在唇齿间，似结实的蛛网。

显而易见，时间停止了——李十一扫了一眼悬在半空的尘土同爬了一半僵如木偶的壁虎。可不晓得为什么，李十一却还能动弹，她埋头望了一眼宋十九，不知是不是自个儿被她护在身下的缘故。宋十九捉着她的前襟，在她怀里渐渐平静下来。她泪盈于睫地望着李十一，仍旧是诚挚而纯真的，面庞温厚而娇俏，无措地咬着唇，张扬的发尾缩了回去，此刻乱糟糟地缠在她濡湿的颈间。

李十一不知为何，心里叹了口气，将她咬着的头发拨了拨，道："先出去，好不好？"

她极少对人用类似于"好不好"这类征询的语气，可她搂着小兽一样依附于她的宋十九，对她纤毫毕现的自我怀疑如此感同身受，不自觉便放软了声调，然而吐出的话语，又比她预想的更温柔了一些。

宋十九点点头，站起身来，扶着墙看了两眼雕像般入定当场的阿音和涂老幺，同李十一对视一眼，先将阿音背出墓室，再二人合力将涂老幺抬了出去。

墓室外头的河流也静止了，有跃腾的赤鳞鱼定在半空，宋十九同李十一将阿音和涂老幺运过了河，途中她小心翼翼地碰了碰那空中的赤鳞鱼，软的、凉的、活的。宋十九咽了一口口水。

将阿音同涂老幺拖到洞口，李十一和宋十九已是接近虚脱，李十一靠坐在内，喘着粗气将铁门一推，仍旧是"哐当"一声响，宋十九冒出个脑袋屏气凝神地往外看，蚂蚁在爬，兔子在跳，叶子也一片一片地旋，风一缕一缕地吹，小鸟在枝头叽叽喳喳地叫，她三两步跳出来，对李十一莞尔道："外头是好的！"

李十一也笑了笑，再一用力将阿音和涂老幺推了出去。

最后一寸肌肤离开洞口，阿音抽了一口气，眼泪自下巴落下来，伏在地上无力发声。涂老幺亦霎时活了过来，拉着大长音号尚未结束的叫喊，他皱着包子似的脸一面哭一面在地上捶："十一姐啊十一姐，你怎么就要被那丑绝的兔子给吃了啊！您这千年的王八万年的龟，怎么就死得恁利索啊！"

他号了一会子，哭得直抽抽，抽搐了一会子才觉出不对来，支了半个眼往四处一瞟，阳光明媚山色爽朗，一条胆子大的蜈蚣从他手背上爬过，又钻入枯叶子里去。

李十一将铁门关了，靠坐在洞口，大口大口喘着气，宋十九蹲在涂老幺面前看着他哭，面色一阵青一阵白。

阿音倒是先反应过来，手肘撑着抬起身子，哽了哽喉头，问李十一："怎么回事儿？"

一转眼竟到了外头，仿佛穿越一般令人惊诧。

李十一望了一眼宋十九，宋十九有些难为情："好似是我。"

究竟是什么缘故，她也说不上来，好似是她将那洞里的时间停了，可若是要问如何停的，她的脑子却同堵了糨糊似的，什么也想不起来。

阿音琢磨了一会子："你的……法术能撑多久？"宋十九摇头。

涂老幺手脚并用地爬起来，挺着肚子往山下跑："那还不快逃命啊！愣着干啥呢！"还论功行赏，颁个奖咋的？

一行人至了山下才放慢了步伐，小铺子的老大爷仍坐在藤椅上打盹儿，见着他们几个，倒是回了精神，喊住他们道："找着了？"

涂老幺道："啊，找着了。"

老大爷一脸不信，将他从头到脚打量一遍："出来了？"

"啊，出来了。"

老大爷皱着眉头缩了回去，挪挪穿着棉鞋的脚，让了个道儿。

回了城里，找了个馆子喝了几杯茶，涂老幺还有些晕晕忽忽的，向几个人问了一遭洞里的遭遇，仍旧百思不得其解，只是瞧宋十九的眼神多了几分敬畏，赖着笑脸也不大敢使唤丫头片子了。又说了几句话，他搁下杯子，问李十一："咱们是在这儿别过呢，还是怎么着？"

李十一正要开口，却听阿音道："咱们一同回去吧？"

李十一问她："不去瞧师父了？"

阿音低头，默了一会子，笑道："混成这个模样，瞧她老人家做什么呢？既烧了灰，也早不认得我了。"她的指头一下一下叩着茶杯旁边的桌面，一副想一出是一出的轻狂模样。

李十一沉吟一瞬，也道："你若不愿，便不去了。"她同她师父的话，自她师父安息的那日便说尽了，去与不去，也没什么两样。

阿音笑了笑，站起身来撩了撩袍脚，道："既如此，便走吧。"

几人结过钱，雇了一辆车，终于踏上了归途。

阿音将头靠在车壁，摇摇晃晃的，最终没忍住探出头，往后头望了一眼。她六岁便要被卖进窑子做工，如今仍是当了窑姐儿，糟蹋了师父大半副身家，师父若泉下有知，不晓得会不会气得坟上冒烟。

既如此，便不瞧了吧。她在心里说。

李十一垂着头，刘海微微扫过清透的眼眸，宋十九坐在一侧，两手规矩地放在膝盖上，转头望着窗外不作声。李十一轻轻咳一声，将头抬起来望着前路。在墓室里时，她听见了身旁的宋十九哆嗦着嘴唇，一字一顿地同讹兽说谎话。

她说："我不喜欢李十一。"

又奔波了一日，四人夜里歇在道途的一个小镇上，镇小得很，沿着一条街便能自头走到尾，当中一小旅舍，是由前些年地主的四合院儿改的，有些年头了，比阿棠的店还破上许多，一进店便是一股马蹄和湿稻草混合的霉味。四人热火朝天地吸溜了几碗面，也无旁的话，便入了后院儿歇息。店小人少，小二也不是十分热情，阿音挑了好半晌眉毛才讨来了几桶热水，供湿了一日的几个人净净身子。

涂老幺裸着上身靠在浴桶里，难得地长吁短叹起来，大半日的沉默塞在奔波的路途里，谁也不想开口，谁也不敢开口。怕什么呢？说不明白，九死一生的余颤还未平息，讹兽也终是让人正视了一些东西，谁的生活不是由谎言填满的呢，大的小的好的孬的，原来将谎话的重量提溜出来时，正人君子同蛇鼠小人也没什么两样。谁能想到，讹兽头一个要吃的，竟是那瞧起来锯嘴葫芦似的李十一呢？

水凉了许多，荡得涂老幺的护心毛打了个寒战，他忙从里头起来，哆哆嗦嗦地裹着袍子，才刚收拾好，便听得外头有犹豫不决的脚步声。

这脚步声他认得。涂老幺毫不迟疑便开了门，见李十一猝不及防地回过头来，有些怔愣地望着他。

涂老幺瞧了瞧她湿答答的发尾，又扫了一眼她泡得略微发皱的指头，眼里精光一闪，抖着眉毛问她："要谈心吗？"

李十一眨了眨眼，面上仍旧是一派和煦，只是涂老幺清清楚楚地瞧见她纤滑如白玉的脖颈中央轻轻一动，喉骨自上而下滑下来，明晃晃地昭示着主人的迟疑。

李十一淡淡合了半个眼，问他："谈什么？"

到底是姑娘，口是心非的毛病也现了形，涂老幺心里一乐，想了想："那讹兽还冻着呢？"

李十一皱眉，又听涂老幺琢磨道："我方才在想，你曾说，那讹兽

的肉若被人吃了，这辈子便不能再讲真话了，咱们把讹兽冻得结结实实，若有人进了洞里，分食了它，往后岂不是仅能扯谎了，我若问一个汉子是男的是女的，他会怎样答？"

涂老幺一面诌一面拿眼瞟李十一，却见她果低眉思索起来——向来精明的十一姐竟对他话语里的漏洞毫无觉察。那宋十九的法术以洞口为界，若法术仍有效用，进去的村民早便动弹不得了。

李十一松了眉毛，摇头："不晓得。"

"我晓得了，"涂老幺指着她，"你有心事。"

李十一抬眼看他，又听他掰着指头数："什么心事？你师父？阿音？宋十九？"她将手揣回兜里的动作在他说到"宋十九"三个字时顿了顿，随后风平浪静地瞥了他一眼，未置一言便转头回了屋。

涂老幺靠在门框边优哉游哉地赏着凉月，喉头快活地咽了咽——痛快。

李十一进房掩了门，却闻屋内一股娇软的甜香，带着淡淡的皂角味儿，似暗夜里携了花露的精灵，羞报却毫不迟疑地在狭小的房间里铺散开来。李十一抿了抿唇，见香味的主人站在窗边，在月色中露出小半个银盘似的脸颊，一手拨着刚洗好的头发，一手翻着李十一摊在桌前的书。

李十一藏在裤兜里的手指不自觉地动了动，无名指的指甲在粗糙的布料上轻轻一刮。宋十九听见响动，转过来，眼里一牙清醇的笑意仿佛是从月亮上剪下来的。

李十一清了清嗓子，走到桌边，手伸出来支着桌面："还不歇息吗？"

宋十九抿抿唇角，小声道："这屋子里有些冷，方才去后厨讨了些炭，替你加在炉子里了，粗是粗了些，总比冻着强。"

李十一幅度微小地偏着脸，半斜着凤眼望她，也不知是喜欢还是不喜欢。她打量人的时候总是一副凉悠悠的神情，好似在思考怎样将眼前人同自己的距离精准地测画出来。宋十九在这样的表情里忽然有些委屈，自己想一直跟着李十一的心思想来是藏不住了，她本来还不想这样快告诉她，可谁叫她是一个小怪物呢，她不晓得自己在这乱世里要怎样过活，尤其是才从异兽洞里出来，她实在怕极了被丢下。

宋十九揣着紧张而酸涩的心跳，顶着横冲直撞的呼吸坐到李十一对面的凳子上，隔着小小的桌子望着她，问她："我未问过你，那个瞧上你的军阀，你如何摆脱的呢？"

李十一支着桌面的指尖挪了挪，敛目看她："招了几个小鬼，吓跑了。"

宋十九笑了笑，又问："那日日缠着你的女鬼，又是怎么样？"

李十一坐下来，为自己斟了一杯茶，不知想起了什么，轻轻笑一声："念了三天三夜的经。"

宋十九将头垂下去，听着她斟茶的动静，好一会子才将头抬起来，问她："那么我呢？你预备如何驱赶我呢？"

李十一怔住，拧眉看向她。

宋十九认真道："我非人，不怕招魂；也非鬼，念经不管用。你要如何吓唬我，才能让我不跟着呢？"

李十一心里"咯噔"一跳，好半晌才抬了眉头，反问她："你如今不是跟着我吗？"

宋十九点头，呼吸一顿一顿的："要一直跟着。做你的妹子，师妹也成。"

"师妹"二字令李十一心头滞了一秒，将茶杯搁下，食指在茶壶边缘划了半个圆，在指向宋十九的一端敲了敲，又在指向自己的一端敲了敲，道："你我非亲非故。"

"嗯，"宋十九承认，想了想又补充道，"你是人，我不是，还人妖殊途。"

她不晓得李十一为何要同她说这些前缘，但若是捋了关系，兴许是有半分接纳她的意思，她有些高兴，又有些紧张，搭在膝盖上的指头雀

跃地轻轻敲击起来。

李十一见她不大明白自己的意思，还傻乎乎地自个儿鼓起劲起来，一时有些哽塞。她暗叹了口气，决意直白些，将下巴一抬摇了摇头，道："我……"

还未说出口，便听得周遭风声一晃，烛火扭曲的光亮霎时停顿，连茶盏上热腾腾的蒸汽亦齐齐静止，宋十九敛着呼吸，将停住动作的李十一仔仔细细瞧了一遍，伸出手碰了碰她的指尖，又紧张万分地用掌心覆盖住了她的手背。

"别说。"她在李十一摇头的一瞬慌乱地预感到了李十一将要出口的拒绝，她不想听，却只能这样任性一把。

李十一漆黑如墨的瞳孔却清淡地一转，径直扫向她，眼睑略微眯起来，抽出手道："不准对我使术法。"

李十一的话语仍旧没有起伏，可宋十九知道她恼了，并且恼得有些厉害，慌得她霎时泄了气，烛火同蒸汽复又扭曲起来，如临大赦一般铆力升腾。李十一不想知道为何宋十九的法力再一次对自己失效，可她十分不喜欢这种被人掌控的冒犯。尤其是手背上还留有宋十九的温度，小猫舔舐一般痒得令人心悸。她独自一人的日子过惯了，不大喜欢有旁的变动，从前身边有个阿音，到头来又怎么样？师父说得对，他们这一行的，损阴德遭天谴，自个儿生自个儿死便罢了，犯不着拖累旁人。

宋十九见她一副冷凝的姿态，委屈便自眼底湿润地漫出来，不大明显，只在烛火下闪着隐隐的晶莹，宋十九软着嗓子问她："你不许我亲近你？"

李十一侧了侧脸，不答。

她向来对宋十九有求必应，予取予求，头一回旗帜鲜明地回避，无异于将宋十九拎着后脖颈扔到了冰窟。宋十九哪里经受过这样的场面，一时鼻酸得很有些控制不住，她这才发现对李十一来说，自己同旁人没什么两样，她门前的路任你走，屋前的院子任你踩，可她的心扉，永远是关得严严实实的一道柴门，始终不会对你敞开。

宋十九气恼："世间竟有你这样霸道的人？"

李十一抬眉极其缓慢地望了她一眼，直望得她方才绷紧的心旌又款款摇曳起来，宋十九咬住下唇，却听李十一轻笑一声，又极快地收回了表情，承认道："不许。"

"为什么？"宋十九急了。

李十一头一回露出了不大温柔的脸色，连话语都快了几分，她盯着宋十九，问她："你多大了？从哪里来？究竟是什么东西？同我认得多久？晓不晓得什么是知己？你了解我什么？又懂得我几分过去？知不知我几时高兴，几时不高兴，我想要的又是什么？"

她们之间的关联太薄了，薄得似三两句便能书写完的几行字，甚至都用不着诗词般复杂的含义，仅是白话一样浅显单调。

宋十九原本圆溜溜的瞳仁一缩，似被针扎了一样本能地保护起自己来，眼白还有方才哽咽时留下的红晕，眼帘却垂了半寸，防备一般压着她小鹿一样的眼睛。

李十一移开目光，指头有些发颤，到底是自小照顾到大的姑娘，她瞧不得她这副被刺伤的样子。她被自己用了"自小到大"这四个字吓了一跳，她陡然发觉自己的逻辑有了缺口，这四个字的分量重逾千斤，将她方才的质问毫不费力地全盘反驳。

她动了动唇线，仿佛在思考还要说什么，却见面前的小鹿顶着起伏的胸腔，迟疑却坚决地抬起头来："十一，我不明白，你为何总要拒人于千里之外，不许人爱你，敬你，亲近你呢？算你方才说得都对，我不了解你，可是，即便如此，我不能在乎你吗？"

李十一愣住，听见宋十九眼里闪着波光，将反问郑重其事地还给她。

"我不知我的来处，也不知我的归途，便不配靠近你吗？

"凭我是个什么玩意儿，石头、花草、树木、星辰……便不能靠近你吗？

"花会开花，星辰闪耀，世间万物，自有千千万万种方式回馈你。我是不晓得我是个什么怪物，若可以，我也想将我的棺木捧至你跟前，让你问一问我的生辰，请你听一听我的心里话。"

她的话哽咽却连贯，这大抵是她有生以来说得最多的一回了，可她就是不甘心，就是意难平，李十一将她养大，却嫌弃她是个小怪物。

她瞧见李十一神情僵住，诧异而震惊地望着她，嘴唇微微张开，舌头顶着牙齿，似是一时半会不晓得该说什么。宋十九紧闭嘴唇，腮帮子小巧地鼓起来，不服气地望着她，怎么样，她也有伶牙俐齿的时候，不比任何人差。李十一暗咳一声，颤着睫毛埋头饮茶。

"亲娘啊。"门外的凉风遮掩了叹气一样细小的人声，却掩不住附耳偷听之人的震惊，涂老幺将嘴张得能塞下一整个鸡蛋，同一旁的阿音使了个诧异的眼色，"谁教她的？"

阿音在寒风里一面哆嗦一面将耳朵又凑近了些，摇头："不是我。"

05

雄鸡唱晓，冬日里的咯咯声嘶哑得似在哀鸣，一回比一回凄厉，阿音早早收拾了，坐在炉子边同涂老幺耍牌。宋十九向来勤勉，今日却磨磨蹭蹭未见人影，桌边的李十一撑着额角吃茶，眼尾往紧闭的门缝处一扫，又是一扫，随后不动声色地将视线收回来，无名指闲地压着眉心。

阿音见她这副神情，又噙笑剜了一眼她眼下若隐若现的乌青，将牌一扔坐到李十一身旁，似笑非笑道："想不到。"

"嗯？"李十一抛了个尾音给她。

阿音戚戚然叹了口气："想不到，你竟吃这套。"

不过几句软话，她同相好们说了千八百回，回回掏心窝子戳肺管子，早晓得李十一爱听,她非得将话本子再翻几遍,背上几句给她解闷儿。

李十一横她一眼,线条优美的肩颈前后悠了悠,没有接话的意思。

正言语间,门被推开,木架子的开合声伴着小小的咳嗽声,吸气似的,抽抽搭搭地堵在喉间,听着可怜极了。李十一抬头,见着一张不大自在的粉白脸,脸似在面扑子里过了一遍,白得令人心惊,连嘴唇也没有什么血色,唯独耷拉的眼皮上有清晰的红紫血管,一跳一跳的,似精疲力尽的火星子。

李十一心里惴惴一跳,还未开口,便听涂老么问宋十九:"你怎的了?"

"昨儿洗头大抵是没干透,着了头风,一晚上没大安生。"宋十九又咳了两声,哑着嗓子糯糯道。

她对李十一勉力勾了个精神的笑,又掂了掂手上的包袱,道:"走吧?"

李十一欲言又止,站起身来亦拎了行李,宋十九跟过去,委身垂发将她的包裹接过来,道:"我替你拿。"

殷勤的做派同苍白的病容生出了鲜明的对比,惹得李十一当场定住,阿音迅速抽了一口气,摇摇脑袋凑近了涂老么,嘴角下拉悄声道:"高啊。"

涂老么动了动嘴唇:"怎么说?"

阿音分析给他听:"昨儿个打了一记直拳,今儿又以退为进,这副病恹恹的模样,任谁能狠下嘴去?"更别说是那个脸硬心软的李十一。

涂老么疑惑:"她一个奶娃娃,能懂你这许多?又是哪里学来?"

阿音想了想:"天赋吧。"

涂老么正啧啧称奇,那头的李十一定定然望宋十九一眼,将自己的包裹在手里捏紧了些,宋十九眼里的失落一闪而过,却见李十一朝她伸出手,翕动嘴唇轻声道:"包袱给我。"

宋十九抿唇,病气蒙住的眼被火燎了似的亮了亮,顺从地将包袱交

给她，眼瞧着李十一要走，又低下头顿了顿双足，脚跟在石板地面上一下一下地轻蹭。李十一狐疑地转身看她，听宋十九抽了抽失力的鼻子，哑着嗓子小声道："好似有些烧，脚脖子没力气。"

涂老幺忙要上前背她，却被阿音拽住了衣角，眼神儿一瞟示意他拎拎清。

李十一的中指搭在棉布包袱上轻轻敲，宋十九瞧了一会子，朝她伸出手，却越过了凝脂一样的手指，只小小地抓着包袱的一角，道："你牵着我，成不成？"说话时手指头拉了两下布头，似一个微小的请求。

成成成，涂老幺心尖儿都颤了，胸腔里的小人儿小鸡啄米似的点头。

李十一只不瘟不火垂下眼帘，任由她拉着出了门。冬日的阳光是最具欺骗性的东西，将一高一矮的李、宋二人镀了一层金光，暖洋洋的光晕跳在宋十九卷翘的睫毛间，将她的眉眼也勾得金黄而温软，她懒懒地伸着骨头，将心跳同步子对齐，又将自己的步子同李十一的对齐。

涂老幺和阿音闲闲地跟在后头，听见恢复了几分精神的少女清甜地抛着问句。

"我没见过夏日，夏日的太阳同冬天一样吗？"

"不一样。"

"咱们回去，小涂老幺会不会要落地了？"

"还早。"

"你喜欢不喜欢小娃娃，可想着生养一个？"

"不想。"

……

"她撒什么疯了？"涂老幺眼瞅着小鹿变作了黄鹂，将平生未尽的话车轱辘一样倒来倒去。

宋十九却没工夫在意身后莽汉的想法，只在裤缝边捏了捏小拳头。

努力啊，她对自己说。

几时逢故人

第六章

逢时故人几

01

再小半个月，四人才回了京市，涂老幺抖着散了架的骨头，似一只被抽了脊椎的游魂，直至进了李十一的四合院儿，才将沙皮犬一样皱着的脸皮放开，余出了些似箭的归心来。

进了大门，扫洒婆子忙要领他去瞧涂嫂子，他却生出了些无端端的矫情来，只立定站稳了，又抹了一把泛着油光的头发，问李十一："怎么样，体面不体面？"

阿音冷哼一声："你同'体面'就不是一个祖宗，甭攀亲戚了。"

李十一不大想说话，打量了这四合院一眼，墨顶白墙不染纤尘，被涂嫂子收拾得敞亮又干净，光柱悬浮着笼住天井，天井旁移了一株寒梅，颤颤巍巍地开着花儿，请来的陈妈含着利索的笑，笑里有浆洗衣裳的皂角味儿，一切都亲近得恰到好处，似极了一个暖意融融的家。

陈妈打了个招呼，见涂嫂子扶着腰杆自东院里出来，她胖了一圈儿，衬得孕味十足的脸上多了几分喜庆，肚子又凸出来了些，令她的行动有些吃力，她一身家常的暗红色袄子，手上还沾着未揩干的水，见着李十一，很有些不好意思，也不晓得该喊什么，只不大声地唤了一句："姑娘。"

涂老幺见她甚是局促，脚指头还顶了顶软趴趴的布鞋，便伸手在自己同李十一之间来回绕了几圈，大嗓道："客气什么，自家兄弟。"

兄弟？阿音同宋十九齐刷刷地看向他，连李十一也抬了抬眉头。

涂老幺小心地撤了言语，不大肯定地更正："姐妹？"

这声姐妹令他牙花子有些酸，膝盖骨都扭捏了起来。李十一将嘴角一翘，涂嫂子也乐了，倒歪打正着地驱了些尴尬，她对着李十一几个笑道："可吃过饭了？刚擀了面熬了酱，若不嫌弃，我做炸酱面吃。"

宋十九点头如捣蒜，李十一看她一眼，将牵着她的包袱收了收，随涂嫂子进了东院。

东院同前庭又是不同，半点不似深宅大户的宅子，反倒似一方搁错了地方的农家院落。半月门里架起了竹竿，晾了一排颜色不一的衣裳，衣裳下面几个歪歪斜斜的水桶，葫芦拍漂荡在里头。另一边的花圃里种了菜，上方支着葡萄架，缠了好些藤蔓，还未结果，不晓得是什么。正中央一张木桌子，仿佛是自旧居里搬过来的。涂嫂子见李十一打量的眼色，惴惴不安地望了涂老幺一眼，自个儿闲不下来，素日里就爱做农活，可到底是人家的宅子，偏偏李十一又是一副喜怒难窥的模样，令她紧张得吐不出几个字儿。

"在外头吃吗？"涂嫂子无意识地以袖口蹭了蹭桌面。

"也好。"李十一道。

涂老幺安抚性地拍了拍涂嫂子的背，同她一起去将炸酱面端出来。外滑里韧的白面条裹上咸香浓郁的黑豆酱，再伴着爽口的萝卜丝儿同黄瓜条，又是清爽又是饱腹，涂老幺食指大动，一口一口往嘴里塞，鼓鼓囊囊没空说话。涂嫂子见李十一虽不爱说话，却也吃得香，便放下心来，也抽空问了问几人的见闻。

宋十九虽馋虫应声，身子却没大好，用了小半碗便快快地枕在桌上，

有一句没一句地听着闲话，正合了眼皮要闭目养神，听涂嫂子道："险些忘了。"

"怎么？"李十一将视线从宋十九面上收回来。

涂嫂子又替涂老幺拌了一碗面："你们刚走不久，便有个姑娘上了门，问做什么也不说，三五天便来一趟，只问你回来没有。"

这个"你"字她对准了李十一说，李十一略略沉吟，问她："可知她姓甚名谁？"

"我问了。"涂嫂子将碗搁到涂老幺面前，"说是姓阎，叫作浮提。"

名字怪得很，李十一疑窦丛生，不自觉地重复一遍——

"阎浮提。"

既归了家，便是一日三餐热炕头，几人好容易散了紧绷的弦，倒是过了一两月的安生日子。宋十九同李十一住在一个院落里，每日晨起李十一开门，总能见她将打满的水桶搁下，袖口挽得高高的，抬着莹白的小臂擦擦脸上的薄汗，笑吟吟地问早。晚间李十一翻书，她又隔三岔五呈上新学的糕点，等李十一尝了一两个，她也不走，只见缝插针地替她裁纸洗笔。

阳光好的时候，她去市集淘了种子，将满园的花圃都播了种，说等夏日一到必定蓊蓊郁郁，满室盈香。天儿暗的时候，她搭了凳子拎着糨糊，说李十一的窗纸不透亮，要新糊薄些的蝉翼纱，省得瞧一日书眼睛疼。

三人一齐看顾长大的宋十九是天底下最聪明的姑娘，习得了阿音的察言观色、李十一的不疾不徐、涂老幺的厚脸皮，还同涂嫂子似的闲不住，殷勤得似被抽了鞭子的陀螺。

李十一起初有些不习惯，天长日久的，便也任由她去了。

待得开了春，渐渐有些暖和的样子了，涂嫂子口中的阎浮提才有了动静，这一回她却未登门造访，仿佛笃定李十一归了家，只差小厮呈上了一封颇有样子的名帖，说请她去宅子里叙一叙。

阿音正坐在四角桌的正南方搓着哗啦啦的骨牌，扔了一个二饼到涂老幺那头，笑道："竟是个场面人。"

涂老幺对着宋十九努努嘴，示意不大熟练的她赶紧摸牌，又递了一杯热茶给下手的媳妇，这才得空问李十一："怎么样，去是不去？"

"那名帖，你细瞧瞧？"阿音手一拨碰一对五万，"纯金镂的封皮儿。"

"大人物。"涂老幺瞄一眼，点头应和。

李十一懒得瞧他两个说相声般一唱一和，将名帖捏在手里往外走，经过牌桌子时，在笨手笨脚的宋十九后头停了停步子，长指一探替她扔了一个八饼出去，食指在牌面的缝隙里蜻蜓点水般提点了三两下，道："和这个、这个，同这个，记住了？"语毕她收回手，面皮上仍旧没什么表情，转头迈步出了门。

她袖口的香气还若有似无地萦绕在脸颊边，宋十九怔怔地望着她的背影，听见阿音忍不住暗骂一句："好她个李十一，绝了老娘的八饼。"

涂老幺幸灾乐祸地晃了晃脑袋，舒坦地将背靠在椅子上，嘴里念念有词地眯眼摸牌。

02 🐎

第二日几人起了个大早，吃了早饭便往阎浮提的宅子去，涂老幺翻出了最崭新的一身儿素袍子，还央着阿音给他的头发打了些刨花水，将颅顶堆得高高的，瞧上去有些先生的样子。他行在前头，穿过旧时游荡的胡同，竟没几人认出他来，颇有些得意——士别三日当刮目相待，他涂老幺跟着十一姐学手艺，也是很有些改头换面的奔头。

阎浮提的宅子离得近，不过两条街便到了跟前，宅子在胡同最里端，中等大小，门前却被扫洒得很干净，一个报童模样的小子在石狮子前撒尿，被涂老幺呕喝了两句，拎着裤子便撒丫子跑了。

"这高槛大户的，竟一个看门的也没有。"涂老幺一面念叨，一面上去叩了叩朱木门上的响器。响器刚落下，门便从里头开了，一人宽的门缝里是一个精瘦的男人，除了苍白些，眉眼十分普通，令人过目即忘。他见着李十一，愣了愣，便垂下头弓身将他们让了进去。

院子里一股玉蝶梅的暗香，隐隐浮动着，格局同摆件都十分讲究，涂老幺正想上手摸一摸檐下镶玉的柱子，却忽觉脚脖子处一热，一只撅着屁股的老母鸡咯咯嗒嗒地自他跟前擦过去，在院脚处停了下来，昂首阔步，抖着鸡冠。

"鸡？"涂老幺被吓得不轻，再一细瞧，廊下又踱了几只公鸡过来，也不怕人，正着鸡头打量他。

这一幕称得上是诡异了，涂老幺同阿音对视一眼，正要开口，便见回廊尽头一个弱质纤纤的姑娘站起身来，拍拍手上残留的小米，满意地瞧着几只肥硕的鸡埋头啄食，又抬手挽了挽耳发，横烟似的眸子对上李十一："阿蘅。"

这声音自带三分哑，却并不难听，若用食物来形容，那大抵是米浆——不花哨，也没有荤腥，洁白如膏的一层，带着丝毫不冒犯的香气。

李十一停下朝她走去的步子，疑惑地望着她，这姑娘瞧着有些眼熟，白皙而柔弱，仿佛不当心便要折断腰肢似的，李十一在记忆里挑拣了几番，终于扬眉下了结论："我见过你，在西京。"

阴雨霏霏的古玩市集，擦身而过的撑伞姑娘。

姑娘不置可否，略略带笑地点点头，示意他们同她到院子里去。院子里阳光烈，将她气血不足的脸照得略微透明，脸上连细微的绒毛也没有，似一汪光滑得不见毛孔的美玉。

涂老幺不晓得为什么，腿肚子无端有些颤，他磕了磕膝盖，扯住阿音的袖口，阿音同李十一对视一眼，询问是否要找机会探她一探，李十一却不动声色地摇了摇头。

那姑娘仿佛对她们的神交了然于心，只行至石桌旁坐下，不远不近地望着他们，身后立着方才那个精瘦的男人。

终是李十一先开了口："阎姑娘。"

对面的人略抬了抬眼皮，眼里含着温暾的笑意："你从前，惯常叫我阿蘅。"

多漂亮的姑娘啊，可惜是个傻的，涂老幺腹诽。一瞧李十一的神色便是与她素昧平生，她竟一口一个阿蘅，一口一个从前的。他见李十一有些不耐，正要开口，却见掩在李十一身后的宋十九冒了个脑袋，警觉地问她："从前？什么从前？"

阿蘅被宋十九的突然出现吓了一跳，却只动了动眉心，掩唇低头算打过招呼，道："既不记得，便算了。"

涂老幺听她越说越不像样，连李十一都有了些被侵犯的形容，便当前一步问她："你究竟是什么东西？叫爷爷来做什么？捉鬼？下墓？你倒是出个气儿，装神弄鬼的唬娃娃呢？"

阿蘅从未被这样劈头盖脸地质问过，竟怔愣了几秒钟，手一伸拦住身后的男人，道："我姓阎，名浮提，小字阿蘅，托黄泉冥气而生，判十殿鬼魂。"她想了想，尽量说得浅显些，"旁人亦喊我，十殿阎罗。"

"阎啥玩意儿？"涂老幺挠了挠头，脖子一梗。

"扑通"一声响，诸人还未反应过来，便见涂老幺跪在跟前："噢，阎王。"同李十一走南闯北，捉鬼魂打讹兽，千奇百怪的事情见得多了，他倒是参悟出了些道理——甭管真假，认尻完事儿。

阿音同宋十九面面相觑，李十一抱着胳膊望着阿蘅，好似在思量她究竟是个大有来头的高人，还是装疯卖蠢的傻姑。涂老幺倒是回过魂儿来，讪笑着起了身子，望望阿蘅瘦瘦弱弱的模样，又有些不大敢信了，他环顾四周一圈儿，问："阎罗不在冥府，跑这里来做什么？"

阿蘅有些诧异："我惯常便在这里。"

涂老幺又问："平日做什么？"

"批阅公文。"

"有手下吗？"

"寻常身边不多。"

涂老幺为难地摸着下唇，"嘶"一声，又指了指院里的鸡："这，这是啥？"

阿罗终于露出了些许有人气儿的神色："一点子爱好。"

"假的。"涂老幺附耳至李十一身边，悄声断言。

"怎么说？"阿音凑上来。

涂老幺道："我听我那早死的舅舅说，大人物通常要掩着身份，她这样坦白，想必是假的。"他又瞄一眼李十一，想那十一姐脸皮也要藏着金子似的藏着，这才是珍之重之的模样，哪里兴扯大嗓子号我是阎王老爷的，还不被人拖到衙门去？

李十一却想了想，掏出名帖在桌上一叩，问她："喊我来，做什么？"

阿罗面对她，又多了半点隐约的亲近，道："我有一好友，唤作木兰，我找不见她了，想请你帮一帮。"

李十一又问："凭什么？"

阿罗对着宋十九颔首："凭她——她的身份，想必你想知道。"

李十一不动声色地将宋十九藏了藏，仍旧是微微偏头半耷拉着脸，不晓得又在考量什么。阿罗晓得，不拘她到底是个什么东西，可李十一若是思索，这买卖八成是落了听，她心下舒坦，扯扯袍子站起身来，扫一眼随从便要进屋。才刚转了半个身子，她又侧回来，将柔弱的笑意对上一旁蹙眉的阿音，轻声道："别来无恙，傅无音。"

阿音抬眸，自带三分媚态的桃花眼此刻微微敛着，没有泪痕，也没有委屈，嘴角略提起来，支撑她的泼辣同嚣张。

阿罗精神不大好，没有叙旧的意思，只打了个招呼便拎裙回屋。宋十九和涂老幺大眼瞪小眼，见那精瘦男人略一弓身伸手送客，才同揣着心事的李十一并肩提步出府。临行前涂老幺顾着阿罗的眼色，后退一小步，将镂金的名帖迅速揣进袖子里。

阿罗听着朱门咿咿呀呀地拉开，又咿咿呀呀地关上，在台阶上停下脚步来，不大一会子男人回至身旁，听她略略叹了口气："五钱，令蘅不记得我了。"

那唤作五钱的鬼差低了低头，提醒道："她是李十一。"

"是阿蘅，我认得。"阿罗固执地摇头。

五钱道："若果真是，你如此差遣她，不怕吗？"

"怕。"阿罗点头，随即她柔柔弱弱地笑了，"不过，千载难逢。"

说话间一只三花鸡打着摆子一溜小跑自墙根儿过来，在廊下仰着脖子晒太阳，阿罗偏头望它一眼，伸出素净的右手在它鸡冠子上一提，竟将一缕游魂自鸡毛里抽了出来，那游魂是个略微偏胖的男人，三十上下，此刻抖得同筛糠似的，被拎着后颈的模样，倒比走地鸡还弱态些。

阿罗笑了笑，嗓音气若游丝："好大的胆子，偷听我说话。"她又瞥了一眼地上被附身后奄奄一息的母鸡，心疼得不得了。

五钱正要上手，就见阿罗将指头自游魂的头顶拿下来，覆上他扭曲的五官，五指收拢略一用力，仿佛捏了个水袋子一般，那游魂便连哀号也无，顷刻间化作了星星点点的细砂，被风一吹，三两下散了个干净。

阿罗拍了拍手，仍旧是弱质纤纤，正正似风里头一朵经不得辣手的娇花。五钱见怪不怪，将地上的母鸡拎起来，问："红烧还是炖汤？"

"白切吧。"阿罗道。

京市的干道里似集了千百个戏台子，每个街角都是一出活色生香的戏，搁在一处也不显得嘈杂，反倒平添了街头巷尾的热闹。阿音点了一

根烟，游着水蛇似的身段走在李十一身边，花容月貌里妆点过的眉尖微微蹙起来，心事重重的模样。

涂老幺没少见女人抽烟，可不论是坐在门前敲旱管的老大娘，还是早前去馆子里抽大烟的柴老妪，都没有一个如阿音这样漂亮，烟雾缭着她，似也有了万种风情。

他又将散了些的头发捋了捋，问音大奶奶："方才不同那傻阎王理论，如今出了门儿也不说话，不似您的做派。"

"我在琢磨。"阿音吸一口烟嘴，细细的白烟卷透着金贵。

涂老幺纳闷："琢磨啥？"

"傅无音这名字，倒有些好听。"她弹了弹烟灰，"要不，我捡了来用？"

宋十九跟在李十一身旁，不吵也不闹，时而转头瞧瞧街旁的吃食，仿佛并没有将方才的见闻搁在心里。有路过的小童眼瞧着要撞上她，李十一将她的胳膊拉住往自己身旁一带，倒是先开了口："方才阿罗说的，你过耳没有？"

宋十九瞄她一眼，点头。

"你的来历，想不想晓得？"

宋十九颔首："想。"

李十一倒是有些惊讶："你从前不是说，不论你是个什么怪物吗？"

宋十九望着她道："我独自一人，自是不论来处去处，同旁的也没什么干系。可如今我想当你的师妹，长久地同你在一处，便想知晓我如何生，怎样死，忌讳什么，惧怕什么，能怎样惜着我的小命，陪在你身边。"

李十一的瞳孔绽了绽，眼睫毛轻轻一抖，耳郭亦不自在地动了一小下。宋十九总是这样，直白得可爱，也直白得令人无法招架，她清清嗓子移开目光，小声道："这些话你日后不必说。"

"为什么？"宋十九不明白。

涂老幺冒个脑袋到她俩中间，指着李十一隐约发粉的耳垂，道："她害羞了。"

"害羞？"宋十九看看老皮老脸的涂老幺，又看看抱臂瞧热闹的阿音，"羞涩"这样的情绪同这几人仿佛没什么关联，更遑论出现在李十一身上，以至于她头一回瞧见，竟有些新鲜。

她探着身子绕到李十一另一边，睁着小鹿眼想瞧她的右耳变没变颜色，脑门却被李十一的手轻轻一拍，支了开。

宋十九咬着嘴唇乐，连发梢缝隙里的光影都愉悦起来。

03 🐾

三日后，访客又入了阿罗宅子的门。阿罗这日起得早，穿着月白色的马面裙，青花瓷碗里搁着小米，在梅花树下喂鸡。见五钱毕恭毕敬地将李十一他们带至跟前，才将碗搁到石桌上，柔声笑着打招呼："十一。"这回倒不喊阿蘅了，疯病貌似好了些。

李十一臂弯里搭着外套，立得似一根青竹："聊聊。"

阿罗顺从地领他们进了屋子，屋子里是老旧的清式装潢，梨花木的桌椅、鸡翅木的床榻，散发着一阵淡淡的木材味儿。阿罗在铜盆里净手，五钱上来沏了一壶六安茶，茶香将隐约的檀香味儿勾了出来，透着森森禅意。

李十一搭着二郎腿，待五钱上了茶，指头在桌上轻轻一叩聊表谢意，也没有端茶的意思，开门见了山："你说，你是阎王。"

阿罗道："是阎罗，却不是什么阎王，只是度魂引生的鬼差罢了。"

涂老幺忍不住插话："不是阎王？说书的可不是这样讲的，有黑白无常没有？牛头马面？判官？生死簿？"

"没有。"阿罗微笑。

"冥府也没有？你就住这府里头？不去地下？"涂老幺将嫌弃的神

色掩藏得只透出七八分。

"南海之南，有黄泉，黄泉尽头乃泰山府，凡人死后，魂归泰山。泰山府由府君掌领，同这里没什么两样，只是，"阿罗略一沉吟，"没有鸡。"

"我每七十六年回归泰山府一次。"阿罗落下尾音，旁的不大愿意再讲。

涂老幺听到兴头上，伸着脖子"噢"一声，眨巴两下眼微微龇着嘴。却听李十一又道："既有这样的能耐，又为何托我寻人？"

阿罗道："我乃冥气化生之阴吏，入泰山府籍，于人间行走时有束魂令，若出了泰山府同这宅子，便不大见得光，无法无术，比常人还弱些。"

涂老幺听她这样说，自上而下地打量了一回，胆子如吹了气一样鼓起来，将身子一摊，脚脖子架起来晃了晃，又招呼五钱再上了一碗茶。

李十一问："你要我找的，是什么人？"

"她叫木兰。"阿罗道，"原本是北魏人，魂归泰山后入了泰山府籍，领魂策军。"

阿音嘴角一抽："怕不是姓花吧？"

"花木兰！"涂老幺嚷起来，"这个我听过，酒馆里听来的，男扮女装，打仗那个，是不是？"

"女扮男装。"宋十九道。

"对对对。"涂老幺拍桌子，片刻后又斜了眼，"她做什么想不开，不投胎去，竟入了你那泰山府籍？"

木兰因战功赫赫，有勇有谋，方能受泰山府君所邀，听涂老幺的意思，仿佛还很是看不上她们。阿罗皱眉："泰山府，不好吗？"

"鸡都没有。"涂老幺乜眼。

没有鸡，等于没有烧鸡公、炖鸡汤、白切鸡、荷叶鸡、叫花鸡、辣子鸡、炒鸡蛋、煮鸡蛋、鸡蛋灌饼……

阿罗语塞，低头抿了一口茶。

"那么，我要如何寻她？"李十一亦举起茶盏。

阿罗递给她一块令牌，道："这是魂策令，若遇见她的气息，便会有所感应，气弱则轻颤，气强则重震。一月前鬼差来报，说是在燕山一带发现了她的踪迹。"

李十一捕捉到了不寻常的地方："她在躲你。"

"并非躲我，是躲她自己。"阿罗摇头，略略讲了一遍事由，"自她入了魂策军，十仗九败，府君从前赏识她，并未责罚些许，可天长日久，难免不悦。"

李十一大致明白，将令牌在手中摩挲了两回，敛入袖中，又向捧着茶汤的宋十九看了一眼："十九的前因，你当真知道？"

阿罗抿唇："我从未骗过你。"

又来。涂老幺望天翻了个白眼儿。

李十一应承下来，想起她言语中的"阿蘅"，便问她："你可还有话同我说？"

阿罗欲言又止，半晌道："没有。"

既没有，李十一也不追问，她向来好奇心欠奉，若该晓得，总会晓得，不该晓得，便不必晓得。

阿音的心思却不大一样，眼见她们谈好了买卖，才施施然开了口："你前儿喊我什么？傅无音？咱们见过？"

阿罗望着她，眼里起了隐约的笑意："见过。"

"何时？"阿音奇道。

阿罗吹了吹茶汤："往后说吧。"

"此刻说。"阿音闻得此言，反骨一拔三米高。

阿罗无奈："你前一世姓傅，是江南一户大家小姐，阳寿短，年纪轻轻便离了人世，到我泰山府，靠在黄泉边上哭了整整三日。我自那里

经过，同你有一面之缘。"

"哭什么？"阿音一愣。

阿罗道："说是未嫁得出去，不甘心。"

众人沉默，阿音的嘴唇微微张开，在空气中嚼了两个字，阿罗听不太清，但总归不是什么好话，她有些尴尬，暗暗咳嗽一声，阿音这才回过神来，明白了她为何不想今日说——

原是顾着她的脸面。

阿音讪讪一笑，做了一个摸瓜子儿的习惯性动作，却没摸着什么，又收回来捏了捏胳膊上旗袍的布料，尴尬道："这辈子，也悬。"

04

别了阿罗后，李十一几个在宅子里歇息了三两日。从前每回动身宋十九皆是兴致勃勃，这回也不知是犯了懒病还是怎么样，竟闭门谢客，帘子拉得严严实实，不说每日对李十一"晨昏定省"了，连涂嫂子挺着肚子去请她吃饭，也是快快一声："搁外头吧。"便没了动静。

李十一不知是便宜娘当上了头，还是有什么旁的心思，总之是担忧起来，"静"字写到一半，竖钩劈了半截，瞧起来歪歪倒倒的，半点立不住。

她索性将纸揉了，净手上床睡去。

第二日清晨，李十一房间门缝里塞了一张折了三折的信，她抽开，是宋十九新习的瘦金体，上头只书有几字——速来我屋里，要紧，要紧。

李十一喉头一动，将信笺原样叠好，两指一夹塞进袖口里，原本要去吃早饭，想了想还是提步往宋十九房里去，至宋十九屋内，却见热热闹闹围了一桌子，涂老幺同阿音早早儿地候着，一头雾水的模样。见着李十一，涂老幺将桌上的瓜子往她那头推了推，自个儿也拈了几个嗑起来。

不大一会子，宋十九自里头出来了，面色惨白得如同见了鬼，眼下乌青似被螺子黛描了一把，连红血丝也布上了眼白。她扯扯皱巴巴的衣角，尽力让自己瞧起来精神些，坐到三人面前，吸了一小口气，道："今儿我请你们来，是因着我要死了。"

"你要死了。"涂老幺嗑着瓜子点头。

还未等阿音一声"啧"咂出来，涂老幺似被电打了般一个激灵："啥？你要死了？"

宋十九经过几天的心理建设，已是淡然得很了。她不去瞧李十一皱紧的眉头，只深呼一口气，按原先演练过的絮叨一遍："我确是没了法子。原本想着停住时辰，可若你们也冻住了，我孤零零活着还有什么滋味？"

她低头绞着衣角，小巧的鼻翼如吐泡之鱼一样翕动，好容易将鼻腔的酸楚咽下去，才又整理了情绪抬起头，对目瞪口呆的涂老幺交代："小涂老幺的名儿我想好了，你叫涂三平，他便叫涂四顺，往后出去，一听便知是你儿子。"

她眼睛红红的，咬唇道："你若觉着好，便用上，权当个念想，也不枉我同你们好一遭。"

"用，用。"涂老幺张口结舌，话都说不利索了。

宋十九放了心，又要转头向阿音，却听李十一凉凉开了口："究竟怎么了？"她的嗓子有早起的暗哑，听起来又多了几分诱人的磁性，还带着轻易察觉不了的焦急，那焦急同她的气质如此互斥，引得阿音撑着手腕抬了头。

李十一上了心，竟让人觉得——无措。

阿音以手掌根部顶着下巴，又挪眼去瞧宋十九，见她悲凉道："那讹兽到底凶猛，我见身上没口子，便大意了，不承想竟是内伤。"她有些气恼，对上李十一担忧的神情，又将声音弱了下去，"这两日，我便稀稀拉拉地流了血，百般厉害，止也止不住。"

她嗫嚅着嘴唇，眼里闪着泪花儿。她并不是很怕死，只是才来了这人间几天，有了些要长久跟着李十一的念想，便要这样不明不白地去了，到底有些伤心。

阿音急了，探着脑袋绕着看她一圈儿："哪里流血了？吐的？"

李十一脸色有些发白，搭在桌上的指头幅度微小地一缩。宋十九望着阿音摇了摇头，将绞衣角的手停下，脑袋勾起来，垂眼往自个儿的小腹上望了一眼。

阿音怔住，略张了张嘴，同李十一对视一眼，表情有些微妙。

李十一缩起的指尖平展回去，面上又恢复了云淡风轻，清亮的眼镇定自若地将宋十九轻轻一瞟，随后对丈二和尚摸不着头脑的涂老幺道："你出去。"

"我？"涂老幺瞪眼，指着自己的鼻尖儿。

阿音在桌子底下踹他一脚："去！"

涂老幺吃痛，捂着小腿一步三回头地离了场。待涂老幺掩了门，李十一才略清了清嗓子，垂着纤长的眼睫毛，也不瞧宋十九，只无所谓地望着桌面，话却是抛了过去："你从前，从未如此过？"

宋十九摇头，见她没瞧自己，又忙添了一句："没有。"

李十一想了想，应是从前她一日一岁，略过了这段时辰，如今长势将将慢下来不久，身子适应了自然的日月年岁，这才有了潮汐起落。

她又撩起眼皮儿望宋十九一眼，问道："疼不疼？"

宋十九道："不疼。"

李十一略放了些心，又问她："你平常，只读经书史记同阿音淘来的话本子，是不是？"

宋十九一惊，以为她要赶着自个儿去了，要算起总账来，忙想将同阿音"私相授受"的事由遮下，慌忙摆手道："没……"

李十一横她一眼，站起身来对笑弯了腰的阿音道："找几本医书给她瞧。"

她还要再说，阿音瘫在桌面上，支起脸来堵了话头："月布我备着，禁忌的我也嘱咐她。"

李十一闭了嘴，也没再瞧愣愣的宋十九，叹一口气便告了辞。

至外头，涂老幺还在院儿里蹲着，见李十一不发一言掩门回了自己房间，疑窦更起，将重心又换了只脚。

第二日一早，众人如约收拾行囊，燕山连着京市和热河，算是京市近郊，一日便可来回，可为防万一，还是带了些家伙什儿。李十一原本让涂老幺留在宅子里守着婆娘，涂嫂子却道吃住她的，若涂老幺不跟着办事，实在过意不去，要不让涂老幺搭把手，她是万万不敢住下去了。李十一无奈，这才应下了。

早雇好的洋车停在胡同里，临出发宋十九才从房间里奔了出来，只一夜的踏实，便又恢复了满面红光的模样，精神抖擞得似翩跹的鸟儿般轻盈。只是她不大好意思瞧李十一，抱着包袱便埋头钻进了车里。

她向来要同李十一挨在一处，今儿却自告奋勇地去了副驾驶座，涂老幺坐在后排当中，瞧瞧不言不语的李十一，又瞧瞧检查指甲的阿音，再看一眼专心瞧窗外风景的宋十九，一时好生尴尬，他挪了挪屁股，不经意间哼起了小曲儿。才刚出口半句，便听得阿音一个激灵，捂着胸口问他："做什么！"

"唱，唱曲儿。"涂老幺抖着两腿，他一尴尬便想唱曲儿，天生的毛病。

阿音翻起眼皮："杀猪声竟比你的曲儿婉约些。"

宋十九在前头莞尔一笑，阿音来了兴致，逗她："小十九，你哼个曲儿听听。就那首，我前几日教你的。"

宋十九有些不好意思，又因着李十一在后头的缘故，更是不太大方，咬了咬下唇才将唱词儿从鼻端哼出来："鸦翎般水鬓似刀裁，水颗颗芙

蓉花额儿窄，待不梳妆怕娘左猜。不免插金钗，一半儿蓬松一半儿歪。"

这首词名唤《一半儿题情》，是王和卿所作，讲的是闺阁少女要见那心上人，对坐梳妆揽镜自照的模样。云鬓花额，镜中的姑娘已足够漂亮，偏偏那头上的金钗因着心思的荡漾插得歪歪斜斜，松松兜着发髻，如少女兜不住的情思。

宋十九的嗓子清甜又不谙世事，一声轻一声重，在车轮摇晃的行进中起起落落，摩擦声大一些，便要听不全她略颤的尾音，可正是这样天然的轻哼，穿梭在嘈杂的烟火间，仿佛溪流汩汩伴着暮鼓晨钟，令人灵台清明。

阿音嘴角挂着笑，带着若有所思的神情靠在车窗上，双眼瞧着前头，却又好似不是瞧着前头。这首曲子她从前唱给李十一听过，她的嗓子华丽又哀怨，搁到窑子里是一等一地好。恩客们喜欢听这样的，婉转中带着些闲愁，仿佛窑姐儿亦有一腔深情，空落落地付托到他们身上，令他们生出些相爱难相守的惆怅来。

男人是天底下最笨拙的动物，作践良家的心意，又在窑子里找爱情。

阿音笑了笑，余光瞟见李十一若有所思地望了她一眼，而后转头望着前方。原来听曲儿的李十一也是不同的，听从前的阿音唱歌时，她挂着笑，听后来的阿音唱歌时，她挂着愁。

可没有一回似听宋十九唱歌这样，睫毛的阴影掩住认真的神色，笑意抿得淡淡的，宋十九的声儿高一下，她的睫毛便抖一下；宋十九的声儿低一下，她的眉头便皱一下。阿音想破了脑袋才想明白，此刻笼在李十一鼻端的东西，叫作晨曦，李十一这样的神情，叫作希望。

在乱世里，哭容易，笑容易，活得有盼头，不容易。

岁岁春风一度吹

第七章

01

据闻燕山乃龙脉所在，西起洋河东连山海关，同太行山隔水相望。燕山以东便是雾灵山，李十一因阿音与此地有些因缘，多少顾着她的脸色，却见她神色如常，仍旧一副事不关己的赶春模样，便稍放了些心。

潮河蜿蜒似龙脊，将燕山山脉环绕其中，山梁不高，此刻从冬眠中醒来，倒有了零星的绿情。沿着潮河绕了半截，至古北口，涂老么掌着的魂策令便有了隐约的动静，似刚破壳的鸡崽子啄食一般，轻轻地颤了颤。

李十一几人便于古北口村庄南侧下了车，这里从前是军塞要地，如今却萧索得很，几根乌鸦都不大搭理的枝丫横在村头，灰石同土墙黄白相间。村落里没几个壮年人，唯有几个大爷眯着眼睛坐在门口磕烟管子，老婆子一面洗衣裳一面啐捣蛋的孩童，见了新鲜人，才颇为克制地将举起的棒槌搁下。

古北口有一条小小的溪流横穿村落，众人依着溪流自南往北走，魂策令的动静愈来愈大，至村里西北角一个小小的农户前停了，李十一原地踏了几步，没了头绪。恰有一个挑着扁担的汉子经过，双眼不住往他们身上瞟，涂老幺便将他叫住了，问："小哥早哇，忙哪？"

汉子悠着扁担，也没有搁下的意思，只缩着老龟似的脊背望着他们："啊，送米去。"他的眼神在阿音同宋十九身上来回绕，颇有些移不开，阿音不臊也不恼，还笑吟吟地挑了一下眉，宋十九倒是很乖觉，在李十一的余光里后退了一小步。

李十一上前，颇为客气地问他："请问小哥，这些时日，可有外人入村？"

她面上虽有腐皮，声音倒不紧不慢，好听极了，惹得男人也多瞧了两眼，一会子才应声："有，一姑娘，廿五上下，板砖脸扁担肩。"

涂老幺双眼一亮，同李十一对视一眼，听这形容，八成便是了。他快活地搓了搓手，又问："此刻在哪里呢？"

男人又将挑子往肩上送了送，双手将绳索抓得紧紧的，仿佛担习惯了似的怎样也不肯丢下："那姑娘怪得很，拿一个铜底儿的罗盘，来咱们这儿挨家挨户串门子，进了院儿便趴地上敲敲打打，最终是瞧上了村西钱寡妇的婚宅。钱寡妇早年死了男人，日子挨得苦，板砖脸姑娘给了一匣子银圆，哪有不乐意的，高高兴兴雇车去了城里，两三个月愣是没回来一回，公婆也不孝敬了。嗨，寡妇。"

男人打开了话匣子，听得涂老幺是一愣一愣的，最终两人交换了一个心知肚明的眼神，意味深长地停了下来。

阿音听得不耐，一甩绢子咳嗽一声，男人回过神来，听阿音捏着嗓子出声："我问你，钱寡妇的宅子，怎样走？"

话不客气得很，自带三分霸道，所幸她漂亮，男人也不恼，飞快便指了路："沿着溪边儿过去，村头倒数第三间，右边有一二人粗的老梨树，便是了。"

李十一颔首谢过，将宋十九的后背轻轻一拍，示意她醒神跟上。

　　那汉子空话虽多，路却指得差不离，没走两步便至了钱家院儿，涂老幺将魂策令掏出来，拎在手上照灯似的左右探了探，却仍旧一点儿动静也没有，唯有院墙上立的布谷歪头瞧他，不大看得上的样子。

　　李十一道："进去瞧瞧。"

　　涂老幺收起魂策令答应了声，伸手捉起门锁瞧，却是锁得牢牢的，他有些犯了难，回身看李十一，李十一也甚少做这样私闯民宅的勾当，面上有了几分无辜，他再瞧瞧阿音，阿音笑问他："下九流的行当，姑奶奶都会，是不是？"

　　涂老幺又碰了壁，忙赖笑着赔个不是，便见宋十九上前一小步，轻声道："我试试。"

　　这是万万想不到，连李十一亦单挑了右眉，宋十九咽一口口水，惶恐道："前儿我闹了笑话，你喊我多读些书，我……我便各式各样的，都翻了一翻。"

　　阿音目瞪口呆，心里又服气地认了一个输，眼见宋十九将头上的发卡拔下来，两手捻成一条细丝儿，半弓着身子凑到锁眼儿前，大气不敢吹地眯眼瞧瞧了瞧，再抿着嘴将耳朵附过去，手指一顶一撬，"咔嗒"一声脆响，锁便弹了开。

　　涂老幺惊呼一小声，忙不迭将门推开跳进去，李十一越过门槛，神色复杂地望一眼宋十九，阿音跟在最后头，拢了拢耳坠子，暗自对宋十九竖了竖大拇指。宋十九得了夸奖，不好意思地将发卡拧回去，又别在了头发上。

　　院子里破破烂烂的，干裂的木桶起了白霜，横七竖八地堆在门边，架子上悬着几个早风化了的丝瓜，同干瓢子似的悠悠晃着。几人却顾不得好生打量别的，只因院子的西南角处开了一个扎眼的口子，正圆形一人宽，又黑又深，似极了一个盗洞。

　　李十一顿时明白了方才那男人口中罗盘的功用，分金定穴，木兰在寻墓。一时间心下凛然,李十一示意涂老幺准备好家伙什儿,将不必要的东西搁在外头,随后便点灯入了盗洞。

盗洞直连着墓道,里头全是干燥的黄土,不时有一些砂砾子坠了下来,前方的路已经塌了半截,几人跳下来时吃了一嘴的灰,只能"呸呸"两下摸索着小心走。这盗洞打得并不专业,也不大牢靠的样子,李十一放低了声响,嘱咐他们动静莫太大,免得黄沙落下来再埋了路。

好在墓道极短,十来米便到了头,而后便是一截石头打磨的前甬道,李十一将灯举在手里,敲了敲坚硬的石壁,这墓比吴老爷姨娘的墓还小些,想来主人并不是什么人物,可麻雀虽小却五脏俱全,墓道、甬道同石室都颇成样子,仿佛刻意留存了些不欲人窥的仪式感。

棺椁室前有两道石门,半开的,中央有几个细长的手印,塌陷在灰尘里,想来便是木兰开启石门时留下的,李十一并不急着进去,只将石门细细打量了一遍,蹲下身子拎灯一照,再伸手拂去陈土,隐约瞧见石门底部镌刻了两朵盛开的睡莲。

她心里"咯噔"一跳,没来由地往下坠了坠,也不晓得是地底下缺氧,还是起身太猛,站直时竟有些眩晕,令她手头的灯影支离破碎地一晃。阿音忙想上前扶住她,却见李十一抬了抬手,将掌心搭在了先一步迎上的宋十九的小臂上。

李十一抬起手背揉了揉眉心,她自进墓起便有不大好的扭曲感,这种扭曲感来自何处,她也说不上来,只是浑身充斥着一种阴差阳错的荒诞,令她舒坦不起来。

她小声抽了一口气,平复下心情往棺椁室里走,棺椁室比她想象中更小,几人一进去,便塞得满满当当,逼仄狭小的压迫感扑面而来,惹得涂老幺屏住呼吸,勉力将肚子缩小些。

石室的正中便是墓穴,阿音轻"嘶"一声,咬着手指行到边儿上,蹙眉:"这墓……"

涂老幺一瞧，从前他下的墓，棺材都搁在棺床上，可这一个却不同，正中央是长长方方一个坑，经年的棺木镶嵌在坑里，四面以叠层的石板垒了，再压上一圈大小不一的碎石。

"这是个什么风俗？"他蹲下去仔细瞧那石头。

李十一往前踏了两步："北魏的形制。"

阿音偏头："咱们从前下过北魏的墓，略有头脸的，大多在平城和洛城一带，怎的会到这燕山来？"

李十一摇头，掏出烟杆子来："问一问。"

一杆散发氤氲光泽的烟枪搁到棺木边，奇香一簇簇袭来，鞭打不敢尽忘的前尘过往。

叩棺门，问三声。一问何处来，二问何处往，三问缘何背井葬燕山，隔水望乡南。

"何处来？"

"永兴四年，虞城。"

"何处往？"

"沃焦石下阴二十五司。"

"你是谁？"

"花木莲。"

模模糊糊的三个字在墓室里散了，罗勒的香味在冰冷的黄土岩石中明显极了，李十一将烟管子拿起来，正细细琢磨，却觉地面隐隐震动起来，耳畔有马蹄错落疾奔的脚步声，由远及近，势如破竹。

涂老幺的身子剧烈地颤起来，两旁的肥肉抖得似被雷公翻来覆去地捶，众人惊疑地望着他，只见他将裤兜中的魂策令艰难地掏出来，捏着发麻的虎口，断断续续道："它……它怎的震起来了！"

李十一暗道不好，将烟管子横在胸前，正摆出一个防卫的姿态，便觉一阵阴风袭来，凉浸浸地立在她脑后。她将嘴牢牢一合，太阳穴青筋一凸，头也不回将烟管子往脑后三寸处一敲。铜管的落手处似是一软绵绵的肉身，身后有短促的闷哼，而后阴风一撤，三两下散了开，又极快地迫至她面前，带着长剑出鞘的压迫感，追魂夺命而来。

李十一食指伸直，舞剑似的支着烟枪，头往右移堪堪躲过游魂的袭击，随即后撤一步，腰肢摆动上身往后一躺，绕至那游魂侧后方，烟管迅速在空中书了一个"定"字，手腕一抖，力逾千斤地拍过去。

李十一的拳脚功夫好看极了，用辞赋里的"翩若惊鸿，宛若游龙"来形容再合适不过，软绵中透着不容忽视的力道，似抽条的柳枝，还透着杀伐决断的气定神闲，令被阿音护在身后的宋十九惊艳得一时忘了动作。

那游魂霎时消停，墓室中又恢复了寂静，比方才还幽宁些，只是李十一握了握烟枪，唯有她晓得，方才的定身符并未拍到那游魂身上去，此刻的平静便似有千百双眼睛窥着，只待稍有松懈便从四面八方挠上一爪。这样的被动令她不喜，轻轻哼一声，便三两步行至墓穴前，烟管子将棺木一敲，一根子孙钉便应声而起，沉沉掉在地上。

"别动我姐姐！"阴鸷而焦急的嗓音响起，墓室中又是一阵风沙巨动。

花木兰。李十一勾了勾嘴角，站起身来捏了一纸黄符。

木兰却并未近前与她交手，仿佛是心知讨不了好。四周突然响起轻柔而利落的踏地声，快得如同擦亮的火折子，一簇簇此起彼伏。

李十一站于正中，微微旋着身子，侧耳细细听——景门天英，伤门天冲，休门天蓬，惊门天柱，东南西北被她轻轻一踏，四门交汇的正中处隐隐以血书了一个"镇"字。

涂老么惊呼一声，李十一道："画地为牢，锁人阵。"

话音刚落，她便将下颌轻轻一收，脑中飞快地盘算起来，双目紧盯着地面，两足一提一勾，潜龙盘沙一般定点破阵。木兰走地盘，李十一

行天盘，开门天辅，死门天任，杜门天心，落于右下角的生门时右手捻符制灯芯，插了烟管里燃尽，而后垂着眼帘行至阵法正中，又如从前那样舀了一管儿熟糯米，精准地探手将其拍到眉心前方的虚空处。

"啪"一声轻响坠地，如落定的尘埃。

地上的油灯快要燃尽，黑暗中隐隐现出一个姑娘的身影，似被金线勾了出来，由透明化作实体，诡异得令人胆战。

木兰的眉心凝着李十一封住的糯米，此刻气息未匀地望着她，通红的眼和起伏的胸腔都透着不甘心。涂老幺见她动弹不得，壮了胆子，拎起油灯上前看她，细瞧了两下道："果真是板砖脸，扁担肩嘿。"

阿音这才明白那男人的意思，她身量颀长，面庞也不似一般女子的娟秀，有着棱角分明的下颌骨，双肩平整而薄，比寻常姑娘宽些，透着些英挺和俊朗，此刻穿着时髦的衬衣，袖口挽起来，下摆扎进裤子里，蹬着一双长至小腿的皮靴子，一头长发束得比马尾还高些，散了些发梢粘到脸上。

李十一瞧了木兰的手指一眼，侧脸："阿音。"

阿音撇撇嘴，自包袱里拣了一兜子铜板，又拉出一根细细的红线，铜板同熟糯米一起蒸过，红线亦放至黑狗血里浸泡了整一个周天，她一面念咒一面将铜板串起来，由木兰的左手小指头起，挨个缠着五指，又绕过大拇指往上，沿着她的肩背至脖颈处勾了三圈，最后收至右手小指上。

"这是做什么？"涂老幺又得了新的知识。

"她虽入泰山府籍，但到底是鬼，这法子流传多年，很有些效果，能将她锁住。"阿音难得有了些耐心。

"锁住，然后哪？"涂老幺问。

李十一偏头，好整以暇地望着他。

涂老幺咽了咽唾沫，蹲身至木兰跟前，蔫了吧唧地对阿音道："搭把手，让她上来。"

十一姐叫背，谁敢不背呢？大不了回去用柚子皮洗个三两回，不信去不了晦气。

02 🐾

众人自墓里出来，一顿折腾才将木兰搬到车前，雇来的车夫见他们鼓捣了个活人出来，还是这样诡异的姿态，一时惊得说不出来话，好在他经多见广，也不是个好多嘴的，眼观鼻鼻观心便入了座，抖着手发动车子。

后排要坐四人，那必然是挤了些，阿音将涂老么赶到副驾驶位，四个姑娘在后头挤成一排。李十一有些疲乏，上了车便闭目养神，不多时前头也响起了涂老么的鼾声。宋十九坐在木兰身边，将挨着她膝盖的右腿缩了缩。

木兰不知是被打得厉害了，还是坐不惯汽车，未几便有些晕，宋十九小声对她道："你若头疼，便睡一会子。"

木兰望她一眼，僵着脖子不动，宋十九想了想，伸手上前，将她的头推到窗户处靠着，"咚"一声轻响，木兰结结实实地磕了一回，甚是哀怨地望着她，宋十九有些不好意思地赔了个不是，正回身子目视前方。

车轱辘摇摇晃晃，木兰的眼皮沉下去，不大一会子果然睡着了。宋十九偏脸瞧过去，却见她嘴唇翕动，仿佛在念叨什么，她附耳过去，眨着眼一字不落地记下来。

入了夜，几人才回到阿罗的宅子，宅子里却只剩五钱一个，说是阿罗有事出去了。李十一将木兰交给五钱，令他布个阵关着，只道明儿再来寻阿罗结钱。

几人风尘仆仆地回院子，洗了澡又往涂嫂子院里蹭了几碗好消化的

瘦肉粥，这才解了乏自回自屋。

月明星稀，倦鸟也归了巢，四周安静得只剩窸窸窣窣的风拂新叶声。宋十九惦记着车上听到的言语，要出门寻李十一去，刚迈出步子却听得西院里头有隐约的人言，伴随着香气四溢的糖炒栗子的气味。

宋十九循声过去，见是阿音同涂老幺对坐着剥栗子吃，见她来了，请君入瓮的眼神表明了摆的是一场鸿门宴。阿音新剥好一个，递给她："坐。"

宋十九依言坐下，塞了一个进嘴里，甜咸交错的香气被暖烘烘地烤出来，还带着沙沙的颗粒感，好吃得令她恨不得吞了舌头。她一面吞，一面又上手剥了一个。

阿音问她："要找十一去？"

"嗯。"宋十九嚼着栗子，眼一眨一眨的，"有话同她说。"

阿音同涂老幺交换了个眼神，涂老幺道："你这是铁了心要跟十一学？"

宋十九点头："铁了心。"

阿音拎着绢子沾了沾嘴角："若真是铁了心要拜师门，你同她这样不咸不淡的，可成不了。"

宋十九双耳一动，栗子也顾不上吃了，疑道："这是何意？"

阿音叹了口气，笑道："你呀，打牌也赢我，旁的也赢我。可是，李十一她愿意助你，我又有什么法子呢？"她的笑语意味深长，说的仿佛是李十一提点宋十九和牌的事儿，又仿佛是别的。

阿音过于了解李十一，她在李十一将手搁在宋十九手臂上的那一刻便明白了。李十一向来不习惯依附任何人，往日自己每每递出手，她每每扶住的都是石壁。可宋十九却以幼嫩的身姿头一个打破了李十一心里的防线，令她同她的接触自然而然得好似谈天吃饭。

宋十九扶着头，不大明白。

阿音的失落只是一瞬，三两下便恢复了精神，琢磨道："你既有了这先天的能耐，不如趁热打个铁。你不晓得你现今的短处在哪里，姐姐我却是再明白不过，你同她再亲近，她若当你是个奶娃娃，你又能怎样呢？"

醍醐灌顶。宋十九倒吸一口凉气，结巴道："那，那。"

阿音同涂老么挑了挑眉头，虽说她对同涂老么商量这事很是嫌弃，可万事若有个同盟，甭论是精的傻的，哪怕是头猪，有它起个哄，兴致也能高涨个几分。

果不其然，涂老么兴冲冲地"嘿嘿"一笑。

阿音又将话头对上宋十九："你若要她果真待你跟从前不同，总需告诉她，你是个大姑娘了。"

"大姑娘？"宋十九在阿音直勾勾的眼神里缩了缩脖子。

"大姑娘。"阿音点头，挺了挺胸脯。

梆子声敲过了十来下，李十一却毫无困意，正拿了一罐子安神的瓜片出来，却听得木门被叩了三下。

李十一道了请进，见是宋十九掩门而入。

深夜来访，李十一将茶罐子搁下："有事？"

宋十九一脚在前，一脚在后，站了个"丁"字，埋头理了理，才道："我总觉着，那木兰有些蹊跷。"

李十一若有所思地吸一口气，颔首："木兰乃战功赫赫的名将，又入了魂策军，可我同她交手，仿佛拳脚功夫并不大厉害。"

这还不厉害？厉害得很了，分明是你更厉害罢了。宋十九敛着猫儿一样的气息，以猫儿一样的眼神瞄她。

李十一说完，见她没有话，便将脸朝向她，提提眉头询问。宋十九最爱她扬着眉头的模样，不晓得人间怎会有这样的杰作，那一对眉似横

岁岁春风一度吹

第七章

弯的山脉，凸起的是桀骜，敛下的是温情，若有人卧在那一弯眉沟里，便好似拥住了水秀山明。

宋十九抿了抿下唇，道："她厉不厉害，我不晓得，可我偷听了她的梦话。"

李十一讶然："什么梦话？"

她此刻面向宋十九坐着，长腿松松支着地，一手搭在桌上，一手扶在大腿上，是一个毫无防备的坐姿。宋十九只觉心炉上的水沸得厉害，拇指粗的蒸汽自耳朵眼儿里冲出来，她的脸必定是红极了，连发丝儿都紧张得不大敢弯曲。

她生怕李十一瞧出自己的异样来，便埋了头，三两步上前，将李十一扶在膝盖上的手拉起来，而后右腿一跨，正正好地坐在了李十一双腿上。李十一陡然被人撞了个满怀，怔愣得停住了呼吸。

李十一从未与人以这样的姿势对峙过，偏了偏头，本能地伸手要推她，却听宋十九道："你若不推我，我便同你说。"

"说什么？"李十一盯着她，嗓子有些哑。

"说木兰的秘密。"宋十九大着胆子回敬她，眸子亮晶晶的。

宋十九紧张得心尖儿都要掐酸了，可李十一却笑了，那笑意自她眼里漾开来，昙花一现般短促，她抿住唇，仍旧是漫不经心的模样，将手垂下去："那你说。"

她缴械投降的动作都如此从容不迫，反倒令宋十九生出了些不似个大人的怯场来。

宋十九勾脖过去，在她耳边想了想："回程时我坐她身边，她睡过去了，却说了几句梦话。"

她一面回忆一面说，动作有些大，身子往下方滑了滑，李十一怕她跌下去，本能地伸手揽住她的腰，将她往上提了提："说什么了？"

"她在背菜谱。"宋十九不大明白。

"背菜谱？"李十一被宋十九的话结结实实地吸引了注意力。

"木兰是武将，怎会梦中背菜谱？"李十一喃喃道。

宋十九摇头。

李十一考量完毕，将宋十九放开，抬了抬膝盖示意她起来，宋十九恋恋不舍地站直了腰，手背在后头，脚尖儿耷拉着画了半个圈儿。

李十一揉着发麻的大腿，转回去仍旧开茶罐儿，一会子才道："你坐我身上做什么？"

宋十九坦白："阿音说，我要告诉你，我是个大姑娘了。坐你身上，你便晓得我重了，不似小时候了。"

李十一把茶罐儿放下，叹气："阿音同涂老么的话，你要拣着听。"

03

第二日，阿音起了个大早，松散散梳了个宫廷卷儿，便往阿罗宅子去。天才亮不久，阿罗尚在睡着，五钱倒是起来了，在院子里耍功夫。阿音抱着胳膊瞧了一会子，竖起小臂鼓了鼓掌，这才优哉游哉地去寻那花木兰。

厢房四周结了一个泰山府的阵法，五钱替阿音开了个口子，将她请了进去。阿音推门而入，见木兰神色清醒，靠在窗前看书，阿音问她："早起了还是未歇着？"

木兰不是很愿意搭理她："有何贵干？"文绉绉的，带着些古人的酸腐气。

阿音笑道："早起去拿了几样订好的绣品，不过白来瞧一瞧你罢了。"她将那拎着的绣品抖搂出来，也不在意木兰的反应，自顾自地比画着赞叹，"瞧瞧这针脚，到底是江南的绣娘，赶工了整一月，这鸟儿竟是栩栩如生，连羽毛也纤毫毕现。"

木兰斜着眼瞟她，目光落到绣品上，竟是轻嗤一声，搭了腔："这

七彩文鸟哪里是这样绣的？织物叠得便不讲究，须得用两层平纹丝夹一层苎麻布，再以铺绣扪底，辫子针钩鸟羽同眼珠子，这才是精巧细致，才有活物的样子。"

"哟，倒是我不明白了。"阿音含笑将绣样收了，心中有了数，盈盈看她一眼，委身告了辞。

天儿还早，原本约的李十一几个尚未登门，阿音便将绣品往院儿里的石桌上一搁，问扫洒院子的五钱："阿罗姑娘起了吗？"

五钱道："起了。听闻你来了，请你过去吃茶。"

阿音以绢子搭着挡太阳，却之不恭地往阿罗房里去。君山银针冒着开枝散叶的香气，替主人向来人诚意十足地问了好，阿音坐至桌前，抬碗掀盖，自顾自嚓了一口。

阿罗着一身鸦青的宽袍，立在书案后练字，广袖长裙衬得她越发柔情了，如墨的黑发同衣裳连在一处，簇拥着苍白的面庞和如玉的皓腕。

她同阿音打过招呼，柔声笑道："阿音姑娘倒十分不见外。"

阿音也笑："前一世见也见过，哭也哭过，我又客气什么？"

阿罗埋头瞧着游走的笔端，轻声道："说的是。"

阿音将茶搁下，行至她身边，也随她欣赏字迹，问她："你这差事，少说干了也有七八百年了吧？"

阿罗想了想："怕是不止。"

阿音俯下身子，胳膊肘撑在桌面上，侧仰头望着她："那我同你这一面之缘，你记得这样清楚，怕不是那傅无音美艳绝伦？"

阿罗将笔搁下，摇头："我不大辨得出美丑，只是听闻，傅无音许久未出阁，是因生得不漂亮。"

阿音郁结，快快抬起身子，就要往外走，才刚行至青花瓷抱肚花瓶前，却听得阿罗道："你身体里头，是螣蛇？"

琴弦绷断之声，划破了静好的气氛，阿音转回头，目光里压抑着凌厉和探究。

阿罗叹了口气，搁下笔，烟雾般款步行至她跟前，望着她道："螣蛇乱情，这便是你入了胡同的缘故？"

阿音骨头一软，靠到雕花的窗棂上，脖子悠悠晃了晃，抱着胳膊笑问她："怎么？"动作和语气里的防备毫不遮掩。

阿罗蹙了蹙眉尖儿，嗓子清淡如温水，却熨帖得恰到好处。她想了想，说："螣蛇令你体内有热毒，乱情扰性，是故你不能专情一人，否则他将有性命之虞，是不是？"

阿音轻嗤一声，行着踏花一样的步伐坐到床边，撩着上头的流苏穗儿，一双修长的腿架起来，从旗袍的缝里透出浸淫脂粉的媚态。

她问她："怎么？你有法子？"

原本只是一记揶揄的还击，却不曾想阿罗跟了过来，认真道："有。"

阿罗立在跟前，微微勾头瞧她："我本是冥气，不辨雌雄。黄泉冥气，至阴至冷，正可解热毒。"

阿音睁大了眼，诧异面前柔弱的姑娘竟不辨雌雄。

她咬着绢子，将怀疑的眼神抵向阿罗的前襟。

阿罗尴尬地别了脸："我修的是女身。"

"那如何解毒？"阿音望着她。

阿罗抬手碰了一下自个儿的嘴唇："我化气为药，以孟婆汤匙舀黄泉水二两，熬出药汤。"

阿音咬着嘴唇低低笑一声，别过头去，将流苏穗儿又在手指里头绕了绕："你肯帮我？"

"我本阎罗，度人解厄，本就应当。更何况，你我相遇，总是机缘。"阿罗垂下睫毛，轻声道。

只不过在泰山府，她连一声请求也未曾听过，只能面对一张张毕恭

毕敬的脸。

阿音望着她，不晓得这位阎罗大人为什么忽然便落寞了。

好在那落寞未停留一两分，阿罗便复又抬手写字，柔声道："你且等我片刻。"

"那便有劳阿罗姑娘。"

半个时辰后，原本的艳阳天下起了小雨，霏霏湿意自窗棂里钻进来，将零落的干燥驱散干净。阿罗仍旧是一袭鸦青的袍子，长发拢到一边，行至桌前，探手扶着早便凉透的紫砂壶，轻轻捂了捂，里头的水便冒起了细小的气泡，有白雾自壶嘴里涌出来。阿罗坐到桌边，将扣上的紫砂杯翻了一个过来，替阿音斟上一盏茶，她的眉目仍旧温软而柔弱，带着不显山不露水的清幽，弯唇莞尔，仍旧是十分矜持而有礼节地喊她："阿音姑娘。"

阿音接过茶水，囫囵吞了一口，有鲜嫩的茶叶渣子沾在嘴边，她只扯了绢子略微一扫，扫清了半点胭脂。

阿罗问她："阿音姑娘，同李十一很有交情？"仍旧是文绉绉酸腐腐的，同木兰没什么两样。

阿音懒洋洋地趴在桌上，将绢子叠成小兔子的模样，又抽了叠成小耗子的模样，半晌才学着她的语气回道："何以见得？"

阿罗道："你头一回疗愈，需要适应，身子如浮木，自觉危险时，喊了十三声李十一。"

阿音一怔，笑道："是吗？"

阿罗将嘴边的茶搁下，埋头恬静地望了望自己的右手，翻来覆去瞧了一遍，又轻轻地揉起手腕子。

阿音"扑哧"一笑，咬了咬嘴角又眯起双眼怅然道："你阿音姐姐我便是这样稀奇的姑娘，最是洒脱不过，最是不洒脱不过。"

阿罗未追究她的言下之意，只皱起眉头："姐姐？"她当然不晓得，寻常人面前，阿音的辈分通常是姑奶奶，若她肯自称姐姐，已是天大的体面了。阿罗好生想了想，似笑非笑："我如今两千一百三十余岁了，你却说，是我姐姐？"

阿音没想到这一层，乐不可支地抖了抖肩膀，顺从地更正道："你阿音妹妹我……"

她不大说得下去，破冰般笑了，眉眼弯弯，嘴角弯弯。她许久未笑得这样透彻又清亮，像从未经过劫难的少女。

阿罗但笑摇头，还要再说，却听得五钱敲了敲门，道："李姑娘来了。"

阿罗低下头，"唔"一声，右手一挥布了一层瓜果的清香。

04

五钱推门，将李十一、宋十九、涂老幺三人迎进来，宋十九见着阿音，小碎步跑过去挨着她，涂老幺至对面落座，将正对着阿罗的位置留给了李十一。

李十一未有什么寒暄的心思，只对着阿音道："如何？"

阿音的神情敛得十分好，不消几秒便转圜过来，将李十一昨儿嘱咐她试探木兰一事说了，又一五一十复述了木兰的反应。

李十一点点头，同她猜想的差不离。

她于是对阿罗道："我猜，木兰不是木兰。"

阿罗手中的茶盏在桌面上轻轻一磕，稍停了停才安生地放下去，她抬眼看向李十一，蹙眉确认道："木兰，不是木兰？"

李十一反问："出征十二年的武将，身手不大好，钟爱的也是煮汤刺绣，阿罗姑娘瞧着，寻常不寻常？"

"木兰向来不爱同人打交道，"阿罗道，"她战功不大好，我也曾疑过，可我曾借了府君的神茶令翻阅典籍，她的籍贯年岁、生辰死令，都同花木兰对得恰恰好。"

一人有一人的命数，世间无二，这便奇了。阿音轻轻咬着指头的关节，李十一的食指亦在桌上咯嗒咯嗒地敲，涂老幺晃了两下膝盖眨巴着绿豆眼不是太明白，宋十九想了想，问："那典籍，可有出错的时候？"

阿罗略一沉吟，也并不是极在意泰山府的颜面，诚恳道："府间籍由文官编写，自然会有错漏，只是千万年难错一遭。"

李十一颔首以示明了，将搭着的手收回来，交叠在桌前，又问阿罗："倘若引魂度鬼的典籍亦有错漏，那木兰的身份，便是无头悬案一桩？"

阿罗右手抚着袖子理了理上头的褶皱，众人静悄悄等着她思索的结果，小半炷香时间才听她又开了口："倒不是。"

"天地间能辨物真假，识破真身的有二，一是地藏王坐骑谛听兽之右耳。"

李十一默默等着她下文，果不其然见她摇头，道："只是一则，据闻一千多年前谛听被请去断斗战胜佛同六耳猕猴那桩公案，眼瞧着六耳猕猴横死当场，受了惊吓，起誓再不掺和此类事由。二则，地藏王自请投胎后，谛听也不知所踪。"

"其二呢？"李十一扬眉。

"其二，是上古异兽雨师妾的鼻子。"

"雨师妾？"涂老幺忍不住插话。

"《山海经》里记载：雨师妾，在汤谷北，其为人黑，两手各操一蛇，左耳有青蛇，右耳有赤蛇。"宋十九道。据闻雨师妾的鼻子灵敏非常，能方圆百里外辨品貌，识忠奸。

涂老幺"嗷"一声，挫败极了，从前自个儿的文化水准在最底端，好不容易有一个宋十九，竟神不知鬼不觉插了队，兜兜转转，他还是被压得毫无生气儿的那一个。

万般皆是命，半点不由人，他搭着二郎腿安慰自己。

阿罗提点道："雨师妾擅御蛇，每有山神庙便在后檐右起第三块砖瓦下置一灵蛇，以掌人间动向。若要寻她，往山神庙去，以竹笛诱之，便能以蛇腹传意，请她借鼻子一用。"

"你既这样清楚，却白说这许多，还不速去？"阿音听出不对来，斜着眼神儿睨她。

阿罗微笑："不是十一去吗？"

阿音一愣，问李十一："你几时说要去了？"

阿罗道："我同十一的买卖是寻回木兰。"

话说了半截，众人听明白了，一时也没什么话好说，李十一勾了勾嘴角，直视阿罗一眼，清冷道："我去。"

"只是，"李十一抬手拨了拨额前的碎发，"我同那异兽素无往来，也无交情，她如何肯将鼻子借我？"

阿罗抬腕浅啜一口茶，嘴边的笑窝若隐若现，一会子才将苍白的脸抬起来，对宋十九笑道："带她去，雨师妾必定肯借。"

"我？"宋十九不敢置信。

"是。"阿罗的细语里透着讳莫如深的笃定，"九大人。"

九大人？宋十九滴溜溜转了转眼睛。

李十一倒是不大意外，接过五钱递上来的玉笛，顺手敲了敲宋十九软绵绵的手背，同她一道寻山神庙去。涂老么惦记着家里炖的猪脚，也急匆匆辞行，一顿热闹后，屋子里又余了阿音同阿罗两个。

阿罗洗了手浇花，阿音靠到桌边翻了翻她的书籍，又两手一撑坐到书桌上，脚尖儿挂着不大牢靠的高跟鞋，轻一回重一回地磕着桌脚。她睨着眼神儿看面前的人，盈盈一握的腰肢、松软孱弱的肩头，连嘴唇亦是惨淡淡的只余了少得可怜的粉。

若从前，她是顶瞧不上这样没精打采的姑娘，自个儿自小倔强，往后嚣张，嘴唇要牡丹似的红，眼角要金箔似的艳，做贼要是天底下头一个扎头绳儿的贼，长大了要做天底下风情最盛的女子。可方才这姑娘救

了她，她倒也不好嫌弃许多了。

"若有话，便问。"阿罗道。

阿音道："你做什么要救我呢？"

"想救。"阿罗道。

"那书里都说，阎王老爷是拿命的，何时做过救人的活计了？"阿音"啧"一声，"我问你，你是头一回救人吗？"

枝丫掩着阿罗半张脸，连阴影同光亮的错落都十分好看。她提了提手里的水壶，侧着脑袋："是。"

阿音的胸腔"嗡"了一声，仿佛是惊讶，又仿佛是旁的，她方才不过找话白问一两句，不承想竟得到了肯定的回答。她仔细想了想，这一辈子，好似从未占过什么独一份儿的东西，自然也不敢奢望自己是旁人两千一百三十余岁中再无二话的"第一"。

她将腿叠起来，抬手挽了挽耳发。

倒是阿罗笑了，问她："怎么？"

阿音不大信："你若从未救过人，今儿怎么便巴巴地救了我？"

阿罗诚恳道："我不问人间事，也不晓得我的冥气凡人经不经得起。今日见你难受，我便一试。"

艳如春光的佳人笑出了声，反手一撑自桌上跳下来，尖细的鞋跟前前后后地踏了两步，靠到梁柱前，低着眼神看她："既你救了我，我自然是要谢你。"

阿罗略微抬起娟秀的脸庞，询问地望着她。

"你有什么喜欢的？胭脂？水粉？成衣局的衣裳？"阿音扯着绢子，一个窑姐儿倒有了几分恩客的做派。

"没有。"阿罗摇头。

"你若觉得好。"她顿了顿，仍旧是弯身浇花，片刻后才轻言道，"下回不舒服时，少喊一声旁的，便好了。"

下回？阿音悠悠抬了眉头，未细细琢磨便将思绪转回了前头那句上。

——你若觉得好。这句话时常听见，城南的裁缝铺子、鼓楼大街的首饰店、刚上了新点心的茶摊儿……掌柜的将东西递过来时，总要来上这么一句。

这句话于此时此地，出自面前的人嘴里，是如此不合时宜，却又如此地令人愉悦。它莫名其妙地带了三分不大熟稔的客气、兢兢业业的谨慎，同捧出一件东西时急盼得到认可的小心思——熨帖得令人毛孔都舒坦起来。阿音勾了勾唇角，若有所思地将披肩往上头一搭。

05

檐下的新燕衔着泥，于烟雨朦胧中垒巢，李十一撑伞携着宋十九，一脚深一脚浅地走在山路里，京市喊得出名字的寺院不少，山神庙却不多，颇费工夫地打听了一番，才在玉泉山香积寺下，玉峰塔的西南面，寻着了小小的一间。

这山神庙有些年头了，眼瞧着也没什么香火，斑驳的墙面透着年久失修的衰败，倒是青瓦被雨水冲得透亮，仿佛有了些恭迎来客的殷勤。

李十一同宋十九二人也顾不得进去瞧一瞧山神他老人家，只径直往后院儿去，李十一将伞递给宋十九掌着，掏出玉笛以拇指擦了擦口子，正要搁到唇边，却在雨打芭蕉的声响中愣了神。

宋十九眼睁睁瞧着无所不能的李十一将靠近唇边的玉笛放下来，欲言又止地问她："阿罗姑娘，可有说过，吹什么？"

宋十九嗫嚅两下嘴唇，只觉问得十分漂亮。

李十一见她愣头愣脑，心知指望不上，松松叹了口气，将玉笛在手心里敲了敲，又支棱着脖子望了砖瓦一眼，乍然出了声："你吹。"

阿罗既让她带"九大人"来，那必定是有缘故。

宋十九一怔，将纸伞换给她，顺手接过玉笛，在李十一清淡的目光

中将其凑近下唇，双手支起来，也不晓得比了个什么花架子。她移开目光，忽然觉得自己糟糕透了，明明也不晓得要吹什么，可她对李十一的要求无法抗拒，仿佛由头发丝儿到脚趾尖儿都在对面前的人俯首称臣。

她认真地听着自己吹了几个干涩的断音，呜咽似的，在芭蕉被打落的窸窣声中扎耳得很，她惊扰了雨水，惊扰了纸伞，惊扰了绿树青瓦的山神，而撑伞而立的李十一，以眼光惊扰她。

宋十九将被雨沾湿的睫毛垂下来，未几又如新蝶展翅一样扇开，明亮如朝阳的眸子同李十一对视，李十一紧了紧撑伞的手，大拇指在竹柄上轻轻一刮。

笋尖似的十指错落，一段绮丽而悠扬的曲调自小孔里钻出来，声声拔高直冲云霄，宋十九直白的眼眸略略眯起来，眼角又隐隐透了粉，李十一漆黑的瞳孔扩了扩，而后将惊讶藏在抿紧的双唇里。她生起了陌生而久违的好奇心，在这个阴雨绵绵的山林里，她望着面前干净清嫩的姑娘，有了一探究竟的冲动：这曲子叫什么名字？她几时学会的？吹奏时会有怎样的回想？又曾是谁有过侧耳聆听的福分？

李十一突然意识到，自己将她抱出来，将她养大，看遍了她一朝一岁的模样，可从来未曾了解过她。她为自己有了"了解"这一想法而啼笑皆非，略勾了勾嘴角将头低下去。

睡蛙被闹得猛地一跳，屋檐下一块不起眼的砖瓦被顶起来，似一个小小的帐篷，缝隙里游出一条小指粗的灵蛇，通体翠绿，嫩得仿佛从树叶尖儿上掐下来的，那青蛇支起上身，在雨幕中孩童般望了望，轻轻"呀"一声，毕恭毕敬道："九大人。"

这蛇竟能通人言，宋十九稀奇极了，她将笛子放下，候着那小蛇沿着房梁攀爬下来，急匆匆地游到她面前，立起来，身子拉得极长，仿佛要勉力够上她，眼见够不着了，才道："九大人召唤，有何事吩咐？"

声音稚嫩又嘶哑，像被烟呛了的孩童。

宋十九眉眼弯弯地蹲下去，玉笛磕了磕它的脑袋，小声儿问它："你听我的吗？"

小蛇疑道："自然。"拿腔拿调，抑扬顿挫的，跟个古人似的。

宋十九呵呵乐一声，抬头望着李十一笑："你有纸人儿宝贝，我有小青蛇，你瞧，咱们……"

"什么？"李十一立着，一手支着伞。

宋十九有些脸红，咬唇望着小蛇，拣了一片叶子给它当伞，声音极轻地问它："是不是很像呀？""呀"字是气声，掩藏在雨声里。

"是呀。"小蛇不明白，本能地点了点头。

宋十九的欢喜要自眼中淌出来，李十一在上头轻声一咳，提点："说正事。"

宋十九点头，摸摸小蛇脑袋，敛了笑问它："你同雨师妾传个话，我借她鼻子用一用，好不好？"

小青蛇领了命，将伞放下来行了个礼，而后入定一般僵在当场，死了似的硬着身子，半晌没动静。二人等了一会子，等得雨雾将歇，天隐隐放了晴，才见小蛇将信子一吐，睁眼道："请大人合眼。"

宋十九依言耷拉下来眼皮儿，只闻一阵乍起的异香，迅速自鼻孔钻进来，沿着鼻梁攻城略地，最终直达天灵盖，似被十余个顶辣的大蒜冲了眼睛，噼里啪啦的小火星子在脑内轰然炸开，令宋十九捂着眉心儿一瞬便涕泗横流。

李十一见她神情有异，忙将伞搁到一旁蹲下，问她："难受？"

宋十九打了个喷嚏，眼泪汪汪的，连话也含糊不清："等，等等。"她抹了一把眼泪，掌根儿仍旧顶着额头中央，五官提溜得错了位，十分艰难地才恢复了往日的形容。李十一手心儿出了汗，搭在膝盖上瞧着她，见她渐渐镇定下来，小巧的鼻翼轻轻翕动，盯着自己的眸子也变了些颜

色，顿了顿，才听她道："你好香。"

李十一横她一眼，站起身来拾了伞往回走。宋十九同小青蛇道了别，拎着裙摆三两步跳上去跟上。

人说五感相通，有了灵敏的鼻子，连眼神儿也好上了许多，万事万物在宋十九眼中似刚从水里捞了出来，清晰得不得了。她靠着李十一，四处瞧四处看，原来被雨刷过的树叶这样清香，原来泥土的味道这样肥厚，原来石子也有凛冽得同枪杆一样的气息，还有李十一——

她手指间有笔砚的端正、书卷的清醇、米饭的鲜香、符纸的冷静，还有独一无二的烟草味，生犀同罗勒引诱着她骨血里的蠢蠢欲动，白酒是更尽一杯的难舍难分，艾草将她拉到凡间来，赋予她七情六欲。

她忍不住凑过去，挽住李十一的胳膊，将脸小心翼翼贴上她的肩头，李十一侧眸扫她一眼，她软绵绵道："有些晕。"

李十一怕她因着新借了鼻子，身子起了斥异反应，便也不大推她，只直着手任由她拉着。

宋十九靠着她慢慢走，忽然便生出了一些感慨，忆起当初被她抱着捧着的日子，竟恍如隔世，她收了收唇角，叹一句："你许久未抱我了。"因着这一回只有她们，她才敢这样明目张胆地撒一回娇。

她原以为李十一不会搭理她的胡言乱语，却听李十一微动薄唇开了口，嗓子淡得似阴凉的天气："昨儿不是抱过吗？"

宋十九耳郭一动，脸在她好闻的肩头轻轻一蹭，染了一层淡淡的粉，没再说什么，只隐隐地将嘴角牵了起来。

原来，在李十一的认知里头，那不是一个不当心的揽腰，那是一个货真价实的拥抱。

原来，李十一并未如她所想的那样排斥她。

努力呀，宋十九第二回对自己说。

待回至阿罗的宅子，是正晌午，涂老幺端来了炖得软糯咸香的猪脚，再配上五钱做的几样小菜，再并一壶陈年的花雕，几个人在院儿里便用起来。猪脚被浸成了深酱色，皮入口即化，一丁点儿也不腻，有嚼劲的筋拉着依附在骨头上的瘦肉，引诱人舔干净骨缝里的肉汁。

几人吃得愈香，宋十九愈是煎熬，掩着鼻子难以下嘴，最终是涂老幺出了主意，拧了几个纸条将她鼻子堵起来，这才上桌动了筷子。

酒足饭饱，涂老幺摸着肚子在藤椅上打嗝儿，五钱将碗筷拾掇了，阿音端了余下的半盅酒，阿罗再拎上一壶，同余下几人往木兰房里去。

相比外头的热闹，木兰的厢房一片冷清，她抱着膝盖坐在窗边的木桌上，换下了前儿的衬衫，裹了旧时猩红色的男袍，黑色的腰带系得十分随意，脚上一双青布靴，一头青丝以暗红的发带束得高高的。悄然无声地坐在旧样式的红木台上，像偷了一整段老去的时光。

也不知是酒意上了头，还是木兰肩上的孤独感上了头，阿音的鼻腔隐约一酸，她冷漠地垂下眼帘，端着酒杯靠到门边。

李十一同宋十九对视一眼，示意她上前去，宋十九颔首，站到木兰身后，沿着她的脊背往上，凑近闻了闻，木兰拧眉要转身，头却被宋十九抬手按住，偏头闪着小鹿眼，用力嗅了嗅她耳后至脖颈的肌肤。木兰被宋十九拿手一按，想起车上她推自个儿的架势，紧张得汗毛倒竖。

宋十九缓慢闭上眼，神台中有一个陌生而妖娇的女声说，泰山府的炮台，魂策令的璎珞，黄泉畔一碗未下肚的孟婆汤，宫廷的雕梁，金贵的珠翠，虞州城一双盼儿归的亲爹娘。

还有呢？没有了。

没有坚硬的铁甲，血染的黄沙，千里渡戎关的九死一生；也没有藏匿的胸脯，抹黑的脸庞，安能辨我是雄雌的惶惶。

宋十九心里风声大作，呼呼吹散了一地惊颤，茶凉酒尽后才睁了眼，

眸光如水温良："你不是木兰。"尽管早有预感，宋十九的结论仍旧打落了枝头的残花，重重铺下来，终于结束了摇摇欲坠的岁月。

木兰抬头瞧了瞧外头的天色，一千余年，金乌仍是金乌，云朵仍是云朵，木兰却不是木兰，自己也不再是自己。

她如释重负地笑了："从我叛离魂策军，便晓得有今日。"

宋十九问她："木兰呢？"

她叹气："你见过。"

宋十九皱眉，听李十一出了声："棺木里？那你是——"

"花木莲。"自北魏而来的女声同问棺时若隐若现的烟雾重合。

众人惊诧，见木莲自桌上跳下来，掸了掸袍子，脸上的表情落寞而无谓："去木兰跟前说吧。"她顿了顿，垂头往外走。

两辆汽车停在外头，阿罗亦撑伞跟着出现在了门口，出了府门，她的脸被光映得几乎透明，尽管有伞布的遮挡，仍旧不堪其扰地敛了敛睫毛。

阿音侧脸瞧她一眼，她极温柔地笑了笑，下颌一低同五钱上了车。

一路无话至了古北口，村里仍旧是前几日的模样，连院门口晒太阳的老爷子也还是那几个，见着她们，倒不是很稀奇了，目光跟了三两步便收了回去。

早晨落了雨，洞口阴凉又湿润，几人依次下了墓，踩着嘎吱嘎吱的积水，又回到了熟悉的棺木前。棺椁室倒是干燥，被李十一敲出的子孙钉横在地上，似长枪头部卸下的铁尖儿。

涂老幺左右瞟了瞟，自兜里掏出几张报纸，铺到地上，招呼大伙："坐，坐。"他前几月听那太平的故事，站了一宿脚脖子酸得厉害，自此便悄没声儿备下了报纸，这回果真派上了用场。下回再带上炒瓜子儿，他盘着腿琢磨。

阿音瞥他一眼，将嫌弃的话收回去，腿一弯便坐了下来，宋十九挨着她坐下，阿罗同五钱在角落里，同李十一相对而立。

木莲望着不起眼的棺木，沉着嗓子开了口："我同木兰，是一每同胞的双胎姊妹，长相身量、腰身足长，皆无二致。"

人们通常将藏得过久的话叫作秘密，它浸泡在骨髓里，跟你同喜同悲，日日与你说着话，天长日久，话语声渐渐小了，你便会以为它并没有多重要，直到有一日要悉数将它抽出来，才会在拆骨剥皮间真真切切地听见，什么是牵一发而动全身的回响。

话才一句，李十一便同阿罗对视一眼，明白了为何她的生辰同木兰一模一样，又为何能瞒天过海，冒领了木兰的命格。

木莲一动不动，甚至连靠近木兰棺木的心思也没有，只定定地回忆，声波也未颤动半分："木兰替父从军，戎装十二载，战功彪炳，载誉而归，我那日去接她，红花少年，踏马回城，圣上感念孝心，不罪反赏，爹娘喜极而泣，只以为骨肉分离有了尽头。"

"未两月，宫内传旨，圣上嘉许木兰的英勇，欲纳其入宫为贵人。"她想起那日满面堆笑的传话太监，抖着肩头跪下接旨的老迈爷娘，还有连上阵杀敌亦无所惧的，沉默而苍白的胞妹。

圣上哪里是当真喜欢她，分明是因她功高战强，又为女儿身，不肯用，不舍弃，养进宫里以示仁德天恩罢了。木兰神采奕奕的眼神从未如此灰暗过，她本该是猎鹰，此刻却似要被剪翅的雏鸟。

木莲低声道："木兰与我不同，我自小擅女红，好厨艺，她却生性喜自由，奔马弄枪，半点不似个姑娘。"

"后来……"她喉头一哽，平静地顿了顿。

"后来，"李十一抬眼，"你替她入了宫。"

阴暗而干燥的空间里，众人的肌肤因这一句莫名起了鸡皮疙瘩，汗毛有思想般立起来，涂老幺做了一个重重的吞咽动作，将耳朵眼儿堵了一堵。

"木兰能替父从军，我又为何不能替她入宫呢？"木莲涩然一笑，"我拿了她的令牌，奔马入皇城，留书信同她说，她一身伤病，性子又莽撞，伺候不了圣上，没的连累了爹娘，我知女德绣工好，保不齐能挣得富贵荣华。还交代她，为免身份败露，祸及家人，带着爹娘迁居，隐姓埋名。"

她的话同装束一样矫饰得厉害，可木兰明白，进宫便如置炭火，姐姐以己身换她迟来十二载的自由。

"牺牲"这个词，涂老幺还不大明白，他从未有过为人牺牲的时候，可今日听木莲一言，只觉心里挂了个秤砣，怎样也松快不起来。

"自此，命格互换，生死颠倒。"阿罗在暗处低吟。

木莲点头，飞快地交代了自个儿后来的一切："我生得平凡，圣上果真不大有兴致，没几月便冷落了我，我自民间来，亦不大懂得后宫倾轧，得罪了盛宠的封昭仪，未几便被赐了毒酒，横死宫中。"

木莲病逝的消息传来时，木兰已落户于燕山脚下的一处农家，手指被绣针一扎，她抬手抿了抿，将双目眯得小小的。

"而后，我魂归泰山，本想轮回转世，却为府君赏识，要我入魂策军。"木莲深深叹了口气，"我本是冒用木兰的命格，至入黄泉亦报了她的生辰死令，我恐府君发觉花家欺君，要令魂归正轨，断了她的命数，唯有硬着头皮领旨，练枪领军。"

入府第二年，她暗自回燕山，木兰嫁了一户好人家，吹吹打打甚是风光，木莲磨着手上的茧子，隐了身形坐在屋顶上说吉祥话。

第三年，木兰生了个大胖小子，木莲拿着锃亮的铁枪坐在酒席的木凳边，伸手托了托木兰分发的红鸡蛋。

第十年，木兰自私塾里将小女儿接回来，拉着小手在路上摘了一朵莲花，头一回打了胜仗的木莲负手在后头，亦步亦趋地跟。

第十九年，木兰的次女嫁了人，木莲终于学会了入梦术，在沉睡的乡村中，瞧见身着布衣的木兰回了幼时的院子里，同老榆树说心底话。

她说她的命是木莲换来的，她要孝敬父母，教养子女，要过得安安生生，过得稳稳当当，过得儿孙满堂。

"她说，她万不能辜负了我。"木莲笑了笑，她仍是亭亭玉立的姑娘，眼瞧着木兰寿终正寝，过完了原本属于自己的、圆满而静好的一生。

"我实在，不善打仗。"木莲嗫嚅嘴唇，最后闷声道。

墓室里响起轻轻的脚步声，阿罗上前几步，还未开口，便听身后坐着的阿音问："那么，木兰呢？"

阿罗摇头："魂魄轮回转世后，唯有府君的神荼令可查阅典籍，知晓去路。木兰的下落，木莲应当不知道。"

"是，"木莲怅然地望着老旧的棺椁，"我不晓得她去了哪里，能找见的，也唯有这一口轻棺。"

阿罗埋头想了想，道："既有差错，便该魂归正位。她乱了命数，往后几世也不得安生，还是寻得她的下落，待她再下黄泉时将你二人命格换回，方是正理。"

"怎样寻？"阿音问她。

"神荼令在我手里，"阿罗瞧她一眼，柔声一笑，思索道，"若要追魂，须自她身前骨里取一缕未散的精识。"

木莲转头望着棺材，欲言又止地压了压眉头。

涂老么一扶大腿站起来，熟门熟路地拣了铁锹："那我开棺？"得了李十一的首肯，他跳下去，脚底板顶着木板子，三两下便除了长钉，将棺木缓缓推开。

木头溅起千百岁的尘土，尸身尽褪的腐气经由封闭后浓得似被熬过，直冲脑门，令人眼珠子都发酸，宋十九在李十一的眼神提醒下飞快地用袖口捂住鼻子，一层布料不够，又借着李十一的袖子再掩了一层。

诸人正在等着气味散去一些，却见涂老么皱脸捏着鼻子，煞是诧异地"呀"了一声。

　　李十一展目看他，见他指着那棺材问木莲："你确信，这棺材里头是你妹妹，寿终正寝的花木兰？"

　　众人疑虑，上前围看，也不免将疑惑布上了眼底。涂老幺恶补了些行业知识，大致晓得一些断骨识龄的常识，这棺材中白骨森森里头缠绕着一头未腐烂的青丝，虽裹了灰尘同零星几颗风干的虫卵，却仍旧漆黑如墨，牙齿亦完好地依附在口腔里，似排列齐整的贝壳——怎样瞧也不应当是风烛残年的老妪。

　　"这骨头……怕是个姑娘吧？"涂老幺斜眼。

　　木莲张了几回口，跌跌撞撞地跪到跟前来，抑制不住胸中的惊惧，摇头恍惚道："这是木兰，这是。"

　　她抬起头来，眼中隐隐透着不可置信的癫狂，手却固执地伸了出去："木兰，木兰的右腿曾断过，你瞧，这里有断骨重生的裂缝，是不是？你们瞧，是不是？！"她的指尖微微抖着，要戳到骨头去里。

　　木兰的一生，由木莲亲眼守完。既然年迈入土，尸骨又为何保留着年轻时的风貌？这画面实在诡异得厉害，阿罗若有所思地垂下头去，李十一将抿着的唇松开，撩起眼皮递了个眼神给阿音："阿音，探一探。"

　　阿音点头，将脚自高跟鞋里抽出来，旗袍一扯横在大腿边打了个结，探着细嫩的腿一步步往白骨中走去。

　　死人骨，活人探，一探人鬼身，二探生卒年，三探灯灭骨不灭，可有未尽言？

　　旗袍精美的绣样贴在黄土里，白皙的腿亦被沙子染上脏污，阿音翕动红唇，自木兰骨中抬起身子，略微转动眼珠，哑着嗓子看向木莲，轻言道："临死前，她说——"

　　"飞龙，你在哪里呢？"

　　"飞龙？"涂老幺疑惑。

　　木莲跌坐在地，似被抽走了全部神识的傀儡，喉头上下缓慢地滑动，眼皮亦毫无生气地压了下来，半晌才讷讷道："飞龙，是她的战马。"

墓室里乍然沉寂，像入了水的炮仗，挤压着未释而亡的不甘心。

李十一直起身子，嘴唇提了提，露出了一个明了的苦笑。寿终正寝的是木兰，也不是木兰。

"木兰早便死了，同你一样。"

死于理想覆灭的那一天。

众人静默，木兰原来有这样深的执念，导致下葬之后，不肯老去的傲骨竟修成了年轻时的模样，固执而绝望地同消逝的自我一同死亡。

洗手做羹汤，驭马提铁枪，互换的又岂止生死呢？

07 🦎

李十一叹气，同宋十九当先出了墓，涂老么也捡起报纸同阿音跟在了后头。余下的，便是泰山府的事儿。

阿罗立在当中，眼望着怔愣跪着的木莲，轻柔道："你擅改命格，犯下罪责，如今我需得寻回木兰，你便在神荼令中静思己过，待木兰归魂，再议刑罚。我如此判，你服不服？"

木莲垂颈道："木莲领命。"

阿罗自袖中抽出一块巴掌大的令牌，上头空无一字，只以紫檀木雕了黑莲，弥散着隐约的木香。木莲双手交叠伏于地上，头轻轻一磕。

从墓里出来，仍旧是春风抚弄好辰光，所有未尽言与难平意，都撂在了地底下，黄土一埋，便成了太阳不光顾的秘辛，自风里来，经岁月里去。

阿罗撑起伞，见李十一坐在院子正中的阶梯上，同宋十九有一搭没一搭地说着话，阿音靠在一旁的葡萄架上笑吟吟地听，涂老么牵了裤腿儿蹲着，屁股一悠一悠地晒太阳。

阿罗瞥一眼阿音，淡淡笑了笑便要越过他们往外走，倒是涂老么当

先觉出不对来，哑巴嘴"嘶"一声便喊住了她："傻……阿罗姑娘，您这便回了？"

阿罗将他未出口的"傻阎王"三个字心领神会地过了一圈儿，垂着眼帘看他："是。"

涂老幺脚一踮站起来，食指在宋十九处比画了两下，急了："您应承的，可还记得？"

小十九的身份，她一早许了诺，如今却一副记性不大好的模样，好似全然抛诸脑后了。

阿罗抬腕，将不当心掖进领口的头发捋出来，手指顺了两下，也不答涂老幺的话，只在伞下望着李十一，略略牵了牵娟秀的嘴角。

李十一懒怠地将小臂搁在膝盖上，出了声："不必了。"

"欸？"涂老幺转头，脑子不大听使唤。

李十一道："既木兰未寻回，买卖便作不得数。"

阿音扫她一眼，李十一向来如此，若差使未办得踏实，便一个子儿也不肯收。

倔。

阿音伸手捻了捻耳坠子，又看向阿罗笑吟吟地出了声："买卖不成，仁义在，不是？"末尾两个字在她轻浮的眼波中游鱼一样蹿到阿罗侧脸的阴影里，令她顿足将睫毛轻轻一扇。

她望着阿音，半是笑半是不笑，轻声道："阿音姑娘说的是。"

她抿抿唇角，将支伞的手换了一边，偏脸示意五钱将信封呈上，递给李十一，道："木兰虽未寻回，诸位不吝相助，我虽不能依言告知十九姑娘的身份，却能提点一二。此封信件，请于明日入夜后再拆。"

李十一伸手接过，也不问她为何要明日再拆，只颔首道："多谢。"

阿罗莞尔："走吧。"

山有木兮木有枝

第八章

01

　　几人又如来时一般回了京市，歇了一晚，早起简单吃了一碗葱油面，李十一便领着宋十九往山神庙去还鼻子。经过昨儿雨水的冲刷，连山道也干净了几分，新叶油亮得同过了肥的菜一般，手指粗的青虫同黄鹂鸟做了邻居，一个占了一片枝头。

　　宋十九新编了两条辫子，端正地搁在胸前，似一个文气十足的女学生，偏偏辫子被支起的弧度又圆润而丰富，引得发梢都晃悠出些半熟的娇俏。她同李十一走在树荫底下，仍旧是用袖子掩住鼻子，只露出一双略微上挑的杏眼。斑驳的光影掠过粉嫩嫩的双颊，落到她灵光流转的瞳孔里。

　　只余她们两个时，宋十九总是很快活，这种快活同旁的不大一样，往日里她瞧见精巧的糖人、酸甜的山果、清澈的溪流同窸窣的竹影时也快活，快活得想要呼朋引伴，想要宣之于口。可同李十一在一处时，她总想要将零碎的话语往回收，想让万事万物安静一些，再安静一些，以便她能够将眼皮儿的开合缓下来，完完整整地将对方的一颦一笑纳进诚惶诚恐的眼中。

她用了"诚惶诚恐"这个形容词，觉得精妙极了，大抵总有那么一个万里挑一的人，让你觉不出她的不好来，也觉不出自己的好来。

她将碎发挽到耳后去，眼前一片阴凉，见李十一探手为她挡开一截横生的枝丫，那手就那么百无聊赖地一晃，便收了回去。

唉，好想捉住。宋十九叹了口气。

叹气声引得李十一抬了头，挑眉询问她。

宋十九没话找话："我借的鼻子，是不是立了大功？"

李十一不答，反倒拧了一把眉头，看得宋十九心里一慌，忙抬着水亮的眼望向她，听她若有所思道："雨师妾是蛇女。"

宋十九点头。

李十一侧目看她："那么，你嗅闻时，怎么却用了小犬的姿态？"

宋十九右耳一动，想起自己凑近木莲的模样，她屈起食指顶了顶鼻尖，后知后觉地困惑起来。树影里李十一却隐秘而温情地笑了，眼神仿佛有了实体，自她的鼻子一步一踏地走向她的下巴，卷翘的睫毛上下闪了三闪，像是用眼波将她的下巴轻轻一抬。

宋十九的眼神儿一亮，怀着紧张的心跳上前一小步，依着她的眼神抬起右手，摸了摸自己的下巴，问道："你想挠我下巴，是不是？"

李十一横她一眼，抿住笑往前走。

宋十九快步跟上去，也笑了，搭在下巴上的指头滑动，替李十一逗了自个儿几下，轻声而快速地追问："你觉得我可爱得很了，想逗弄我，却不敢伸手，是不是？"叽叽喳喳的姑娘似追鱼一样游来游去，比山间的野兔还灵敏些。

她想看看李十一是否又如上次一样红了耳朵，却见她先人一步将帽子摘了，半长的头发倾泻下来，精准地掩住了两颊。宋十九撇了撇嘴，将遮鼻的袖口掩了回去，双眼却弯弯地盛了笑，满得快要溢出来。

她头一回觉得自己于李十一处占了上风，就在李十一摘帽时略微急

促的动作里，然而她并不想同面前的人争一个输赢。于是她聪明地跳过了这一话题，略微挨过去一点儿，蹭着李十一的肩头另起了话头："我听阿罗的语气，我的身份仿佛是不得了极了。"

若阿罗口中的"九大人"同夏姬所言是同一个，那想必是一等一的大人物。

李十一听她的尾音颇有些激动，莫名地瞥她一眼。

宋十九又凑近了些，思索了一会子，同她打商量："我虽不晓得是什么缘故，但总归是投了胎，正是千载难逢坎坷时。我若是你，趁我落魄了，便巴结我，笼络我，哄着我，往后我东山再起，自会投桃报李。"

她一面说，一面习惯性地轻咬嘴唇，听起来认真又温柔，令李十一的心一顿一顿的，顿的是匪夷所思，是啼笑皆非，亦是一点子说不清道不明的轻颤。

这点轻颤令她的嘴角似调了蜜的细匀，有了唇齿回甘的弧度，连向来不近人情的语气都放柔了几分："是吗？"

宋十九点头。

李十一放慢了步伐，望着前头的小径，问："那么，'东山再起'之东山，是哪一座山？"

宋十九没料到她有此一问，被敲了一棍子似的愣得结实。

李十一笑哼一声："你瞧的那些话本子，没教你这个？"

没，没有啊。宋十九心里小声道，讲了龙搁浅滩，讲了东山再起，讲了投桃报李，却没说滩是哪个滩，李是什么李，山又是哪座山。

她望着李十一的背影，又蔫儿了下去，李十一饱读诗书，自己还差得厉害，随意抛一个问句都答不上来，往后要这样，怕是没话讲了。

任重道远啊宋十九，她咬牙对自己说。

才走了一半的路，却乍然大雨倾盆，哗啦啦瓢泼似的，将二人堵在了半路。李十一同宋十九躲在一棵茂盛的老榆树下，衣裳被打湿得差不离，凉浸浸地裹在身上。

宋十九望着地上汩汩成流的水窝子，探头望了望天："方才还是艳阳天，可真是奇了怪了。"头上一热，她将脖子缩回来，原是李十一面无表情地将自个儿的帽子扣在了她脑袋上。宋十九抬手捧着帽子，掌着西瓜似的摸了又摸。

二人正相对犯难，却听不远处传来时长时短的口哨声，仿佛在寻觅什么幼兽似的，那声音渐渐近了，是一把十分朴素的油布伞，伞下立着一位年近四十的妇人，单眼皮削肩膀，面上没什么亮眼的地方，唯独鼻子生得好，中正又挺直，鼻尖略微翘起来，沾了丁点雨水。

来人见着李、宋二人，稍是一愣，将抓着裙摆的手放开，又伸展五指将褶皱捋了捋，趁这工夫将二人细细打量一遍，这才笑了："二位姑娘，是被雨水拦在了半道？"

李十一未答，宋十九点头。

那妇人的嗓音自带三分熟稔和热情，笑容也是恰恰好的亲切，见宋十九应了，便上前来，做了一个瞧天色的动作，将伞微微向宋十九倾斜过去："这雨太大，若再在这树下，只怕要淋个透了，我屋子不远，东边一里地，不如同我去避避雨，拧拧衣裳。"

雨幕中她的话语断断续续，不间断的却是言语中的体贴，宋十九眨了两下眼，抬头看李十一，李十一的睫毛上也沾了水，就那样笼着湿意望着她，好似在判断她经不经得住这风雨。

宋十九适时打了一个喷嚏，李十一收回目光，拍拍宋十九的肩示意她躲去伞下，对妇人笑了笑："多谢。"

伞不大，堪堪容纳了两个人，李十一跟在一旁，略低着头，将大半个身子暴露在雨里，宋十九想要将她拉进来，又想要摘下帽子给她，后脑勺却被轻轻一按，无声而温柔地制止了她的动作。

　　宋十九偷眼看李十一，她总是习惯性地勾着脖子，雨水滑至她的下颌滴下来，她浑不在意地抹了一把，眼睛似是有些酸涩地眯起来，鼻子轻轻抽了抽。不晓得为什么，宋十九一直向阳花儿似的心忽然就似被针扎了，还是用醋泡了三天三夜的那种针，又酸又疼，令她说不出话来。

　　李十一从前不晓得有多少回这样不在意地走在雨里，泥点子溅在裤腿上，布鞋踩进水凼子里，又不晓得是经了怎样的磨难，才能让她保持波澜不兴的面容，却又存了比任何人都细致的真心。

　　她这样想着，便十分难过，偷偷伸出手去，勾住李十一的小指，李十一本能地缩了缩，宋十九却又抓紧了些，紧攥着她冰凉的指头，怎样也不肯放手。她能感觉到那份僵硬紧绷在她手心里逐渐放松下来，毫无生气地垂着，似是无奈，又好像是纵容。

02

　　不到一里地，便见着了妇人的农家院儿，院子不大平，雨水在墙根儿积了一半，妇人将伞递给宋十九，快步上前去将积水里的几方矮凳捞出来，又自水里拎出一个簸箕，小跑至屋檐下搁着，这才掏出钥匙开了门，将李十一同宋十九请进去。

　　屋里小而干净，杂七杂八堆了些农用的物件儿，并一个织了半匹布的机杼，妇人略拾掇了几下，腾出地儿来请二人坐下，又进里屋寻了干净的绢帕供她们擦拭，又马不停蹄地烧了一锅热水，这才进屋换了衣裳，干干净净地出来。

　　"水拧在地上就成。"她擦着散开的头发，含笑道。

　　李十一还是要了一个木桶，让宋十九站在一旁，伸手替她将下摆拧了一把，而后示意她自个儿接过去依样将衣服拧干。宋十九一面拧，一面问那妇人："阿嫂如何称呼？"

　　妇人点了一个炭盆儿，就近热烘烘地烤着，自个儿也坐到对面，将手覆上去，笑道："叫我颜娘便是。"

"颜娘。"宋十九俏生生地笑，湿发湿眼的，好看得紧。

颜娘见她这模样，心里自然喜欢，又进厨房将热水舀出来，杯子不够，便用粗瓷碗盛了，递给她捧着喝。宋十九接过来，暖意乍起，令她缩着脖子打了个哆嗦。

颜娘又递一碗给李十一，眼却只顾着宋十九，问她："姑娘多大了？"

多大了？宋十九自个儿也说不好，正琢磨，听李十一道："十九。"

说瞎话也这样好看，宋十九支着下巴看她。

颜娘微笑点头，又问她："姓甚名何呢？"

"十九。"李十一又道。

宋十九张的口还未闭上，见颜娘略略一愣，随即仍是笑，继续问："可婚配了？"李十一抬眸，眉间不大明显地蹙起。眼神瞧得颜娘一怔，愣了一会子才抱歉地往后撤了撤身子，道："是我冒犯了，十九姑娘别恼。"

"只因着我从前是保媒的，瞧见适龄的姑娘，惯常便好问上几句。"她有些不好意思，却没将尴尬挂脸上，李十一这才明白她脸上的亲近从何而来，到底是吃舌头饭的，言语总端得漂亮。

外头的雨势愈来愈猛，连带半人粗的树木亦弯了腰，芭蕉被打落一地，被摧残的叶子无力抵挡千军万马的雨滴。颜娘往窗外望了一眼，仿佛有些坐立难安的忧心，又念及屋里头有客人，她叹了口气，索性从厨房里淘换来一个木盆，端到桌上一面择菜，一面同李十一宋十九二人说话。

宋十九从前只在话本子里见过媒婆，总以为是抹额映着红脸蛋儿，扇子邀着三寸舌，是十分健谈且玲珑的，不想颜娘热络虽也热络，话却不是许多，尤其这坐着择菜的模样，竟生出了些恬淡来。

她于是便托着下巴问道："您这屋里头杯子只一个，碗也不是成套的，寻常就一人？"

颜娘道："可不。"

"一个人，不怕吗？"宋十九又问。

"怕什么？"颜娘笑盈盈的，"我从前各色的人见得多了，如今到这山里，倒还清净。"

宋十九赞同地点头，却听李十一清清嗓子搭了话："一人在此，是未婚配吗？"

颜娘七窍玲珑心，不必尽言便明白了她的意思，笑道："未出阁的姑娘，哪里能保媒呢？我原是许了人家的，可未过门儿丈夫便死了，白得了个寡妇的名头。"

她将择好的菜挼了挼，挨个摆放齐整，又道："按理说，我这寡妇触霉头，寻常人家不大敢托我的，也是祖师爷赏饭吃，机缘下做成了城北米行赵大小姐的婚，这才渐渐有了些名声。"

一席话让李十一疑窦尽消，却也不显山露水，仍旧同话家常似的，白来白去地扯闲篇。宋十九对这婚啊媒啊的又是脸红又是好奇，见这灰压压的天色，左右也走不成，索性当起了女学生，一一问了下聘、过礼、迎亲、纳采、问名、过定、请期等婚吉事项，颜娘见她可爱又机灵，亦许久未同人说话，便也耐心详尽地答。

白水在碗中渐渐散了热气，有浮尘漂在了上头，李十一将碗搁下，听见宋十九问："您做这许多媒，桩桩都成了？有不成的没有？"

"哪能没有呢？"颜娘将菜盆端进去，又抓了一把晒干的红枣出来，用绢子兜了摆到桌上，请宋十九吃。

宋十九拣了一个，吹吹上头的灰，抿了半截，问她："什么缘故呢？"

"缘故是各式各样的。"颜娘闲不下来，又拈起了绣花针，在头发上擦了擦，眼神儿陷入回忆里。

"只是有一桩，倒是十分稀奇。"

宋十九果然来了兴致："哪一桩？"

"大抵是我搬来山里的之前两年的时候，有一位姑娘请我说媒。"雨落声小了些，天儿也亮堂几分，颜娘手里的绣花绷子将白绢抻得紧紧的，映着光线，能瞧见细小的纵横的丝路。

"你要晓得，大姑娘自个儿上门请人说媒，便十分怪异了，更遑论那姑娘长得十分水灵漂亮。我眼睛生得细长，不大好看，那姑娘却有一双又大又黑亮的眼，眼尾往上飞着，含情脉脉的模样。往前几十年，往后十几年，我是再未见过那样好看的眼睛。"她说着，戴着顶针的手在眼端比画起来，眼角有明显的纹路，同她口中的少女形成了残忍的对比。

"那姑娘生得好看，话却不大说得明白，生辰八字一塌糊涂，家里头也没个爷娘长老，仿佛是无依无靠的，可出手却十分阔绰。"颜娘将一根针刺下去，"哗啦"一声棉线迅速穿过，弹起细小的浮尘。

"这还不算奇的，"她眯着眼睛将针脚看了一看，抬起头笑，"最奇的却是，她竟自个儿备着花轿，回回抬到我家门口，说若是找着了如意郎君，便请进轿子里抬回去。"

"瞧你的样子，怕不是以为那姑娘是蠢笨的？"颜娘对宋十九摇了摇头，"我起先也是这样琢磨，可她竟是十分有主意，言谈举止也与常人无异。我那时年纪轻，姑娘又是慕名而来，到底不好辜负，便应了下来。"

宋十九睁着黑白分明的眼，倒同那奇异的少女有了几分相似。

颜娘一针一线地绣，话语也一句一句地勾："我那时万分上心，将京市的青年才俊都搜罗了干净，名帖流水似的奉给她，任她挑任她拣，她也瞧得十分认真。"

"可头一回，没瞧上，第二回，也没瞧上，往后三四五六回，她隔三岔五领着花轿来瞧，竟是回回空手折了返。"时至今日，颜娘仍旧有些困惑，兴许还有那么一点儿不甘心——城西当铺的王二少爷，那是百里挑一的人才，姑娘却说他爱说洋话儿，听起来像涂山人养的笨鹦鹉。

涂山人是什么人,她不晓得,可这姑娘难缠,她是千知道万知道了。

"后来呢?"宋十九听得入了迷,牙齿咬着手背上的一小块嫩肉,无意识地蹭。

"如此前后一年有余,待得第二年入了夏,那姑娘便再未来过。"无端地来,莫名地去,颜娘没来由地有些惆怅,"我托人寻了半个来月,想要将她赠我的银两送回去,却怎是没了下落。"

颜娘长长叹了口气,不再年轻的唇鼻间有了些难以言喻的余韵:"说起来,这也是我的一桩心病。我媒做得好,十里八乡有口皆碑,唯独这一回碰了壁,自个儿亦有些不痛快了,没多久便'金盆洗了手',搬进了山里。"

宋十九吸一口气,她不大喜欢这样没头没尾的故事,硌在心里跟个煮不烂的铜豌豆似的,一时也有些怏怏了,侧头瞄一眼李十一,却见她眉目清远云淡天高的,一瞬间便又畅快起来。

她于是另择了话题:"你身为媒人,近水楼台,也未替自个儿寻一个好的?"未免太无私了些。

颜娘"扑哧"一声掩唇笑了,指间的顶针为她增添成熟的韵致:"正是见惯了风月事,才不大稀罕男女情。"

宋十九替她可惜:"可这一辈子,若是火红的花轿也未坐过,该是多遗憾呀。"

颜娘但笑摇头,垂下眼帘绣花,待得精巧的花蕊成了形,她才猛然想起了什么似的抬头,温婉道:"说起来,我倒是坐过一回花轿。"

天不知几时放了晴,她搁下绣活,往院子里张望了一回,复又坐下,道:"那姑娘的轿子十分精巧,红底艳过胭脂,金鸾银凤同活的似的,有一回我趁在她里头看名帖,忍不住偷偷上去坐了一坐。"

"说来也巧,我甫一落座,青天白日便扯了雷,竟下起了明晃晃的太阳雨。"窗台残留的雨滴滴答答地坠,仿佛在应和她似的,她笑道,

"我那时不大经事，十分心虚，慌忙便爬了出来，神魂未定地进了屋，那姑娘……"

她顿了顿，未说得下去。

那姑娘撑了伞，立在雨里望着她绯红的脸颊，眼神似是了然，又似是浑然不知。

颜娘笑了笑，站起身来，道："雨停了。"

李十一将眼神自油光光的桌面收回，撇头瞧了一眼外头，也起身道："晴了，该告辞了。"

颜娘料想她们必定有事在身，也不多留，只将顶针摘下来送她们出门。才刚开了门，却见一团白绒绒的东西倚着墙根儿蹿了进来，小狗似的大小，尖脸黑瞳，原本亮丽的毛发被淋得湿乎乎的，沾了好些泥，小爪子抠在地上，吭哧吭哧地喘着气。

"阿白。"颜娘笑着唤了它一声，眉梢的隐忧终是散了。

被唤作阿白的小兽呜咽一声，慢吞吞地朝她走过去，颜娘蹲下来，也不顾长裙泡在了泥水里，只半抱着摸了摸它的头。

"自我搬到这里来，阿白便跟了我，我方才便是出门寻它。"颜娘道。

李十一垂眸望阿白一眼，见颜娘将它搂在怀里，它的头耷拉在颜娘的臂弯，颜娘一面送她们，一面抚摸它乖巧的脊背："它年纪大了，腿脚不是很利索，胆子也小极了。"

宋十九本想上前摸摸它，听得此言又收回了手，跟在李十一身后出了门。

颜娘靠在门边，与她们颔首告别。

脚步边溅起小小的水花，二人又入了山林，宋十九仰脸问李十一："方才那是什么？"

李十一道："狐狸。"

　　"原是这个。"宋十九笑，小兽在泥里滚过，黑乎乎脏兮兮的，竟没大认得出来。

　　她本以为李十一不会再说话，却听她温声开了口："你是不是，十分喜欢听故事？"

　　宋十九点头。

　　李十一眨了眨单薄的凤眼，道："那我同你讲一个。"

　　"好。"宋十九喜不自胜，期待地望着她。

　　李十一拨开一丛半人高的野草，想了想，道："据传涂山之南有灵狐，狐生九尾，修四百年，可得人身。"

　　"灵狐长至五百岁，需当婆亲，抬轿上门，迎回涂山。若不成，人身不复，重回兽形。"

　　宋十九心里一颤，有零碎的片段被诡异地串联起来，画面里是那个古怪的姑娘、精致的花轿、胆小的阿白，同孑然一身的颜娘。

　　宋十九咬住下唇，不自觉地往后看了一眼，半晌才轻声应道："这个故事，叫什么？"

　　李十一清淡一笑，以《涂山歌》里的一句作了结尾——

　　"绥绥白狐，九尾庞庞。与君相拥，地久天长。"

　　不大一会子两人又入了山神庙，小蛇早早儿地盘在瓦片上候着，见着宋十九，同昨儿一样迅速地下了地，伸着身子仿佛在熨烫皱了的衣裳。

　　还鼻子同借时没什么两样，眼一睁一闭便成了，宋十九晕晕乎乎地摸着自己的鼻子，感冒堵塞了似的吸了好几口空气，却一时半会儿闻不出什么味道来。

　　常言道，由俭入奢易，由奢入俭难。便是这个道理了，好鼻子才用了整一日，再拣回来不大灵的，便很不适应了。

　　宋十九瓮声瓮气地要同小蛇道别，却见李十一欲言又止地瞧了小青蛇好大一会子。小青蛇也发现了不寻常，梗着脑袋瞪她一眼。

李十一微微俯了俯身，将薄唇一抿，又迅速放开，温声道："我有一样事由，想请雨大人帮忙。"她想过了，雨师妾善御蛇，耳目又通，托她打听神兽行迹，总比自己无头苍蝇似的要好许多。

宋十九侧脸问她："什么事由？"她竟不晓得，不是很高兴。

李十一看了她一眼，又转过去："请问雨大人，是否知晓腾蛇的下落？"雨师妾的鼻子同耳目只能探活物，既然腾蛇藏身于白曤神像周遭，那便探听腾蛇下落便是。

小青蛇稍是一愣，又仰着脖子打量李十一，认真道："老实讲，我不是很愿意搭理你。"

这令藜改头换面，一时竟没认得出来，那日回庙向雨大人汇报，挨了好大一顿批，方晓得是这么个人物。它不明白九大人怎的同这祸害搞在了一处，还同她这样亲近，若不是蛇生不出鸡皮疙瘩，恐怕它能立时抖搂一地。

只是大人们的事由，它小灵蛇也不好探听，暗自腹诽一番便也罢了，连带着对李十一的嫌弃都十分有礼有节。

李十一闻言怔住，她极少向人提请求，更是从未被人这样不讲情面地回绝，竟令她一时忘了起身，幅度微小地扩了扩眼睛，牙齿轻轻咬着口腔内壁。

宋十九觉出了李十一的难堪，一时也顾不上追问什么腾蛇了，只蹲下身轻轻点了点青蛇的脑袋，装腔作势地佯怒道："青青。"

九大人生了怒气，那自是了不得了，小蛇将身子一拉，站得直直的，大气儿不敢出地应了一声，应完了才觉出不对来，小心翼翼地晃了晃脖子，问她："青青是谁？"

"你。"宋十九道。

小白狐唤作阿白，小青蛇自然应当叫青青。

"噢。"小蛇点头，行吧。

宋十九见它乖巧，满意了些，将手收回来搭到膝盖上，又细细问一遍："那螣蛇的下落，你能否说与我听？"

"能。"小蛇十分有原则，"螣蛇老不羞，不是什么正经蛇，惯爱往烟花柳巷里钻，一月前在武城的暗门子里现了身，半月前听闻申市的'仙乐斯'亦有它的动静。"

宋十九听得脸红红的，不自觉抬手放在脸边轻轻地扇，又生怕小蛇瞧出她没见识来，便老神在在地点了点头，"唔"一声算过了耳。

她手一挥招呼小蛇退下，站起身来仰脸看李十一，她想要向李十一邀功，又怕碰了壁的李十一不大喜欢她显摆的模样，便伸手扯了扯她的袖口，轻声道："走吧。"

李十一却笑了，看透她心思一般扬了扬好看的嘴角，"嗯"一声提步往回走。

03

李十一同宋十九出了门，涂老幺又当起了二十四孝老爷们儿，阿音左右无事，原本要回胡同，走到半路鞋跟儿却打了拐，在地上轻轻一磕移了足尖，往阿罗宅子里去。她低头裹着大衣慢慢走，尖细的高跟在小水坑里一步步地碾，半晌伸手拨了拨头发，罕见地恍惚起来。当初因着那个缘故入了暗门子，软了腰肢轻了骨头，如今得了阿罗作她的药，不见五指的日子有了出路，竟有些拿腔作调地不适应起来。

好比说她在暗道里练就了一身走夜路的本事，自我满足得很，自以为一辈子待在里头，也能过得舒坦。却有人乍然将她拎到了阳光底下，夜行的本事不再是本事，掩盖在黑暗里的短处却真真切切地成了短处，令她免不得想要伸手摸一摸乱糟糟的头发、黑乎乎的脸皮，同混混沌沌的眼珠子。

矫情。她"扑哧"一声笑自己。她这样想着，面上倒是没露出什么破绽来，眉眼春深地同五钱划了一回拳，又同阿罗饮了两壶酒。

阿罗瘦弱归瘦弱，酒量却是好的，闹腾过了，同她坐在院里吹风。两个人舍了桌椅板凳，只撩了裙子坐在石梯上，阿音反手撑着胳膊往后一躺，晃着交叉的长腿数院子里溜达的公鸡。

酒香被玉骨冰肌一酿，才是正儿八经的女儿红。不同的姑娘酿出来是不一样的，阿音的是甜腻勾人的胭脂味，阿罗的是弱不禁风的竹香味——她有些贪这样的竹香味。

"你一个阎王老爷，养鸡做什么？"阿音甩着绢子扇风。

阿罗的坐姿与她大相径庭，挺直脊背分开两腿，小臂搁在膝盖上，借着酒意缓慢地将下巴画了半个圈儿。她望着咯咯嗒嗒的走地鸡，笑得弱质纤纤："我觉得，它们十分精神。"

"精神？"阿音蹙眉。

阿罗点头："我自小身子弱，行事也慢，总提不起几分精神。"她伸出食指，虚空中点了点，嗓子温柔得很，"你瞧它们，个个儿昂首挺胸的，无论走或跳，也不管高兴还是不高兴，鸡冠子总是往上仰着，一派不服输的模样。"

这见解倒是有些新鲜，阿音眯着眼睛笑。

阿罗低了低下巴，抿着唇角思索："我总在想，到底是什么，能让事物保有永恒的热情呢？"

阿音仰头望着天，未答她。

阿罗不知所云地叹了口气："泰山府的日子……太久了。"

她说得云里雾里，阿音却听明白了，泰山府的日子不是久，是孤独。阿罗乃冥气托生，无父无母，无兄无姊，黄泉路走了几万遍，投胎人判了几万回，日复一日周而复始，如金乌一样沿着东升西落的轨迹，活得循规蹈矩，也活得百无聊赖。

阿音半合着眸子，还未说话，又见阿罗若有所思地转脸看她，柔声道："你……"

阿音挑眉看她。

她道："也十分精神。"身在泥潭也好置身炭火也罢，总一副日子红红火火的嚣张。

"嘶……"阿音翻身坐起来，柳眉倒竖，"你拿我比鸡？"

阿罗歪着脸看她，阿音作势要拧她的手顿在半空，轻嗤一声收回去，将地上空空如也的酒壶按住，三指一旋，酒壶便咕噜噜地转着圈儿。

阿罗看了会儿她拨弄酒壶的动作，伸手将转悠的酒壶停下来。

阿音抬眼看她，见阿罗目视自己道："难受吗？"

阿音将酒壶又轻轻地悠起来，沉着胸腔看她："有一些。"

"我帮你。"阿罗软软一笑，站起身来，手拉住阿音的手腕，略微用力将她牵起来，拉进了屋里。

阿音时而是机灵的姑娘，时而又是蠢笨的姑娘，好比说她往常对周遭十分警觉，但对于阿罗的屡次援手，却从未细想过。

还有被忘掉的一句——别来无恙，傅无音。

入夜，星星点点似流萤，李家院子陷入好眠，唯独宋十九的屋子灯火通明，纱窗上映出一个清冷俊秀的影子，被黄光勾了一层暖融融的边。

宋十九自山神庙归来后便发起了烧，昏昏沉沉地翻着眼皮儿说胡话，涂老么自告奋勇去寻了阿罗，阿罗闻言道是还了鼻子正褪蛇毒，烧上一夜便好了。

话虽如此，李十一到底放心不下，喂了宋十九小半碗白粥，坐到床边守着她安睡。宋十九精神好了些，脸颊仍是绯红，嘴唇亦红嘟嘟的似被花汁湃过，她的眼睁得小小的，仿佛被烛火熏得有些酸，瞳孔倒映出的李十一却清晰而明亮，似将孤高的明月圈进了井水里。

李十一右手搭在床沿上，左手展着阿罗给的信件低头瞧，信上再简单不过，只两个字——狌狌。狌狌这类异兽，李十一在《山海经》里读过，长得同猿猴一般无二，据闻通人言，晓过往。

阿罗的意思十分清楚，若寻得狌狌问一问，宋十九的过去自然水落石出。

宋十九枕在荞麦枕上看李十一，鼻端的热气粗粗的，眼皮子也沉得要命，太阳穴似被人用大锤反复抡了，看什么都跟烤在太阳底下似的，扭扭曲曲不成样子。偏偏李十一是顶明晰的，眉目分明，清姿佚貌，似洋钟的摆锤，以闲散的慵懒将扭曲的世界牢牢拴住。

宋十九开口，鼻音重重的："她说什么了？"

李十一指头一动，将信叠起来，道："要去寻狌狌。"

"狌狌，在南方，是不是？"宋十九咳嗽两声，抬手捂住小巧的嘴唇，李十一顺了顺她的背，点头。她望着若有所思的宋十九，耳旁是白日打听的螣蛇，手里是亟待找寻的狌狌，她向来是一个十分有条理的人，却头一回在先后次序上犯了难。

令人疑惑的是，这两样本不该相提并论，甚至没有并排的由头。她隐隐觉得，要排先后的并不是两头异兽，而是旁的什么东西，那东西在她心里杵了许久，终于等得不耐烦，开始小声地问她要一个说法。

李十一的喉头一动，双眼的微光在烛火中暗流涌动，指头被一个发烫的柔软戳了戳，又被试探性地拉起来，一根根捏着她的骨节——宋十九把玩着李十一的手，不晓得在想什么。

半晌，她说："我可以过些日子再去寻狌狌吗？"语气柔弱，仿佛是随意说出来的。

李十一的指尖一动，问她："为何？"

宋十九说："此番南下，可能要去许久，我想等着小涂老幺落了地，给他戴上长命锁再走。"她还有一个小小的私心没有告诉李十一，看白

山有木兮木有枝

第八章

日里小青蛇的模样，仿佛她同李十一有过什么过节，这令她多少有些害怕，怕果真有什么解不开的前事，往后再不能这般自在地卧在李十一旁边了。

面前的姑娘有所隐瞒，李十一比谁都清楚，她望着她，病气将她侵袭得孱弱极了，似长在了人心底的嫩肉，连抚摸都怕她疼。心里此消彼长的胶着退了兵，可她真切地感觉到了宋十九的以退为进。她抬手，将宋十九汗湿的头发捋了捋，宋十九一怔，嘴唇嗫嚅了两下，而后将她要撤退的手捧住，把脸枕进她干燥的手心里。

"我病了，"她说，"你不许推我。"

李十一抿唇闪了闪眼波，心里有些好笑，病得这样理直气壮，捉着她的手龇牙咧嘴，似护食的幼狐。不晓得是不是自小抱到大的缘故，李十一对宋十九的亲近不是顶排斥，甚至有一丁点儿习惯了的寻常。

宋十九糯糯地说着话，呼吸打在李十一的肌肤上："我从前，也总是这样瞧着你。"

"你那时不大在意我。你夜里睡不着，会出门吹风，我也学你吹风。你洗完头擦头发惯用右手，有一回你用了左手，只胡乱撸了一下便换了过来。"

"你对吃的喝的不讲究，对书讲究，无事时爱靠在案边翻书。旁人都是坐着，你却总将凳子摆在腿边，立着脊背埋头瞧。"

"我那时想，待我会说话了，我定要问问你，李十一，你的凳子是摆设不是？"宋十九装模作样地捏了一把质问的重音，自个儿又撑不住笑了，"可我果真会说话时，又忘了。"

大概是病得厉害了，她说得絮絮叨叨，颠三倒四，可说来说去，都是李十一。

宋十九渐渐将声儿软了下去："李十一。"

"嗯。"

她笑得眉眼弯弯，又喊她："十一。"

"嗯。"

"一。"

"……做什么。"李十一将手抽出来，不用力地拍了拍她的脸颊。

宋十九乐不可支，正要开口，却听木门响动，香风同高跟鞋摇摆的韵律一齐到来，阿音扫着肩上的浮灰进来，双眼在她二人之间一扫，坐到床边，摸摸宋十九的脸蛋，问她："好些了？"

李十一不动声色地将手收回来，扶到床边，三指松松搭着，眼神在阿音跷着的二郎腿上一瞥，又在她贴着宋十九脸颊的手指上绕了一圈，正是李十一惯常打量的神色，漠漠然的，凉津津的。

她瞧见阿音俯着身子，迷迭香气同她的影子一起将宋十九笼住，指腹摩挲了两下她的下巴，好似在观察烫是不烫，半晌才收回了手，手背将自个儿的脑门一挨，道："仍是烫。"她的手指带着外头的凉意，舒服得宋十九低吟了一声，见她撤开，欲言又止地舔了舔干巴巴的嘴唇。

李十一看宋十九一眼，侧脸将信收了，叠了三两下觉得不是很规整，又拆开，纤长的手指一按一抵，动作里带着拖泥带水的犹豫。

阿音见宋十九精神不大好，同她说了会子话，又问她想不想耍九连环，宋十九笑道："早不玩那个了。"顿了顿又小声道，"你附耳过来。"

李十一蹙眉，见阿音凑上前去，宋十九抿着红润润的嘴唇同她说了两句话，阿音眨了眨眼，不大一会子便堆了笑，摇头道："我没有新本子。"

"欸？"宋十九千怕万怕，结果还是被李十一听见，她瞄了李十一半眼，将鼻子藏进了被褥里。

李十一头一回觉得自个儿有些多余，她不是个好抢风头的人，许多时候甚至恨不得神隐，可宋十九的排拒在外令她有些不适应。她沉默地勾着头，抿住嘴角，食指屈起来，在床侧有一搭没一搭地敲。

阿音同宋十九讲了两个笑话，眼瞧着时辰不早了，站起来扶了扶后

腰，碰碰李十一，道："她烧了几回，又风干了几回汗，必定腻得慌，须得拧了热巾子，解开衣裳擦擦背心才好。"

李十一眼锋一动，迟疑地看向宋十九，却见宋十九的脸一阵红一阵白，对上她的眼神，又慌不择路地移开，哑着嗓子拽住阿音道："阿音姐姐替我擦。"奔波一日，她脏死了，怎么好让李十一瞧见。况且，平日里死乞白赖缠着李十一是一回事，让李十一给她擦洗身体又是另一回事了。

烛火适时地一跳，李十一因着宋十九央求阿音的动作回过神，眉头亦无喜无怒地一跳，似硬生生将风雨顿住，令底下无处躲避的路人松了口气，却又因不晓得疾风骤雨何时降临而更加忧心。

宋十九在李十一平淡的眼神里便生出了这样的幻觉，她的心里咯噔咯噔，甚至还酸酸胀胀地痛了一痛，可这样的痛感却不十分令人难受，反而想要痛第二回，第三回。她感到自己的五脏六腑在以最原始的方式提醒她——她感觉到了李十一的波动。

阿音松了力气靠在床架子上，话是问宋十九，笑眼却对上了李十一："怎么说？"

李十一的声音不大清晰："我去拿巾子。"这是她头一回寸步不让地主动，令阿音张了张嘴无声"哇"了一句。

阿音还未来得及说什么，便见宋十九支起身子，一把捉住了她的手腕，也不顾金镯子硌着，只焦急而坚持地说："阿音姐姐，有劳你。"少女的矜持大过天老爷，最乖巧的姑娘也生出了叛逆。

她红着脸对李十一轻声说："你……还不歇息吗？"

阿音坐了下来，李十一垂着睫毛站起身，将信封捏在手里，不置一言地往外走。

宋十九偏着脸看她，发烧的耳垂仍旧火辣辣的，眼见她开了门，才感觉有凉风偷跑进来，驱散了些屋内的燥热。阿音同她对视一眼，屈着食指在她额头一敲，无可奈何地眯了眯眼，眼神明显得无需多言：惹十一姐生气，你是吃了熊心豹子胆。

宋十九抽抽鼻子，正要同她说道，却见李十一单手将门掩住，回身耷拉着眼皮看过来，想了想，平铺直叙出了声："你七岁以前，澡是我洗的，身子是我擦的。红斑在颈后正中，腰间小痣在脐右侧两指处。"点到即止。她平静地说完，不顾宋十九惊诧的目光，望她一眼，转头开门回了屋。

宋十九被关门声惊醒，哀号一声捂住脸，她不想好了，烧死算了。

淅淅沥沥的水声像奏得不大齐的乐器，脂膏凝成的手自雾气里捞出来，将拧好的巾子在指尖松了松，探进被褥里，自上而下擦拭宋十九的脊背。她的背部光滑又细嫩，生着曲线诱人的沟壑，蝴蝶骨略微凸起，又不至于太突兀，似敛了翅的鸽羽。

阿音望着她颈后比米粒还小的红斑，皎洁的月光将其晕染得大了些，恍惚的目光又将其变成了指甲盖大小。它停驻在少女无瑕的肌理间，像一个不成体统的闯入者，又像一个缺乏教养的引诱者。

风月场所的姑娘，嫉妒心同羞耻心早一齐剥落了干净，只是今儿她望着这红斑，突然便生出了久违的羡慕，那羡慕干净得很，她很有些配不上。阿音反手抚了抚自己蝴蝶骨上的胎记，它小巧而精致，像一块不当心点上的胭脂。这胎记许多人见过，但它本不该被这样多人见过。

背后隐隐发凉，宋十九见阿音发怔，回过头来，轻声喊她："阿音。"她将"姐姐"二字省了，似李十一惯常喊她那样。

阿音醒神，收回手又换了一回水，仍旧将热巾帕覆上去，细细擦着她的汗渍。

待宋十九睡了，阿音掩门而出，正困乏地撸了一把手上的镯子，抬头却见李十一坐在院子一角的石桌旁，一手支颐，一手拨弄着一个空酒

壶，厚重的瓷器在粗糙的石板上碾来碾去。她坐在不规律的声响中仰头看着月亮，两个指头抵住酒壶中央最胖的肚子，拇指用力稍稍一旋，酒壶便在她手里转起来，晃晃悠悠的，是一个任她把玩的物件儿。

阿音想起白日里吃酒的情境，猛然忆起自己转酒壶的小动作是自李十一这里习来的，只是李十一做得更慵懒，更自在。她抬腿，迈下一个阶梯，鞋跟触到石板，李十一抬眼看过来，阿音走过去："还未歇着？"

"嗯。"李十一沉腕将酒壶停下来。

阿音掏出洋烟，正要抽一根出来，李十一道："今儿别抽了。"

阿音一怔，李十一许久未管过她了，于是笑问："怎么？"

李十一蹙了蹙清淡的眉头，敲着酒壶："你喝了许多酒。"

她的酒味几个时辰也未散，像是缝进了衣裳里。

阿音以无名指将烟顶回去，手里把玩着烟盒子，想了想，问她："方才听十九说，咱们要找狌狌去。"

李十一颔首，又见阿音懒懒揉了一把脖子："几时动身？"

"过些日子。"李十一沉吟。她想起宋十九说要等小涂老么落地的模样，眼神若有似无地软了几分。此外，她还有旁的盘算，阿音许久未回胡同了，她有些疑虑，不晓得是不是经年累月的，螣蛇的毒性弱了几成。

阿音斜她一眼，将烟盒搁下："那你这段时日做什么？出摊儿吗？"

"不出。"李十一摇头，眼神往四周瞥了瞥，想起宋十九早前撒下的种子，勾了勾嘴角，"种花吧。"

阿音的眼波小扇似的上下晃了晃，最终未言语什么。

04 🐍

第二日清晨，好胳膊好腿的宋十九神采奕奕，起了个大早照常给李十一打水做饭，敲了门却不见人，往东院去，听蹲着刷牙的涂老么说，李十一上武城去了。

武城？宋十九一怔，念起昨儿个青青的言语，一下子蔫了半截。她鼓着腮帮子倚着院门，半晌未说话。

李十一不仅不带她，连知会她一声也没有，难不成，昨日果真生她的气了？

她呼吸了两下，勉强控制住，挨着涂老幺蹲下，捡了一个树枝在地上画着圈儿，欲言又止了几番，问他："她是不是恼我了？"

李十一昨儿个生了好大的气，那时宋十九还有些不知来处的欢愉，如今便自尝了恶果，悔得她肠子都青了。

"恼你做什么？"涂老幺不明白，"你干啥了？"

"我……"宋十九语塞，抿抿嘴角，反问他，"那她做什么不带我？"

"嘿，"涂老幺的布鞋在地上碾了碾，"我能晓得？不是也没带我吗？"

"那，阿音呢？"

涂老幺往院门口一指，阿音优哉游哉地散着步来了。

宋十九舒坦了一些，又隐隐忧心，李十一出门惯有她跟着的，不晓得这次自己一人能不能招架住。思及此，她又托着腮眨了眨眼，觉得自己的想法无稽到荒唐，分明向来是李十一护着她，她不过是个小累赘罢了。

她同阿音打了个招呼，又探了脑袋往涂老幺跟前凑凑，小声说："涂老幺，我想学功夫。"

阿音端起石桌上的茶壶，不客气地给自己满上一杯。

涂老幺"呸"一声吐一口水，又含上一口咕噜咕噜颤了几下腮帮子，埋头吐干净了，也不顾满嘴的沫子，问她："学这个干啥？"

"我若想她时时带我，自然得有些本领。"宋十九顿了顿，"总不能跟你似的。"

"欸？"涂老幺龇牙。

倒是阿音端着茶走了过来，递给宋十九一杯，宛声笑道："要学本事是好的，往后能看顾自个儿几分，总是强些。"

宋十九点头。

"那你学啥？"涂老幺抹一把嘴角，愁得很，"武当山？少林寺？十八罗汉？"

他说一声，宋十九的脸便白一寸，摸了一把自己单薄的手腕子，半晌没作声。

阿音坐到她身旁，探手抚摸柔顺地伏在她脊背的长发，偏头想了想，捻起她的发尾："常言道：各人有各人的缘法，我师父教我时是这么说的。你擅御时，便在时辰上做文章就是了。"

"可我这法术，仿佛只能逃命，"宋十九将手里的树枝抛了，紧了紧牙根儿，"我想要凶悍一些的。"

涂老幺看了她俏生生的灵眸一眼，缩着脖子不搭话。

"凶悍？"阿音将眉头拧得十分严实，一会子猛然松开，眼神儿也蓦地擦亮。

"你还记得夏姬吗？"阿音问她。

自然记得，宋十九将脸迎起来。

"她曾说，那位九大人——多半就是你——在她身上停了时辰，又收回了时辰，令她一瞬自二八年华变作了鹤发鸡皮，你想想，是有这么回事不是？"

"是。"宋十九点头。

阿音伸出食指，竖起来："这便是了。你细想想，你能将时辰作用在一人身上，若是尽数将一人存活的年月抽走，他不就大了，老了，当场横死了？"

宋十九的脑袋里冒出一朵开得颤颤巍巍的鲜花，被风一吹霎时枯萎，皱巴巴地缩作一团。

"是吗？"她小心翼翼地问阿音。

"是。"阿音拍拍她的肩，大义凛然。

当初随口胡诌，便让宋十九生长的态势缓了下来，如今自己说得这样正经，青天菩萨大老爷，怎么着也得给个面子。

宋十九得了指点，勤勉万分地练起功夫来，可她毫无根基，也无章法，仅仅靠凝神屏气，实在令人为难，练了三两日，竟一点子进益也无。她于是去央阿音，说是从前她给了一个"貌美如花"的咒语，煞是管用，她寻思旁的术法，多半也要念咒才好，还请阿音用脑子，再赐一个。

阿音嗑了一回瓜子儿，往绢子里吐壳，不当心沾了一片在嘴角，她抬手拿下来，细细思量，要凶悍、简练，还要管用。

"那就……"她将手里的瓜子皮兜到绢子里，"去死。"

涂老幺哼哼两声，笑得比猪还欢实。

宋十九咽了咽唾沫，决意安生去浇花。

待到黄昏，她用过饭，照例是去宅子门口等李十一，她为了练功方便，只穿了一身洗得发白的蓝长衫，披着长发倚着门，活脱脱一个静候归人的新妇。

涂老幺经过，"哎"她一声，搬了个凳子到她腿边儿，转头往院子里去，念叨："一立便是大半个时辰，也不晓得腿酸，傻的。"

宋十九笑笑还是坐下了，不大一会子又站了起来，仍旧是挨着木门望着街口，分明是一条窄窄的小巷子，一眼便能望到头，可她总觉得站得高些，视野也要开阔些，若能在李十一转过街角时，多捕捉一寸打前锋的影子，她便心满意足了。

宋十九的手指头抠门框抠了七八十下，夕阳的余晖将小巷填出静谧的绯色，她终于等到了李十一。

李十一个子高、肩背薄，普通的衣裤也能穿得十分好看，她自阴影

里走来，仍旧是一手插着兜，一手拎着一个不大的包袱，腐皮掩着脸，没戴帽子，半长的头发一半挽在耳后，一半微微扫过洁白如月的脸颊。她习惯性地低头抿着唇，略无聊地抬了抬眼，眼里便装进了宋十九的身影。

宋十九抬手拨了拨散乱的刘海，脚尖儿在门槛上轻轻踢着，探出去，又勾回来，一会子才对她莞尔一笑。想念这种情绪来得猝不及防，自李十一的脚步声响起时才匆匆忙忙地出现，待她行至面前了还不大能梳理成个样子。

她想了想，自打落地，还未同李十一分别过几日，三两日太短了，短得连说句久违都不够；可又十分长，长到对面的人沾染了陌生的气息，令她局促又紧张，挑挑拣拣了许多表情，也找不出不远不近的那一个。

宋十九弯了弯嘴角，甜津津的："回来啦。"寒暄大概都是显而易见的废话，但总有人乐此不疲。

李十一迈上阶梯："嗯。"

她在宋十九面前站定，带起熟悉的香气，问她："做什么呢？"说话时将兜里的手抽出来，勾了勾头发。

宋十九这才发现她的头发长了许多，初见时是刚过下巴的短发，如今已经长到了锁骨下方。宋十九弯腰搬起凳子："等你呀。"

李十一挑眉："你怎么晓得我几时回来？"

宋十九道："太阳落山时天老爷最温情，多半能等到人。"

"谁说的？"

"我娘。"

瞎说。李十一鼻息微动，勾着嘴角破冰一笑，清亮的双眸心知肚明地看她一眼，低头往里走。

"找着螣蛇了？"

"没有。"

"暗门子里有什么稀罕的吗？"

"没有。"

宋十九抱着板凳，跟在后头颠颠的，冠冕堂皇的关心抛完了，才问她："我有些想你，你想我没有？"

李十一将报着的唇放开，眨眼："没有。"

宋十九一愣，想了想说出最后一句："你去暗门子没有？"

李十一顿了顿："没有。"

宋十九意味深长地收回目光，愉悦地眯起眼，刚刚才说过暗门子里没什么稀罕的，这会子又说没去，李十一这个显而易见的谎言，叫作余地。

这余地足够细心的姑娘推断出前一个"没有"否定得并不是那么踏实，也足够李十一保有波澜不兴的无辜。

偏偏宋十九，便是那个细心的姑娘。

回了院子，同众人一齐又补了半顿夜饭。涂老幺因着李十一早前打过招呼，并未跟前跟后地问，阿音又向来了解李十一，对她不愿交代的事情也不多言语，一顿饭吃得平常又安静，待收拾了碗筷便各自回屋歇着。

东院只余涂家公婆两个时，涂嫂子一面擦着桌子一面问："李姑娘多大了？"

"咋？"涂老幺眨巴眨巴绿豆眼。他惯常喊她十一姐，为的是尊敬，也不晓得她究竟长还是幼。

涂嫂子笑笑，直起酸胀的腰，以手握拳不敢用力地捶了捶："李姑娘年纪轻轻，便有这么大个宅子，为人又和气，知书达礼的。"

过日子的小市民，惯常直来直往，几时这样吞一半含一半地说话，更别说最后还加了四个字的成语。涂老幺直觉这里头有门道，将涂嫂子扶着坐下，敛容问她："啥意思？"

涂嫂子喝一口水，问他："我三表姑，你还记得？"

涂老幺忖了忖，跷起腿："能不记得？刚成亲那会子去串门儿，竟是拿鼻子瞅人的，阴一句阳一句，敢情，她门口的石阶子是拿玉垒的？"

穷人总有三门富亲，涂嫂子族里也就三表姑一个，不大瞧得上游手好闲的涂老幺，可巧了涂老幺也不大看得过眼她。

涂嫂子嗔他一眼，同他说："她家小子很是出息，刚留洋回来，二十大几了，没成婚。"话留了半句，留给涂老幺琢磨，涂老幺牙花子一呲，"嘶"一声缩起眉头。

"哪能呢？"片刻，他笑着含糊一句——给十一姐牵红线，他怕是吃了熊心豹子胆。

涂嫂子见他的反应，只笑言一句"你当我白说"，便扶着腰杆进了屋。

如此又过了一两月，那日的话也没再提，夏日的热浪同似锦的繁花一样准时，将地板烤得歪歪扭扭的，涂嫂子的肚子似要涨爆的西瓜，坠得她走一步喘三下，也不大能干活了。院子里头应季的瓜果同她的肚子一样长得饱满，水润润的诱人。

李十一的院子也如宋十九所想，开了热热闹闹的夏花，姹紫嫣红，簇拥在深浅不一的绿叶里，随风款动便是一团沁人心脾的香云。虽说是好一派枝叶锦绣，人间仙境，李十一却颇有些恼，她握着一卷书坐在院子里纳凉，时不时便要分神赶一赶萦绕的蚊蝇。

宋十九一面浇花，一面心虚地拿眼瞟她，见她眉头又皱了皱，便将水瓢抖了抖，走到她后边，拿葫芦瓢替她驱赶嗡嗡的飞虫。

李十一抬起一边秤杆子似的眉毛，看了她半晌，转过脸翻了一页书，面无表情低低念了一句《秋夕》："轻罗小扇扑流萤。"

"什么？"宋十九不解地看向她。

黄木大瓢赶蚊蝇。李十一轻轻一笑。

05

这一日，正是天朗气清，涂老幺焖上面，正给涂嫂子按水肿的小腿，捏得一脑门儿都是汗，阿音端了鲜荔枝进来，想着涂嫂子吃不得生冷的，便将它搁到一旁，道："方从冰水里湃过，晾一晾再吃。"

涂嫂子光着小腿，很不好意思，只腼腆地笑："有劳阿音姑娘了。"

阿音俯身瞧了瞧她，啧啧两声心疼得很："瞧这腿，肿得同萝卜似的，一个指头下去便是一个坑儿。"

涂嫂子摩挲肚子，笑叹："女人家就是这样，遭罪。"她顿了顿，又道，"我这回算是一遭经历，往后阿音姑娘有了身子，我多少能照料些。"

阿音忙摆手，直起身子伸了伸纤细的腰肢，笑一声："别，我没这福气。"

涂嫂子不晓得她是做什么营生的，只当她是小姑娘害臊，便甚是慈爱地笑了笑。

涂老幺勾着脑袋，也未接话打趣，只另起一句道："十九呢？一上午没见她。"

"我正要同你说，"阿音抱起胳膊，"你一会子得了空，到院儿里来，我有话问你。"语毕，一扬手拈了几个荔枝，盘核桃似的拢在手里，笑眯眯同涂嫂子招呼一声，这才移步往外头去。

才刚扇了两下风，涂老幺便拉门出来，小臂抹着额头的汗，将裤管子一拉，大剌剌地在葡萄架旁的石凳上坐下："咋了？"热气打头，打得他鼻子不是鼻子，眼睛不是眼睛。

"十九练功夫两个来月了，半点起色没有，我找你想法子。"阿音剥了一个荔枝，晶莹剔透的果肉映在翻飞的玉手间。这找他想法子，不过随口一说，丁点未指望他能有什么建树。

知了扯着嗓子直叫唤，涂老幺的脸皱巴巴的，似一只年迈的哈巴狗：

山有木兮木有枝

第八章

217

"成,我想想。"他不大习惯旁人请他动脑筋,尤其是音大奶奶这样好声好气的,仿佛十分看得起他,令他绞尽脑汁也要提个议。

"想不出来。"脑汁榨个干净,涂老幺心里的小人敲了敲空荡荡的头骨,梆梆响。

阿音嗤一声,意料之中地将荔枝塞进嘴里,舌头一顶含着,腮帮子鼓得小小的,含糊道:"我问你,上一回她使出法术,是什么境况?"

"马耳山,讹兽,咱们要死了。她,"涂老幺掀了掀白马褂,"变形了。"

"猪脑子。"阿音撩了个白眼,恨铁不成钢,"那是咱们要死了吗?是李十一要死了。"

"是,是。"涂老幺忙不迭应声,实在是烈日炎炎令他耳昏眼花,偏偏面前的姑奶奶把着好几个沁爽的荔枝,一个也不给他。

阿音见他眼巴巴地望着,总算递出去一个,循循善诱:"这便是了。常言道'学海无涯苦作舟',什么意思?不就是要苦一苦,迫一迫,方激出潜能。她如今日子这样舒坦,哪里来杀人越货之心?咱们不妨将她再搁到那千钧一发的境况里,试一试。"

涂老幺还在想那什么"学海"什么"舟"的,也不晓得是不是这么个用法。参悟一会子,觉着有些道理,便问:"那,谁去刺杀李十一?"他脑袋杵在脖子上,从头发丝儿到脚后跟都在怯场。

阿音拧着眉头叉腰:"我几时说要杀李十一了?"

涂老幺眨了眨眼。

阿音怒极反笑,"哼"一声将余下的荔枝往桌上一拍,对牛弹琴。

涂老幺终于反应过来,一把扯住她烦躁乱飞的绢子,将她拉回来,灵光一闪,福至心灵:"我有法子,有了。"

阿音斜他一眼,绷着嘴角不置可否。

涂老幺神秘兮兮的,咧嘴笑着抖抖腿:"音大奶奶,您请好吧。"

第二日，宋十九正午歇，门板被拍得啪啪响，她裹着贴身的绵绸短裙，睡眼惺忪地去开门，却闻一阵疾风，自门槛处被涂老幺同阿音一把架起来，推着她往梳妆台上一压，阿音支着烧红的烫发钎子，面上沁着焦急的薄汗："了不得了！"

宋十九一惊，涂老幺蹲下，将油布包的新皮鞋往她脚上穿："出大事了！"

宋十九慌忙转头，阿音一掌轻扶将她脸拢回来，不由分说给头发上了卷儿，吩咐涂老幺："将我带来的胭脂水粉淘换出来，摆上。"

"刺啦"一声，一股焦味儿自冒烟的头发上飘来，宋十九心下着急，拉着阿音的手腕子，连声道："怎……怎么了？"

阿音三两下给她卷了头，顺手分开两边拨了拨，又拿起涂老幺刚打开的螺子黛，俯身精细地给宋十九画眉："李十一相亲去了。"

相亲？！宋十九扩了扩眼睑，张着嘴唇任由阿音将脂膏两笔勾完。她口干舌燥，胸腔起伏得厉害，仿佛睡久了似的心慌气短，好一会子才翕动鼻翼，小心翼翼地确认："相亲，是何意？"

"相亲嘛，就是她要成家了，隐退江湖了，不带你了，你自个儿找活路去吧。"阿音给她上完妆，将她拉进屏风里，瞧她呆呆傻傻的不成样子，索性叹口气直接上手替她换上小洋裙，满意地上下一打量，又伙同涂老幺将如遭雷击的宋十九架着，三两下塞进了车里。

洋车在马路上火急火燎地奔腾，宋十九的心如被石子硌了的轮胎一般，七上八下忐忑不安，她勉力平复了些心情，才又开了口："她做什么要去相亲？"

阿音闪着眼波移开目光，一而再再而三地骗小姑娘，攒的雷怕够劈干净祖宗十八代了。

涂老幺心一横，念着我不入地狱谁入地狱，大着嗓门道："年纪到

了，想成家了，要生娃了，可不得相亲嘛！"

宋十九蹙着眉头，将下唇无助地咬住。

不多时车停在一个时髦洋派的十字路口，涂老幺轻轻一攘将宋十九推下去，同她一齐仰头望向路边尊贵的门脸儿。那是一个西式的咖啡厅，支了几顶阳伞出来，玻璃门，菱格窗，门口的侍应生亦穿着燕尾服戴着小礼帽，十分上档次的模样。

涂老幺碾了碾布鞋的鞋头，见着这架势，骨头里的轻贱又作了祟，半点不敢往前。阿音懒洋洋地靠在车边儿上，摸了一把宋十九的脸，嘱咐道："你自个儿进去吧。"想了想又添了句，"若打不过，再喊我。"

宋十九似只猫一样支棱起耳朵，眼神往阿音面上一瞟，点了点头。

咖啡厅内布局十分规整，四四方方的卡座，豆腐块儿似的齐整地排列着，猩红色的皮质沙发衬着大理石的台面，墨绿色的小台灯闪着珠光，偏偏在底下又搁了一个不大明亮的蜡烛杯子，除却反射头顶水晶灯的贵气，仿佛也没什么用处。

李十一将目光自可怜的烛火处收回来，修长白皙的手指叩着一小盒洋火柴，在桌面上轻碰了几下。此刻架着二郎腿，坐姿也挺直，慵懒中透着十分给面子的优雅，对面年轻的绅士一身米白色的西装，三角巾掖进胸侧的口袋里，短发齐整一丝不苟，连指甲也修剪得很是得体。

他含着礼貌而亲切的笑意，端起咖啡浅嘬一口，动作比抿还要轻柔些，缓慢地放下来，才道："方才说到，李小姐是南方人。"

李十一蹙了蹙纤细的眉头，略微不耐烦地将洋火柴在手心里转了个圈儿。涂老幺一大早便神神道道地同她说来了买卖，是涂嫂子的表亲，因着家里富裕看人只使下眼白，惯常瞧不起他，央她务必舍了乔装，打扮体面些，万不好跌了他的份儿。

虽说李十一不大明白自己同涂老幺的份儿有什么关联，但对上涂嫂子温柔如水的目光，不自觉就妥协了些。然而对面的男人自一进来便问她喝什么，吃什么，谈了咖啡问籍贯，要了年岁又讲生辰，她起初以为有钱人家忌讳多，需得知根知底，来往了几回，才渐渐觉出不对来。

她微不可闻地"啧"一声，想起身拿外套走人，才刚转了头，便听得一声俏生生的"李十一"。她抬了抬眉头，阴影笼罩至跟前来，香风一袭佳人当前，宋十九将裙子一拎坐到她身边，保持了一个手掌的距离。

宋十九喊的是她，却瞧的不是她，一双眼半开半合地打量对面的男人。男人有些怔愣，但良好的教养令他面上无甚波动，甚至微微颔首，将讶异的神色敛好，淡淡笑着打了个招呼。

"这位是？"他看向李十一。

李十一瞥宋十九一眼，舌尖儿在上腭处轻轻一刮，几个字清汤寡水地弹出来："妹妹，十九。"

宋十九胸腔一胀，贝齿将嘴角咬进去，转脸望着她。从前她总说自个儿是她的表妹妹，那时她十分高兴，而今再说起来，却浑不是滋味——

她晓得，李十一这样说，不过是个敷衍，她果真要成婚隐退了。

男人"噢"了一声扬起眉头："十九姑娘。"

谁准你喊我姑娘。宋十九抿着嘴，尖巧的下巴鼓鼓囊囊的，沟壑纵横的是交错的委屈同怒意。委屈的仿佛是李十一那一声浑不在意的"妹妹"，怒的却是李十一这一身裁剪精良的打扮。头发梳得柔顺又齐整，面上光滑得似一汪清泉，衣裤都是崭新的，还配了带矮跟儿的小皮鞋。没了乔装打扮，她的眼睛同荡在陈年老酒里似的，面无表情时凉津津的，只要她笑，但凡带一丁点儿笑，便醉人心脾。

她垂下头，手不自觉地想要摸个什么物件儿，一抬手只摸到了李十一跟前的咖啡，她如遇救兵般捧起来，却见对面的男人抬手按住，歉然道："这一杯是十一的，我再替十九姑娘点一杯旁的。"

他一面说，一面将酒水单递给宋十九，笑道："这里的果汁也不错。"

　　一个十一，一个十九姑娘，什么拉的什么卡的，她也听得不是很明白，她明明会识字儿，酒水单上的字符却同蚯蚓爬似的，扭扭曲曲十分不成样子。她越瞧越不高兴，索性将单子递还回去，仍旧捧着李十一的咖啡不撒手："我就喝这个，成不成？"

　　后三个字是问李十一，李十一半靠在卡座上望着她，挑了半边眉："成。"

　　时髦的咖啡厅，古怪的绅士，乍然现身的宋十九，李十一将几件事由轻松一串，不难想见后头是谁人安排的这一出。

　　男人并未因宋十九的到来有被冒犯的感觉，或者说小小插曲抵不过他对李十一的兴致，只将宋十九不至于太冷淡地撂在一旁，便又同李十一说起了话。

　　李十一埋头，仍旧把玩着火柴盒，正盘算如何找个借口告辞，一抬眼却结结实实地怔愣了三两秒。

　　她眯起眼望着眼前浑然不觉的男人，依然是滔滔不绝兴致高昂，说到兴起时还有轻轻挥动手指的小动作。可他手上的皮肤似被水泵不断地抽吸，一寸寸变得干枯，皱纹像浮于表面的死皮，自他的手指处延伸向手腕里，遍布在他喉结凸起的脖颈间，侵蚀他气宇轩昂的眼角。

　　他的头发，他乌黑而浓密的头发，一瞬间褪了颜色，云鬓斑白，似不堪重负的霜雪，将他的年轻气盛压了个彻底。

　　他仿佛被骤然的衰老唐突了心跳，闭上眼晃了晃脑袋，清清嗓子，下一秒又对上了李十一紧闭的薄唇。李十一将眼一眨，只见方才迟暮的老人又如书页倒翻一般，迅速回转至初见的相貌，甚至再退一点儿，再退一些，将嘴唇上方坚硬的胡楂都退掉，换成柔软的绒毛。

　　一切变故都来得太快，似迅速切换的走马灯。

　　李十一的下颌一收，警铃大作，匆忙看了宋十九一眼，她无喜无怒地微微低着头，左手仍旧捧着尚有余温的咖啡，右手搭在膝盖上，手心儿往上，五指虚虚合拢，做了一个肖似握球的动作。

她掌心的纹路仿佛灌了蓝莹莹的液体，缠线一样游走，在她的手心里簇成一小团淡蓝的微光，李十一看着她的动作，又扫一眼一无所知的男人，宋十九将指头齐整整往右旋，他便迅速苍老，宋十九将五指往左转，他竟又开始变得年轻。如此交叠变幻几番，男人已经有些神思恍惚，说话亦颠三倒四、笨嘴拙舌起来。

时间诡异地作用在他的身上，令人后背发凉，幸而此刻咖啡厅内没什么人，沙发靠背又高，若是被人瞧见，只怕要立时暗着嗓子尖叫出声。

宋十九偏着脸，望了李十一一眼，长长的卷发遮掩住她精雕细琢的容颜，眼角的嫣红不晓得是阿音染上去的，还是她此刻生出来的，鬼魅妖冶，仿佛即将展翅的凤凰，透着不可一世的骄矜。

这不是宋十九。

"啪"一声轻响，宋十九眼尾凤凰的羽翼迅速折敛，又温温顺顺地卧了回去，她睁了睁黑白分明的眸子，低头望着自己的手。李十一方才不动声色地将手覆上来，掌心同她贴合在一起，十指牢牢扣住，断电一样隔绝了她的功法。

她并未看宋十九，只拧眉望着恢复正常的男子，指头用力将宋十九捏了捏，而后略带歉意地起身："失陪。"话音一落，她拉住宋十九的手腕，神色淡淡地将她带进了卫生间。

"咔嗒"一声，狭窄的隔间上了锁，李十一放松脊背靠在墙上，对面是霜打茄子似的宋十九，她一手插回兜里，一手仍旧转着火柴盒，窸窸窣窣的声响同二人的呼吸在昏暗的空间里起起落落，似不留意便要错过的乐章。

她未质问什么，甚至未打算开口，只极有耐心地等待宋十九平复心情。往常宋十九总黏着她，此刻却自觉地后退半步，亦将自己贴在墙壁

上，望着对面李十一稍稍曲起的右腿膝盖，右手捉着裙子，手背轻轻抖着。她将手张开，用力在裙子上擦了擦，又攥起。她的心情复杂得要命，既有学成的兴奋，又有未排遣掉的难过，还有怕李十一恼的紧张。

几股情绪八仙过海一样在她的脑子里上蹿下跳，纷纷斗法，最终还是又在李十一跟前丢人的难过占了上风，让她抿着嘴角落寞地立着。

半晌，她听见头顶斜上方的人微微叹了口气，轻声说："我事先并不知情。"

宋十九蓦地抬眼，李十一看着她，又重复一遍："我不知道。"

李十一在向她解释，七个字，宋十九足足用了二十秒才消化完。

她自小没有什么玩具，唯一心爱的只有李十一，李十一便是她的布偶、雏鸟、竹马、青梅……是她所有步履蹒跚的回忆，也是她所有关于未来的肖想。她差点以为，自己快要失去她了。世上没有任何一种情感比失而复得来得更美妙，更何况对象是李十一。

李十一没有生气，也没有恼怒，只以春风化雪一样的口吻安抚她。她没有相亲，不想同别人生娃娃，还有，她在乎自己，是以才认真而不厌其烦地重复她的不知情。

宋十九在她的眼神里低下头，咬了一点点胭脂馥郁的嘴角，幅度微小地点了点头，抽了两下鼻翼，忽然眼眶红红地抬头望着李十一："为什么，有些想哭呢？"鼻腔的酸涩突如其来，令她摸不着头脑。这是她头一回如此真切地感受到人间的情意，她忽然觉得，自个儿不像个怪物了，有些像个人了。

李十一望着她濡湿的眼睫同弧度美好的嘴唇，嘴唇的纹路很淡，花汁儿凝成似的，被清晰的唇线禁锢住，嘴边却糊了一点儿胭脂。李十一揣在兜里的手指动了动，原本想要同往常一样伸手替她擦拭，却在将手抽出来的一瞬迟疑了，只耷拉眼帘望着她，抬手在自己的嘴角处轻轻一碰——一个含义明显的提醒。

宋十九怔了怔，随即慌忙地抬手，毫无章法地在自己嘴边抹了一把。

李十一的手又垂下去，反手覆在墙壁上，无名指有规律地轻叩。

宋十九不大适应高跟鞋，站得有些勉强，将脚后跟脱出来，偷懒地往后缩了缩，足尖勾着鞋，有一搭没一搭地挑着。纤长的小腿、光裸的玉足、放松的脚背，同高脚杯一样的鞋跟，似一把适时的春风春雨，将含苞待放的花骨朵催熟。

李十一头一回觉得，面前的宋十九是个大人了。她抿紧嘴唇，手里的火柴盒又转了个圈儿，摸到粗糙的硝皮，方停下来。

宋十九收拾好了心情，后知后觉地对自己的放肆愧疚起来，想着二人进来了许久，怕是不礼貌，于是她斟酌着开了口："那人……还在外头呢。"

"不管他。"李十一仰头，后脑勺轻轻靠在墙面上。她的嗓音低沉又轻柔，说话时优美的脖颈被美人筋拉扯着一颤。宋十九最爱她这副随意到不屑的模样，好似李十一以对别人不值一提的态度，泾渭分明地将自己同她画进一个圈里。

宋十九抿着嘴角乐，李十一扫她一眼，亦勾了勾唇。涂老幺摆的摊儿，自个儿收拾吧。

"那咱们……"宋十九放小了声，像揣了什么秘密。

李十一直起身子，将门打开："从后门走。"

宋十九将鞋穿好，跟着她往外走，想了想正门处候着的涂老幺和阿音，决意不告诉李十一——作弄小姑娘，候个把时辰也是该的。

二人一路走回去，从一个梧桐树的阴影到另一个阴影，走得慢吞吞，也走得安静，除却中途宋十九对着一个唤作冰激凌的玩意儿犯了馋，李十一掏钱买了一个，其余的时间几乎没说什么话。

逛了大半个时辰，二人才回宅子，宅子大门敞着，门口停着租来的洋车，宋十九零星的愧疚霎时跑干净了，原来涂老幺同阿音也并未等她。

她抬腿入宅子，同陈妈打了个招呼，径直往东院去。东院里头涂老幺同阿音在耍牌，吆三喝四地热火朝天，丝毫未听见二人入内的动静。待走至跟前，正面的阿音才抬头，瞧着李十一凉凉的神态，移开目光，抬手以手背掩住嘴唇。

涂老幺背对来人蹲在石凳上，催她："你这是娘们儿出门——等死抬轿的！"

"死的怕不是抬轿的。"阿音仍旧支手抵着唇，眼落在牌上，别有深意地笑。

话音刚落，后头脆生生的一句："涂老幺！"

涂老幺背后的汗毛比兔子跑得还快，点兵似的立了一排，他梗着脖子回过头，就看见面无表情的李十一同面含薄怒的宋十九。他脚下一滑，险些从凳子上跪下去，好容易稳住了，觍着脸笑问她："你练成了？"

宋十九三两步跑过去，哼一声，指着他道："你别动！"

不敢动，涂老幺立得比公鸡还直。

宋十九倒是乐了，手在背后揣了半个圆，盯着他绷直下巴，五指轻轻地旋。

四十、五十、六十……她笑吟吟地围着涂老幺转，瞧他垂垂老矣的模样，邪气自指端勾出来，沉进她心情大好的笑眼里。

阿音目瞪口呆，掩着嘴唇去瞧李十一，却见她站在不远处望着恶作剧的宋十九，懒怠的明眸里透着不大明显的纵容。

涂老幺慌里慌张，抬起自己的手翻来覆去地看，看着看着眼也花了，蹲也蹲不住了，嘶嘶两声往后一倒，背心抵在石桌上。"你，你你……"老态龙钟的朽嗓伴着气虚的咳嗽，涂老幺连指头也伸不直了。

宋十九转头同李十一笑，正要收手，却见门槛处一声闷响，惊惧的尖叫堵在喉咙里，呻吟声只出不进地乱窜。宋十九忙看过去，见涂嫂子惨白着一张脸，望着院子里熟悉的耄耋老人，捧着肚子摔倒在门边。众人慌了神，三两步赶上前，宋十九自知闯了大祸，忙将术法收回，跑过去抱住涂嫂子。

　　涂嫂子的眼珠子都要瞪出来，绷着红血丝望着涂老幺，面上黄豆大的汗粒一颗颗往下滚，到颈部竟似水一样淌下来，她说不出来话，只死死抓着涂老幺的手，青筋毕露面目狰狞。她"你你我我"了一会子，哆嗦着嘴唇道不出来，嗓子里似堵了棉花，勉力才能透进气去，肚子似被人用牛车碾过，疼得她顾不上别的，两腿曲着哀吟出声。

　　宋十九懊悔万分，眼泪珠子"唰"一下砸下来，手抖得厉害，几乎是瘫软在地。李十一不动声色地挪了挪身子，让她靠着自己的肩，正扬声喊陈妈去请大夫，却见阿音望着涂嫂子的两腿间，急促道："羊水破了，请接生婆子吧！"

　　夜神泼下了可怖的黑墨，凄厉的喊声将屋顶掀起来，震得瓦砾上的浮灰都抖了抖，热水掺了血，一盆盆进出，经验丰富的接生婆子在里头有节奏地鼓劲儿，阿音守在门口，清点剪子巾子，有条不紊地奉上，涂老幺在里间握着涂嫂子的手，脸涨得通红同她一齐用力。

　　足足生了两个时辰，小涂老幺还未落地，涂嫂子没了力气，呻吟声渐渐低了下去，喘息声同呼气声却大了起来，隔着朦胧的屏风，似敲打耳膜的滚雷。

　　宋十九垂头丧气地坐着，扶着太师椅两旁的扶手，忧心得小脸惨白，李十一坐在她旁边，将桌上凉透了的茶水换掉，又给她满上新的一盏。

　　阿音来回踱步的脚步声停住，攥着手保持一个向前探身的姿势，深宅大院也霎时陷入死寂的宁静，李十一抬腕饮一口茶。宋十九将握紧扶

手的右手放开，嘈杂声汹涌而至，阿音的袍角一动，往前急行两步，蹙着的眉头又锁得深了些。

李十一将茶盏放下，倦倦然揉着额角，另一只手将怀表的盖子拨开。分明只过了两个时辰，她却好似生熬了一整宿，只因一旁的宋十九过于紧张，手捏一下，时辰停顿一会子，放一下，又恢复了常态。旁人浑然未知，偏偏李十一不受控制，硬生生伴着宋十九历经双倍的煎熬。

她无声地叹了口气。

天翻出鱼肚白，旭日同婴儿的啼哭声接踵而至，接生婆子揸着汗从里头出来报喜，说是生了个大胖小子。众人松了口气，木着脸将笑容挂上。涂老幺白眼儿一翻晕瘫过去，虎口被掐得青一块紫一块，涂嫂子历经了一夜的折磨，却在见着小涂老幺时灯芯复燃般来了精神，抱着襁褓又是怜又是爱，很不愿意撒手。

李十一递一块巾子上去，阿音接过来，给涂嫂子拭汗，宋十九探头看一眼襁褓，小心翼翼地伸手挠了挠小婴孩的下巴。

"名儿想没想，叫什么？"阿音问。

"涂，涂四顺。"涂老幺挣扎着摇了摇腿，气若游丝地拼死应了一句。

宋十九一怔，心里头暖了半截——涂老幺半点没怪她，方才的愧疚舒坦了些，融融地烘着她的左胸。

李十一道："出去吧，让涂嫂子歇一歇。"

宋十九点头，三人掩门而出，阿音打了个哈欠扶着腰肢当先告辞，宋十九将硌了一日的高跟鞋脱了，拎在手里跟着李十一回屋，筋骨酸痛，似打了一夜的仗，眼下也有了淡淡的乌青，她的嗓子有些哑，忽然道："我幼时，也是这样？"

"什么样？"李十一应她。

"红彤彤，皱巴巴，头发稀稀拉拉，眼睛肿成桃儿，糊作一团。"不大好看，她将这半句吞了回去。

李十一忖了忖，摇头："不。白嫩嫩，圆滚滚，头发乌黑油亮，大眼睛睁得很开，骨碌碌转。"十分漂亮。

字句严丝合缝，齿轮一样合上宋十九的忧心。宋十九莞尔，低头挪了挪步子，将自己的影子和她的叠在一处。

涂四顺的到来令日子变得鸡飞狗跳，他同宋十九小时截然不同，是一个随了他爹的小麻烦精，白日睡觉夜里欢实，嚷着喝奶的哭声嘹亮得能穿透两条街，涂老幺苦不堪言，想了个法子，白日里同他大眼瞪小眼地熬着，以求夜里能安生些。

涂四顺一闹腾，涂嫂子也顾不上旁的了，加之涂老幺一天三回赌咒发誓说她中了暑气脑袋发涨，一时瞧花了眼，涂嫂子将信将疑，黑不提白不提地也算是揭过了那天的事。

宋十九如愿给涂四顺戴上了长命锁，阿音对教养小娃娃兴致不大，倒是十分忧心涂嫂子丝瓜瓢子一样垂下的小腹，浑圆的肚皮泄了气，好些日子未缩得回去，上头有青青紫紫的纹路，偏偏胸部又胀起来，疼得涂嫂子抬不起来手。

阿音一面给涂嫂子搜罗祛斑痕的膏药，一面咬牙骂涂老幺："王八羔子臭男人，让娘们儿遭这份罪！"

涂老幺在院子里抱着涂四顺，耳朵发烧打了个喷嚏。

待涂四顺满了月，热热闹闹吃了一回小小的满月酒，李十一才同涂老幺交代，说是该动身探寻十九的身世，嘱咐他在家里好生照料着，又留了些银钱备着使。涂老幺问她怎样打算，她却道先顺路去一趟申城。

涂老幺掩门同涂嫂子商议了一宿，第二日顶着核桃似的眼袋，仍旧抱着涂四顺，坐着同三位姑娘打商量："宅子里有陈妈照料着，我仍旧同你们一起走。"

宋十九道："这哪里成，小涂老幺才丁点儿大。"

　　涂老幺熟练地拍了拍襁褓："为着他，咱们也是耽搁了好些日子，如今安生落了地，还有什么搁不下心的。姑奶奶几个待我婆娘小子的用心，咱都瞧在眼里，到了该报效的时候，可不能娘们唧唧的。"

　　李十一抬眼，见他悠着涂四顺，大声道："那大雨还'三过家门而不入'呢！我涂老幺怎就不能当一回大风了！"他说完，抠了抠眼窝子。

　　"小子！"他望着涂四顺咧嘴一笑。

笑渐不闻声渐悄

第九章

声渐不闻 笑渐不闻

01

同李宅相比，阿罗的宅子清静得仿佛躲在画里。

阿音这阵子忙碌，许久未过来，阿罗百无聊赖地撒了一把小米，瞧了一会子，换衣裳撑伞出了门。

街道上永远不缺热闹，晴好的天气将喧哗声又提了一层，阿罗走在行人小贩间，青天白日里一柄油纸伞，却也未招来许多诧异的目光。天子脚下便是这点好，王朝颠覆时局动荡，讳莫如深的事见得多了，各人只顾着各人的小日子，没有旁的心思扫他人门前雪。

阿罗的步子走得娟秀，也走得闲适，漫无目的地逛了一会子，绣鞋却在石板路堆尘的缝隙处停住。伞面微微抬起，五钱随着她的视线望过去，见不远处的裁缝铺里走出一个婀娜多姿的倩影，花旗袍勾着银线，也勾着她妖娆起伏的躯体，阿音抱臂揉着绢子，对着一旁拎了好几匹布料的男人笑。

前几日阿音碰着五钱，说是要南下了，正准备用度，过些日子再来吃酒。

阿罗缓慢地眨着眼，瞧见那男人将不安分的手攀上阿音的腰肢，阿音反手一拍，横他一眼，嗔怒时眼波流转，是欲拒还迎的风流。

阿罗握着伞柄的手略微了收，没什么意味地垂睫一笑，同五钱转身离开。

过了晌午，她照常泡了一壶茶，搁在书桌边练字，徽墨过了君山银针的香气，有了落眠遗梦的岁月感。

门外响起短促的寒暄，依着脚步声由远及近，还未将影子完整地映在窗棂上，久违的佳人便两手推开了门。

阿音送来了大大方方的笑，还有一寸偷跑进来的阳光。反手一推，门又掩了回去，恢复一室清辉。

阿罗敛袖纳了纳墨汁，温声道："来了。"不远不近，不咸不淡的两个字。

阿音扯着绢子抹了一把汗，行至她跟前，探头瞧她的字，却只是一个虚晃的动作，一下子便缩了回去，拣了一个杯子给自个儿倒茶。细小的水柱泠泠而出，她望着自己手里的杯子，同阿罗搁在右边的那一个，问："你晓得我要来？"

阿罗沉腕扬手，轻轻提了一个钩，言语比笔端还轻："你不是说，你要南下。"她说得十分委婉，却足够阿音明白言下之意。

南下路远，一别几月，若没了冥气，阿音的身子受不住，临行前怎么着也得来寻她一回。

阿音果然笑了，应道："是。"她倚在书桌边，腮边脂粉的香气盖住茶叶的，有了些缠绵悱恻的交叠。

阿罗却没有任何回应，只不疾不徐地写完了一篇冗长的辞赋，才搁下笔，坐到太师椅上，仰头望着阿音，太阳从外头漏进来，勾着阿音肩膀的曲线，将影子拓了一半在阿罗的唇鼻间——连影子也是不完整的，只占有了一半。

阿罗靠在椅背上,柔柔地出了声:"方才,我瞧见你了。"顿了顿,续言道,"在裁缝铺。"

目光扫一眼阿音旗袍上精致的盘扣,未再说下去。

阿音拧着眉头想了想,忽然掩唇一笑,提眉盯了她三两秒,意味深长:"原是这个。"她敏锐地感到阿罗有些恼。

她也明白,阎罗大人屈尊降贵对她施以援手,想要拉她一把,自己却仍旧同从前的恩客厮混。换作是她,也该觉得自个儿不识好歹、无药可救了。

她反手撑着桌沿,食指绕着绢子搅啊搅:"不过是从前有些交情,恰好碰见了,他又殷勤,我不好太推拒。"

人家拿捏着她从前在烟柳巷的短处,只得逢场作个戏,否则同贞洁烈妇似的抹脖子咬舌头的,岂不是太矫情些。

阿罗不置可否,右手揉着左手无名指的指腹。

阿音咬着嘴角,笑盈盈偏头望她,直望得她抬起了头,阿音眯了眯眼,道:"旁的再没有。"

阿罗定定地看着她,呼吸绵长如潮起潮落。她抬手,将书桌上的《孟子》一扔,"啪"一声掉到地上,再一扬手,又扔下一本《左传》。

书页被抛弃,哗啦啦作响,阿罗望着桌面干净的空处,轻声道:"坐上去。"

阿音一怔。

"不是要南下吗?若不来取药,你能撑住几时?"阿罗抬眸看着她。

阿音的指头撩着桌案上印章的丝绦,见阿罗抬手将一旁茶盏的瓷盖打开,清香得如藕汤一样的气息,阿音认得。

原来她,早便备好了?

阿罗没看她,低头翻书,听见她饮药的动静,轻声问:"够不够?"

"够。"阿音掏出绢子,擦拭下唇。

"身子舒坦些了吗？"

"舒坦了。"

02 🐛

众人收拾齐整，票买在两日后。涂老幺抱着涂四顺又抹了一把眼泪，同老妈子似的絮絮叨叨嘱咐了许多，这才一狠心拎着箱子钻进车里。火车不新鲜了，他捧着抛妻弃子的愁绪将脑袋靠在玻璃上，似个锯了嘴的葫芦。

阿音将涂老幺垒好的箱子又推了一把，正轻拍着手上的残灰，眼神随意往过道处一瞟，却猝不及防地愣住——

阿罗同五钱坐在斜对角隔了一排的座位上，戴了一顶宽大的洋帽挡住阳光，静静翻着一本书。

阿音款步走过去，靠到座椅上，问她："你也去？"

阿罗将书合上，恬淡地笑："闲着也是闲着。"

阿音望她一眼，眼波袅袅，不晓得高兴还是不高兴。

"灯红酒绿"四个字最衬的一定是夜晚的申城。十里洋场的声色犬马将人们的不安暂时搁置一旁，纵容片刻不论明日的放肆。

宽敞的街道，高楼林立的洋派建筑，电车依着线路规矩地行进，黄包车停得井然有序，车夫的脚步声同汽车的鸣笛交错，是包容性极强的风景。

不夜城的韵律在霓虹灯中婉转沉浮，是夜场最好的招牌。

仙乐斯作为伫立申城的三大舞厅之一，宽门高阶，阶梯上铺着软绵的红毯，生怕脏了达官贵人们的鞋底，海报足有三人高，带着高高在上的压迫感。

两辆锃亮的小汽车停在门口，门童上前将门拉开，踏出一只一尘不

染的牛皮小靴，车里的人倾身下来，行动间透着良好的教养，门童毕恭毕敬地弯腰领路，将风采过人的一行人迎进去。

领头的姑娘高挑纤瘦，上身是挺括的修身白衬衫，扣子掩到最上一颗，一点子装饰也无，唯独翻开的立领上以黑线勾了几朵不对称的木兰花，下摆扎到黑色的西裤里，圈出盈盈一握的腰身。两手插在裤兜里，行动间露出白皙的皓腕。

她的表情冷淡而凉薄，一头长发梳到后头，一边别在耳后，一边遮住小半个棱角分明的下颌线，漂亮的额头连着高挺的鼻梁，抿着生人勿近的薄唇。

她略微低着头往上走，身后跟着两个西装革履的男人，再落后半步是另一位高至她眉间的小姐，穿着箍着身段的西式条纹马甲和同色的长裤，马甲里是女士白衬衣，领口处打一个松松的结，眉目柔弱却干净利落。

再往后便是一对携手而至的亮眼姑娘，一位香槟色旗袍，耷拉半个刺绣披肩，镂空手套里是柔弱无骨的十指，另一位长卷发掖在耳后，深蓝色的丝绒长裙，端的是大家闺秀的娇俏。

甫一入内，便有经理迎上来，这京市来的小姐们，几个时辰前通过电话。他欠身行了一个礼，依次道："李大小姐、阎二小姐、傅二小姐、宋六小姐，恭候多时，里面请。"

李十一等人来得早，场子并未热闹起来，只几桌人三三两两地喝着酒，半人高的圆台上一位歌女软腰哼着小曲，猩红旗袍乌卷发，胳膊裹着齐臂长的手套，连搭在话筒上的兰花指都百媚千娇。

经理将几人带至预留的沙发座上，扇形的皮质棕沙发，簇着一个四四方方的黑矮几，涂老幺眼观鼻鼻观心，连歌女也未顾得上瞧一眼，十分敬业地同五钱一人站一边，双手交叉叠于腹前，收腹挺胸，活脱脱一个健硕的保镖。

李十一当先入了座，肩膀半躺，长腿一勾，二郎腿跷得风流多姿，阿罗坐于一旁，将穿着西裤的腿交叉，与李十一相反方向跷着，埋头瞧酒单。

宋十九坐在李十一的右侧，洋沙发软塌塌的，不似木椅子那样硬，令宋十九一下便陷了进去，她索性将脖颈放松，肩膀轻轻挨着李十一。

虽未到正场，音响的阵势仍旧不小，咿咿呀呀地捶着宋十九的心脏，她抬手按了一把右耳，在片刻安静间听见李十一的嗓音落到左耳里："喝什么？"

她转头，因着嘈杂的缘故，李十一离她十分近，头微微偏着，眉头似有若无地蹙起来。

宋十九想了想，问："咖啡，有吗？"

李十一退开身子，道："有。"食指在阿罗手中的酒单上点了点。

宋十九望着她倾身同阿罗交头接耳的样子，生出了一种微妙的迷醉感。

她后来才明白，人最有魅力的时候，往往不是在靠近，而是在疏远，在她询问完毫不留恋的公事公办里，在她不经意地同旁人的谈笑风生里，在她曾对你倾怀相向却又侧脸转向另一方的若即若离里。

宋十九眨眼，将侍应生送上来的温水捧在手中。

阿音见她无聊，让五钱同涂老幺护着她四处逛逛，余下三人懒怠地坐在沙发上，李十一略略俯身，胳膊搁在大腿上，右手撑着下巴，眼神投向门厅，仿佛在候着什么。

未至一盏茶的时间，深蓝长裙的宋十九自流光溢彩处回来，拎着裙摆低头行得十分小心，阿音半卧着，伸手拉她一把，她捉着阿音的手绕过矮几入了内。

行至中央，阿罗的足尖撤了撤，却见她并没有越过去的意思，而是回身坐在了自己的左手边。她竟未坐到李十一身边，阿罗有些诧异。

　　李十一将腰背躺回去，左手搭在膝盖上，食指一动。昏暗而暧昧的灯盏中，她瞧见宋十九低声同阿罗讲话，她的脸放得比阿罗的要低些，漆黑的眼珠往上看，因反射的光芒而熠熠生辉。

　　宋十九同阿罗不大熟悉，多少有些不好意思，但事出有因，斟酌再三，她还是问出了口："你是不是……十分有钱？"几人的装扮都是阿罗备制的，李十一衬衫的象牙扣，阿音颈间的大珍珠，还有阿罗手上璀璨夺目的钻戒。

　　她虽不晓得到底要多少银两，但从经理毕恭毕敬的态度里，多少能猜到价值不菲。

　　李十一闻言抿起嘴，不动声色地探了探头，垂着眼帘望着她。

　　阿罗对宋十九微笑："怎么？"

　　宋十九瞄李十一一眼，又问她："你同十一，哪个有钱？"

　　李十一心里"咯噔"一跳，有些莫名，她抬手端起酒，矜持地饮了一口。

　　阿罗好笑地望一眼李十一，诚恳道："若同十一比，应当是我。"令蕴另算，她在心里补了一句。

　　宋十九若有所思地"噢"了一声，正回身子坐好，两手搁在膝盖上，将裙子抓了又放。

　　又忖了一会子，她终于鼓起勇气，碰了碰阿罗的胳膊，将脸侧过去，埋到她脖颈后方，抬手将头发一挽，露出白嫩的耳朵，低低道："我……"

　　阿音将目光自舞台上收回来，见此情景稍是一愣，阿罗亦有些奇怪，抬眸瞧一眼阿音，正要问宋十九，宋十九的身子却被一双修长的手臂一横，李十一拉过宋十九的手腕："过来。"

　　宋十九一顿，身子远比头脑更听话，随着李十一的动作起身复又入座，仍是坐到李十一右边。

　　李十一没瞧她，将另一只手上的酒放了回去。

　　"你的咖啡在这头。"她轻声道。

宋十九点头，只瞧了一眼，不大有兴致。

"十一。"又听了半首歌，宋十九才极小声地喊她。

"怎么？"李十一偏头。

宋十九又抬手挽了挽耳发，不安道："我的耳坠子，钻石流苏的，不见了。"

李十一挑眉，宋十九解释道："我无耳眼，那耳坠子是挂上去的，十分不牢靠，方才也不晓得丢在了哪里，我找了一路，又央着涂老么帮忙，仍是寻不到。"

"我没敢同五钱说。"她添了一句。

李十一偏脸望着她，也不忧也不愁的，连眉头亦未皱一下，甚至慢吞吞地打量了一眼她空无一物的耳朵。

宋十九问："我不晓得要多少钱，总归是不少，咱们若是赔不上，你说怎么好？"

宋十九很着急，急得睫毛一直在颤，可李十一的心却好似被挑破了一个水泡，"砰"的小小的一声，便骤然平静了下来。阿罗的耳坠子要赔，可李十一的钱却属于"咱们"。这个说法微妙极了，令李十一抿唇隐隐掩住一点儿笑。

她探身将咖啡拿起来，递给宋十九，又端起自己的酒尝了一口，待得凉意下了肚，才道："赔得起。"

"当真？"宋十九敛住呼吸。

"当真。"李十一说。

宋十九心头大石坠地，弯着眼角将咖啡杯凑近唇边。

小半个时辰后，仙乐斯才变作了真正的乐土，觥筹交错推杯换盏，酒红色的液体在玻璃杯中一荡，便是大半个十里洋场的浮华；舞女的长腿在花瓣裙中一勾，又是新一笔纵情声色的迷离；萨克斯扁扁的腔调最

是催情，非得让爱意拖尽了才肯落下尾音。

李十一等的人终于现了身。那是一个仪态万方的姑娘，精绣的米白色旗袍，两肩处镂着空，油亮的头发梳成大卷，以瑰丽的莫桑石发簪别在一侧，尖脸檀口，媚眼狐狸似的往上飞，眉尾要勾进鬓里去——得是顶熟悉夜场的姑娘，才晓得不穿红着艳，白衣白饰，方是夜里最夺目的明珠。

明珠一步三摇，摇到了吧台边，随口点了一杯鸡尾酒，便懒着骨头打量起厅里的人，烟雾似的眼神一荡一荡的，荡过大腹便便的男人，荡过心怀鬼胎的小伙，荡过含恨带妒的小姐，最后落到从从容容的李十一身上。

李十一同她对视一眼，将胳膊曲起来，搭到后头的沙发上，悠着二郎腿的脚轻轻往上一抬。

阿音同阿罗心有所感，一面翻手绢一面以余光观察，宋十九捧着咖啡，侧过脸不作声地望着李十一，涂老幺同五钱仍旧立得端正，世事沉浮与之无关。

李十一的靴子动到第三下时，明珠姑娘接过侍应生递来的酒，含着吸管咬了咬，舌尖儿将唇角一沾，而后将酒杯放下，朝李十一走来。

藏在沙发后头的小纸人儿探了半个身子，隐着身形在李十一耳边说："就是她。我下午同附近山神庙的小蛇通了话，这姑娘身上有神兽的气息。"

宋十九看它一眼，它乖巧地趴回李十一的口袋里，脖子一梗晕死过去。

姑娘越来越近，李十一迎着她的目光从未移开，伸手整了整袖口，而后将二郎腿放下去，双手在两侧轻轻一撑，站起身来对来人漂漂亮亮地一笑。

宋十九捧着凉透的咖啡杯，望着李十一随着那姑娘进了舞池，同她跳了一支舞。光影是如此多情，画笔一样勾勒着李十一的眉眼身段，她矜持又放松地搂着姑娘的腰肢，手上虚虚握着，连舞姿都有着十足的分寸感。

阿音见宋十九望着李十一发怔，起身坐到她身边，替她夹起一块方糖搁到咖啡里。

舞池的浮光掠影中，李十一偏了偏头，低声问面前的姑娘："小姐如何称呼？"

"芸芸。"姑娘道。

李十一同芸芸跳了三支曲子。

03 🐿

待到尽了兴，一行人又同来时一样乘车离去。租的公馆在辣斐德路上，穿过种满法国梧桐的柏油马路，洋车停进车库里，修剪精良的花园将三层高的红砖洋楼围起来，只剩电灯静谧昏黄的光线。

众人没了力气谈笑，揉一把脖子便打了招呼回房，红木楼梯噔噔响了几回，公馆里又恢复了宁静，久未使用的家私叠加了东方古国的古板和大洋彼岸的傲慢，连木质的香气都多少有些不近人情。

垂吊的风扇拼命地刮，咿咿呜呜地仿佛在哼着小调，李十一自浴室里出来，松松裹着屋子里备下的香槟色真丝睡袍，丝绸凉快也不凉快，下身如穿着风一样不实在，偏偏腰肢和胸脯又极服帖，行动间拉拉扯扯地描摹她身体的曲线。

她抬手用力擦着湿答答的头发，正要掩门歇息，却见楼道里隐隐亮着光，出去一瞧，宋十九的屋子虚掩着门，里头只剩皎洁的月光。她迟疑一瞬，敲门无人应，便索性推门而入，竟是空无一人。

李十一有些诧异，巡视一圈，书桌上有未读完的书。她慢步上前，就着月光扫了两眼，正要抬手将窗户关上，视线里却出现了一个小小的

身影。

楼下的花园里暗香浮动，宋十九衣裳也未换，仍旧是深蓝的长裙同两寸高的高跟鞋，在院子里将胳膊支成半圆，进进退退地跳舞。一头卷曲的长发轻轻拂动，发梢偶尔随着她的动作跳动，带了些少女遮掩不及的雀跃，大多数时候她的动作是规整甚至有些死板的，前几步后几步，一丝不苟得略带笨拙，没有偷学到半分李十一方才的翩翩风姿。

李十一望着她，将擦头发的手垂下来，水渍将背部的丝绸打湿，拓下蜿蜒的曲线。

宋十九的脑袋跟着律动左右晃了晃，好似自个儿在打着节拍，一曲终了，她像芸芸一样牵起裙摆，足尖交叉，弯腰行了一个十分优雅的告别礼。

李十一笑出声，抱着胳膊斜倚在窗边，指头上下抚了抚细滑的丝绸袖子。

宋十九停了下来，埋头琢磨着往回走，李十一弯了弯嘴角，抬手将玻璃窗关上，转身回了屋。

第二日，李十一醒得迟，下楼时宋十九正咬着一个皮薄汤稠的蟹黄小笼包，一口咬下去汁液冒出来，烫得她张嘴呼气，支支吾吾说不出话。李十一蹙了蹙眉头，坐到一旁问她："这么急做什么？"她讲话时带着糯糯的鼻音，仿佛昨儿休息得不是很好。

涂老么端着饭碗自壁炉旁走过来，啃一口生煎冲她笑："你们说，这壁炉同咱们的炭盆子，哪个暖和？"

李十一给自个儿添醋，没工夫搭理他，宋十九道："你若想晓得，冬日再来一回便是了。"

涂老么坐到一旁，笑得勉强："可不敢再来了，这西洋玩意儿你涂哥是无福消受。就那电风扇，长得同血滴子似的，昨儿在我脑袋上晃了一宿，我生怕它落下来，瞪它瞪了好一会子，这一宿睡是没睡着，竟是瞪晕过去的。"

宋十九听得直乐，小鹿眼一眯一眯的。李十一滚着一个鸡蛋，对上她的目光，同她挑了挑眉，她甜津津地点头，李十一便埋头仔细地剥起来，三两下剥得白白嫩嫩，搁到她碗里。

涂老幺见宋十九吃得香，也想讨一个，李十一却置若罔闻，低头抿了一口粥。

涂老幺叹气，听李十一问："阿音同阿罗呢？"

"一大早便出门儿了，说是要寻什么'四大金刚'吃去。"涂老幺夹一筷子咸菜，"还吩咐五钱送了这几屉汤包生煎回来。"

"她们两个？"李十一怔了怔。

"可不是？"涂老幺也纳闷，"这没几日，好得跟穿一个裤子的姊妹似的，出门时阿音崴了脚，傻阎王牵她，你们猜怎么着？她竟依了，还道了多谢。"

"音大奶奶！"他瞪着眼睛强调，"平日里我但凡伸手搭一把，她能啐我一鼻子。"

"你是汉子，阿罗是姑娘，自然不同。"宋十九道。

"我瞧着不是这么回事儿。"涂老幺不同意，嘟嘟囔囔喝一口粥，不大甘心，又添一句，"我总觉着，傻阎王同音大奶奶，有什么渊源。"

04 🦋

入夜，仍旧是同昨儿差不多的时辰到了仙乐斯，经理是人精儿，只打了一回照面便热络得称了熟客，将他们带至视野更好的座位上，又做主送了一瓶红酒，这酒倒不是很金贵，只是他话说得漂亮，令几位小姐的笑里也带了舒坦。

等人总是要来得早些，舞池里空无一人，只几个穿着小衬衣的服务

生蹲在一旁理电线，歌女换了一个，嗓子略低些，对着话筒轻哼小调试音，灯光打得不是十分张扬，只射下斜斜的一束，光束中悬停的浮尘将歌女的嗓音衬得凄婉而悠扬，令人无端生出了些怅惘来。

宋十九坐在沙发一端，静静地侧耳听，手指在沙发上弹琴似的敲击，足跟提起来，又放下去，又将足尖提起来，再放下去——骨髓里都是蠢蠢欲动。

李十一视而不见，叠着二郎腿，有一搭没一搭地摇着骰子。

李十一想要什么不用说话，这本事连涂老么都领教过了，阿音昨日更是好生反省了一回自个儿的伎俩，从前教宋十九的竟被比得扎眼又突兀。

上乘的进攻分明是李十一这样的——腰背一躺胳膊一撒，是一个旗帜鲜明的退却；而晃悠的二郎腿则是教人心痒难耐的叛逆，令人忍不住想要乘胜追击。

骰子没摇几下，宋十九便扯了扯她的袖子，靠过来问道："你同我跳个舞，好不好？"

李十一将抿着的唇放开，问她："你会跳？"

"昨儿新学的，不是很好。"宋十九倒是很老实。

"为什么想跳？"李十一又问。

"我想着，往后怕是不大会来这种地方了。"宋十九低头忖了忖，"我不想日后想起来，有一样事是旁人同我做过，我却只能瞧着的。"

李十一眨了眨眼，将骰子放下，牵着她的手去了舞池。

阿音将同阿罗讲话的脸抬起来，投向舞池中央。

李十一今日梳了一个颇有气场的背头，将姣好的脸庞展露得充分，朦胧的灯光是材质最好的面纱，影影绰绰地掩盖掉直白的棱角，她一手圈住宋十九的后腰，一手扶住她的指尖，略用力握了握，宋十九埋着头，将嘴唇死死咬住。

李十一带着她进退，一步一踏，一旋一转，她是最经验丰富的掌舵者，也是最气定神闲的指挥家，她安抚宋十九的紧张同稚嫩，将她的步伐和心跳一起，牵引至与自己频率相通的共振中。

宋十九犹豫地抬起头，同李十一对视时眼波闪了闪，她感到李十一的手心在微微出汗，感到李十一的步伐停顿时有不经意的恍惚，她感到李十一在认真地敞开某些东西，但她对这样的东西一无所知。她没有用上精心准备的提起裙摆的告别礼，她只是享受又沉溺地同李十一完整地跳了一支舞。

第二支舞时，李十一的舞伴换了人，身边是如约而至的芸芸。

李十一同她跳的时候，舞姿不大一样，动作更舒展漂亮些，眼神却没有那么好看。

李十一望着芸芸精致而妖娆的眉头，想起方才低眉敛目、小心翼翼地数着节拍的姑娘，若有所思地后退一小步，脑后却碰到了一根冰凉的管子，坚硬而危险地磕在她的头骨中央。

歌声停止，骤然安静，贵人小姐娇娇的惊呼声同齐整跑来的军靴声交织在一起，一瞬便扯出了紧张的氛围来。训练有素的兵士鱼贯而入，将舞池团团围住，李十一侧了侧眼，余光里瞟见一身黄绿色的军服。

呼吸可闻的寂静里，踏出来一双裹住小腿的皮靴，中年男子中气十足的嗓子同脚步声一齐响起："李小姐舞跳得好，胆识也高。"

手下将抵着李十一的枪管儿往前送了送，来人转至跟前，望着芸芸如花似玉的面庞，笑道："竟令我的人，也着了迷。"

场子里剑拔弩张得如抽了薪柴的炉子，"嘶"一声便将方才鼎沸的欢愉压下来。

李十一抬眼看这位军爷，八字胡，眯缝眼，精瘦精瘦的，说起话来包不住一口略黄的大板牙，大热天里穿着齐整的军大衣，略凸着啤酒肚，

军帽的帽檐对得正正中。嗓门大，人却比李十一略矮些，此刻仰头打量她，偏偏又耷拉着眼皮，努力做出一点儿不屑一顾的睥睨姿态来。

五钱在枪管抵着李十一时便上前了三两步，往西服内侧里一掏，抽出一柄短手枪，隔着两三米的距离，精准而稳当地对着军爷的太阳穴。

涂老幺跟着掏了掏，兜里什么也没有，于是壮着胆子抽了个酒瓶子，往桌上一砸，"砰"一声脆响，将场子吓了一跳，阿音捂着胸口瞪他，一句脏话含在了舌尖，见涂老幺将锐利的半截玻璃往前一扫，大喝一声："有话好好说！"

军爷皱眉瞥他，涂老幺指着李十一大声道："你……您瞧仔细，她是个姑娘，两个姑娘做姐妹，跳个舞，拿刀拿枪的犯不着。"

李十一单提了一边嘴角，似笑非笑。

宋十九见她不着急，将仿佛握了半个球的右手松开，看一眼另一边的二人，阿罗跨腿半坐在沙发扶手上，捋了捋衣裳下摆，阿音立在一旁，不大用力地望着，手上的绢子攥得略紧。

宋十九看李十一瞥了自己一眼。

却听那军爷将芸芸一拉，扯到自己身边，哼一声："那可是巧了，我这八姨太，惯常爱同姑娘厮混。"

这舞厅里迎回来的新姨娘，漂亮得同妖怪似的，可也不省心得厉害，他念着娘们儿搞不出什么名堂来，又因新鲜，纵是纵了几回，可如今笑话传了半个申城。

——那是您这八姨太的缘故，您得自个儿管教。

这句话涂老幺没胆子说，想了想李十一的行径也没脸说，于是皱着鼻子将酒瓶往前送了送，正迟疑着要不要同五钱递个眼色，却见李十一将慵懒的脖子立起来，稍稍往后回敬般磕了磕枪管子，随后在军爷未反应过来的眼神中冷着脸，抬起右手捏了一个符纸，飞快地贴到芸芸的脑门上。

符纸蹿出蓝色的火焰，芸芸哀号一声定在当场，姣好的身段勾了金边，光芒一时强一时弱，边缘处开始泛白，几秒后竟隐约透明，似水溶的一般诡异。

几位胆子小的小姐姨娘掩着唇尖叫起来。

李十一在尖叫声中看向军爷，道："她不是人。"

她笑了笑，神态无辜："我来救你的。"

军爷揽着芸芸的手似被火烫了，青筋都跳起来，又顾及自己的面子，万不可露出胆怯。于是他面不改色地捏了捏芸芸的肩膀，不紧不慢地收回手来，眯缝眼将李十一盯了个十来秒，忽而一串震天的长笑，笑得八字胡都抖起来。

他眼一横令副官将枪收了，拊掌道："李小姐！咱们也是不打不相识！"

枪杆落地的声音整整齐齐，潮水似的兵士有序撤去。军爷在窸窸窣窣的衣料摩擦声中望着李十一，将脑袋一斜，摆出一个倜傥又客气的站姿，回身同副官干笑两声，两手扶在腰间，对李十一道："今儿冒犯了，去我府上，喝两杯？"分明是邀请，却用了"府上"，谦辞敬语一塌糊涂，可话从枪杆子里出来，便很有几分力道。

李十一不愿在此起冲突，又兼着想带走芸芸，于是颔首，恭敬不如从命。

军爷眼瞧着她对那头暗处里的姑娘使了个眼色，那姑娘便将手腕上的红线拆了，又把发卡一抽，从盘好的发髻里拔出几枚铜板，三两下穿好线，便要上前走到亮处来。才刚提步，便被一旁的阿罗伸手一拦，阿罗接过编好的红绳交给五钱，令他上前将芸芸绑了，又拉着阿音立回黑暗中。

军爷望着五钱娴熟的捆人动作，瞧得是一愣一愣的，心里头半是信服半是后怕。

　　行动间宋十九上前来寻李十一，军爷对上宋十九的眉目，惧意三两下散了干净，亮着一对不大好找的招子，抚摸两下腰间的皮带，歪嘴笑着问李十一："这是？"

　　李十一伸手将宋十九拉过来："也不是人。"

　　军爷一个激灵，轻浮的笑意僵在嘴边，不自觉后退半步扶住枪。再看那宋十九埋着头，一头乌发掩着半个白净的小脸，他实在不敢细瞧，咳嗽两声转头打量一遭，见诸人收拾停当，大手一挥示意撤退。

　　等到出门候车时，军爷对李十一的称呼已从"李小姐"变作了"女先生"，还客客气气地请她去府里做做清扫，顺路断断风水，瞧瞧这申城合不合他飞龙在天的命盘。

　　李十一不应承也不拒绝，只默默听着。待三五辆洋车次第停妥当，军爷当先稳坐头一车，紧随其后的一辆安排给李十一同两个"不是人"的女子，还甚是大方地分了一辆车给女先生口中的朋友，令司机将五钱涂老幺及阿罗阿音护送回公馆。

　　李十一扶着车门站定，见前方军爷滚着飞尘扬长而去，才顿了顿步子，走到后头敲两下车窗。

　　阿罗将车窗摇下来，李十一看了里头的阿音一眼，对阿罗同涂老幺道："回去好生歇着，晚上不必等我。"话说了一半，剩下的在与阿罗的眼神交换里。

　　阿音蹙眉，阿罗点头应承："好。"

　　李十一不想讲的话，阿音从不多嘴，就连这一回来找芸芸，她也未问个缘由，可就在方才李十一同阿罗心照不宣的默契里，她微妙地觉察出了点不对的地方——李十一有事瞒着她。

　　她将裹着手套的胳膊抬起来，横指抵住鼻端。

夜深人静，两旁的景色飞速倒退，梧桐被路灯拓下树影，短短长长地投射在玻璃上，令李十一的唇鼻颜色一会子明，一会子暗。宋十九坐在离她一个手掌宽的地方，视线从副驾上的芸芸处收回，又习惯性地搁到李十一的侧脸上。

自仙乐斯到军爷的宅子要好大一会儿，她无聊极了，有一肚子话想问李十一，可见她闭目养着神，怕她困乏，便憋着未出声。视线像有了实体，在李十一脸上一挠，她便有所感应地睁了眼，抬起眉尾询问。

"我的舞跳得好不好？"宋十九挑来拣去，先问了无关紧要的一句。

"不大好。"

宋十九点头，半点不气馁，仿佛方才的话只是个引子："那么，你的舞怎的跳得这样好？"果然是引子，引的是对李十一过去的探究。

李十一将头侧靠在玻璃上，随着汽车的行进自然而然地晃了晃下巴，清淡一笑："从前出货时总要同贵人们打交道，若太寒碜，会被压价。"她未正面作答，却正巧回应了宋十九心底的探寻。

这样善解人意，也是同人打交道练出来的吗？宋十九闪着大眼儿托着下巴，瞧一眼前头目不斜视的司机，挪过去挨着李十一，同她小声说："你几时晓得芸芸不是人的？"

李十一顿了顿，摇头："我不晓得。"

宋十九讶然，杏眼睁得圆溜溜的。

李十一放低了声音，有些无奈地垂着头看她："我捏符前，看了你一眼。"

宋十九点头，彼时她因着那一眼又是紧张又是心跳，脑子嗡嗡了好一会儿。

李十一清清嗓子，将头往宋十九耳边一移，气声道："我原本是想令你将她定住，耍个花招。"

宋十九愣住，一半是因着毫无默契的悔恨，一半却是李十一冷淡的薄唇靠在她耳边，若有似无的气息像在挠痒痒，令她耳后的绒毛瑟缩地躲藏起来。

她抬手捂住耳朵，转头幽怨地望着李十一，李十一退开，望着她叹了口气。似在说，好在误打误撞，那芸芸竟果真不是人。

宋十九有些丧气，头一回能为李十一所用，却半点没反应过来，她一下一下地拨动着仍有些发烧的耳垂，像一只被拍头斥责的幼猫。

李十一见她的模样，抿嘴莞尔，未几又将眼闭上，照旧靠着车窗歇息，游弋的树影变换十来根，她听见一旁的宋十九又娇弱地出了声："你今日，也对我耍花招了。"

李十一未睁眼，眉心一动。

宋十九抿了抿唇，知道她在听："昨儿我出门时，窗户敞着，回屋时却关了，我同你住同一层，你定是来瞧我了。你见我不在，也未出声寻我，想来是见着我练舞了。"还有，窗边的地上有未干的水滴，空气里残留着李十一今日头发上同样的香气。

"你分明晓得我练舞，今日却问我会不会跳，为何要跳。"宋十九看着她，浓密的睫毛略微一颤，"你明知故问。"

李十一的唇线开了又合，颈间的经络暗自拉扯。

再一盏茶的时间，便到了军爷的宅子。

军爷姓陆，人称陆爷，不晓得究竟是哪一路的。官做得不大不小，也不大敢作威作福，带人去砸场子，也不过就是想上个小报摆摆威风，并不是很将芸芸放在心上。

他的宅子毗邻租界，是刚来申城时别人送的，甚是古派，夜深人静时实在令人胆寒，军爷令人将灯笼尽数点了，将李十一迎进去，吃过半壶酒，又领着她巡一回院子。

李十一胡诌了一席风水行话，面不红心不跳，生辰八字拆得头头是道，褒扬命格时又带了些诚恳的缺陷。

陆爷听得十分满意，问了一遭见血破灾的留意事项，一一记下，原要留她们住上一宿，李十一却执意告辞，陆爷不大敢强留女先生，怕坏了德行，便差手下呈上一匣子银票。

若不拿，令人疑居心，若全拿，又损了做先生的仙风道骨，李十一笑笑将匣子掀开，抽了一两张顶上的，三两下折了揣到兜里，略一思忖又道："那八姨太，不知陆爷如何处置？"

陆爷道："现今捆在柴房，不晓得怎样驱它好，烧了？管用不管用？"

李十一摇头："这东西烈，轻易不能动，若陆爷肯，便交由我带走，领去坟场起个衣冠冢，再以往生咒送之，超度投胎。"

陆爷求之不得："那敢情好。"顿了顿，他又挥退下人，只余副官一个，掩住半张脸悄声道，"我还有一事。"

"我同那八姨太……"他抖搂回想时的鸡皮疙瘩，耸动眉毛抛一个心知肚明的眼神，咳嗽半声，"我这几日很有些头晕，不晓得有没有这个缘故。"

李十一扬眉，心领神会，眼神在他虚肿的眼泡上一过，道："停房事三月，以碎参须将养百日，便是了。"

陆爷踮了踮脚后跟子，应承："哎。"

李十一领首，同下人一道往柴房去。

陆爷将头仰着目送她，双下巴抵着脖子，仍旧是习惯性地摸一把皮带，同副官言语："有一句话，老子没敢问。"

副官忙上前候着。

陆爷歪嘴皱着眉："这女先生，一路拉着个……做啥呢？"吓得老子……"饭都没吃好。"他骂一句，转头腆着肚子令副官再摆一桌。

"李十一。"前头只剩领路仆人碎碎的脚步声，宋十九挽着李十一

的胳膊，眨巴两下眼喊身边的人。

连名带姓。李十一低头看她。

宋十九将眉头一蹙，表情疑惑而郑重："你方才说——房事。"那是什么？

李十一瞥她一眼，并未作答，面上一派清静。

06 ☙

待将芸芸接出来，便别了陆宅，李十一在芸芸的背上按一张符，又将捆芸芸的红线拆了，一头系在她手腕上，一头在自己尾指缠三圈，一面念咒一面牵着她往外走。

原来还有这样的法子，可上回却叫涂老么背了一路，宋十九有些疑惑，望着李十一翕动念咒的薄唇，又心安理得地想通了——若要让李十一操劳念咒，自然不如辛苦涂老么。

她拽着李十一的袖子，乐颠颠地同她往回走。

李十一却并未打算回公馆，将芸芸带至隔了两条街的一个面馆里，面馆的老板盖着瓜皮帽，搭着白巾子正揣手打瞌睡，一见来了人，还不是往常的敲更人，忙起身醒了精神，将三位姑娘迎进来。

个子最高的姑娘面皮冷，人倒是很客气，寻了最偏僻的一个旮旯，要了一碗大肠面，并一壶烫过的绍兴黄酒，递了几个钱便没有旁的话。店老板十分懂看人眼色，略招呼几句添了茶便将空间留给几位客人，自个儿掩着哈欠煮面去。

李十一领着芸芸坐定，瞧她一眼，将其背上的符纸撕下来，枯木一样灰败的面庞逢了春，眼波拉扯间又恢复了活色生香，芸芸将僵硬的脖子左右动了动，眼睛一柔一柔地眯，似一尾自冬眠里醒来的白蛇。她仍旧是初见那一身儿月色的旗袍，镂空的蕾丝透出雪白的肌理，搁在油灯下瞧，五官比在舞厅中清晰些，唇略厚，眼距略宽，双目细细长长，媚眼如丝。

"李小姐还有这样的本领。"她反手摸了摸脊背，还有火辣辣的余烫，语调拖得很长，是土生土长的吴侬软语，似嗔怪一样令人生不起火来。

一壶花雕落到桌上，李十一立手止住老板翻杯添酒的动作，客气婉拒后，自己拎起壶口，为芸芸倒上一杯。

"你一早便晓得我的身份？"芸芸望着她递酒的手，也不接，只将身子斜斜地偎下来。

"昨日别过时，我依次介绍了我的好友，"李十一道，"同你握手的那位旗袍姑娘，懂探骨。"

"欸？"宋十九将眼神自酒香里扯出来，瞪大眼望着李十一。

李十一没瞧她，将满上的另一杯搁到她面前。

骗子。宋十九愤愤。

李十一眼里敛着不明显的笑意，瞧得芸芸有些出神，她皓腕撑着头，望着李十一："如此，李小姐是有意寻我。"

李十一点头，食指在桌面上一屈，配上她诚恳的表情，似一个不动声色的赔罪，她开门见山，道明来意："请放心，我对你并无恶意，你的身份同我也没什么相干，只是有一事相问，本想跳几日舞，再细细相谈，不想今日出了变故，方才……不过脱身之计罢了。"

芸芸倒并不十分恼，仿佛也不大介意今日李十一将她捆上几个时辰，面上一派轻狂，也不接李十一的话，只笑问她："今日的账先放一旁，李小姐先前骗我跳舞，又如何说？"

李十一难得地语塞。宋十九鼓了个幸灾乐祸的腮帮子。

虽说李十一言明无恶意，芸芸却实实在在地领教了她的本事，软硬兼施一通，也不大能严词拒绝了，舞小姐最是识时务，回了一句找回场子，便翩翩地顺着台阶下了，端酒噙一口，问她："何事寻我？"

李十一将酒杯攥在手里，漫不经心地摩挲表面："我有要事，欲寻

螣蛇藏身之地，先前探得螣蛇于仙乐斯现身，又知晓姑娘身上有神兽气息，因而想问一问，可知晓螣蛇的下落。"

她还藏了半截话没说，螣蛇此前现身仙乐斯，芸芸正是此地的舞小姐，又性情轻狂，或许同阿音一样，是纳了螣蛇的精魂才堕入风尘，若是如此，询问芸芸前些日子是否有什么变故，兴许能追到螣蛇目前栖身之处。

从前参悟阿音之事时太晚，螣蛇早蹿了个干净，如今近在眼前，她有些紧张，不自觉地抿了抿双唇。

芸芸皱眉听着她的话，眼里的迷茫似雾一样，生生想了好一会子。李十一也未催她，只默默又饮了两口酒。

又过了几分钟，芸芸才将眉头松开，暖酒入了肺，醉意自喉头叹出来，她捏着杯口在手里转，一会子才道："若是这样，却实在是个误会。"

"我体内是有神兽的气息，却不是螣蛇。"她将酒搁下，含着复杂的笑意望着李十一。

李十一抬眼看她，眉心起了突兀的沟壑。这是宋十九头一回感受到她的失落，哪怕只是极其细小的一瞬，可出现在气定神闲的李十一身上，比她眉间曲折还扎眼。

"不是螣蛇？"宋十九替李十一问出口，"却是什么？"

芸芸在她的神色里勾唇一笑，惊心动魄的长夜归于沉寂后，总容易敲打人的倾诉欲，她将散下的头发往后一撩："要说因由，倒是一二百年前的事了。"

说话间店家将热腾腾的大肠面端上来，卤得筋道的肉和着弯弯曲曲的米黄色细面，独特的香气裹挟其中，再伴上一筷子咸菜，是长夜里最果腹的宵食。

李十一从怔愣中回过神来，却仍旧一言不发，将筷子烫了，把面拌匀实，送到目不转睛的宋十九面前。

芸芸若有所思地瞧着她们的动作，从旗袍下的长丝袜里摸出一包烟，抽出一根夹在两指间，问店家借了火，眯着眼深深吸一口。

"我原本不叫芸芸，叫芸娘。"

芸娘？宋十九嚼着面线，同李十一对视一眼。

"我的丈夫，是个读书人，一二百年前，我们便住在吴洲。"

李十一支起小臂，手背抵着下巴，静静听芸娘娓娓道来。

"我同夫君琴瑟在御，缱绻情深，是一等一的恩爱。夫君性子温柔，人也和气，若说有什么美中不足，便是公婆不大喜欢我，因着我善妒。凡天下女子，若有了意中人，自然是想占尽天下独一份的恩爱与怜宠，哪里有不嫉妒的呢？"

嫉妒？宋十九将筷子停下来，抽出绢子沾了沾唇角，仔细思索起这个道理来。

"彼时我不大明白，世间之事不必尽善尽美，硬是将这一点子白玉微瑕，磨成了心头病，万般克制恭谨，以求能讨公婆喜欢。"她吐出一口烟圈，"机缘之下，我便得了灵猫肉。你说的神兽之气，大抵是这个。

"我自幼好书，于《山海经》里头读到过灵猫，别名'类'，雌雄同体，状似狸猫——'食之不妒'。"

宋十九一怔，见李十一亦愣了愣，心有所想地看着芸娘。

"不错，"芸娘点头，"吃了灵猫肉，我便丧失了忌妒心。"她拿过一个空杯子，将烟灰弹在里头，睫毛垂下来，在脸上布下乌黑的阴影，仿佛一折子戏终于拔到高音，胸腔起伏得厉害。

她说："后来，我遇见了阿圆。

"阿圆是我女扮男装，同夫君在外游玩时所识，她虽出身风尘，却才貌俱佳，是难得的曼妙佳人。我存了做大度贤妇的私心，想在公婆跟前摆个孝顺，又因着灵猫肉的缘故，便欲替夫君求娶她，纳其做妾。

"她起先不知，同我往来几回，饮酒对歌，甚是投契，我便与她义结金兰，并赠镯相定，她戴上镯子，脸便同那日天边的云霞似的。"

芸娘笑盈盈的，透过水嫩嫩的宋十九，想将眸中云霞晕染在她的两颊。

"不承想，"她的食指点了点烟管子，"我同她道出实意，那晚霞却似被霜花儿打散了，她抖着眼神瞧我，显见不可置信。

我捉着她的手同她细细言明，又令夫君赠了她几幅画儿，她不作声收了，只反复问我：'你当真如此想吗？'"

"你当真……如此想吗？"

芸娘喃喃重复一回，停住了言语。

骤然沉寂的故事像被禁锢在了时光里，带着戛然而止的仓促感，芸娘携带并享受这样的仓促，刻意将语言收住，不疾不徐地吸了最后一口烟，平着嘴角将话说得单薄："而后，她没有来。"

"她原本应承了嫁进来，却在最后一刻反了悔，另寻富商，远嫁他乡。我那时成日成夜睡不着。"失了嫉妒心，所念所想便不完整，似一个被绞了一半的绣品，杂七杂八的线头绕在其中，零零碎碎寻不着接口。

芸娘眯着眼，将烟头扔到杯子里，又拎起酒壶，倒了几滴酒进去，"刺啦"一声响，将紧凑的烟丝渐渐泡开。

"后来呢？"宋十九有一搭没一搭地戳着有些坨掉的面。

芸娘轻嗤一声："不久，我郁郁而终。"

"我引魂往生，入了泰山府，被鬼差带至黄泉畔，我同孟婆说，劳烦阿婆，给我多添一碗。"芸娘笑了笑，"我活了一遭，却懵懂如孩童，至死亦不甘，想多饮一碗孟婆汤，不知能不能将灵猫肉的作用消了。"

没了烟的依托，她的手孤独得很，交叉在桌面上，略用力地拧着。

"孟婆却笑了，同我说：'这也是巧了，方才有位姑娘打这奈何桥上过，也央婆子我多来一碗汤，我说这汤苦，她却道不怕汤苦，怕只怕

忘不掉意难平。'

"孟婆说，那姑娘一连饮了三碗汤，前尘旧事忘了个干净，浑浑噩噩如同新生的稚子，连话也说不大明白，却在喝最后一口汤时滚下泪珠子来。孟婆问她，可还记得了？"

芸娘将脖子勾着，剪影比温过的酒还韵味绵长。

"她说，只记得两个字。"

手里的面凉了，再剩下的也十分难入口，肉未及时入肚，散发出腥膻的气息，宋十九拿手指在碗壁蹭了蹭，望着桌面投射的李十一的影子，好半晌未说话。

芸娘默了一会子，续言道："我闻言，竟生生将腹中的灵猫肉呕出来。"

芸娘不想多说她和阿圆的过往，她只是翘了翘脚尖。

"那么，你缘何落入如今田地呢？"宋十九的嗓子有些哑。

"我不愿不明不白地投胎，便做了孤魂。辗转风尘，"

她最后望着李十一莞尔一笑："你有几分像她。"

李十一指头抬起，不自觉地将酒杯放开。

更声敲得梆梆响，店老板仍旧揣着袖子在柜台后打盹儿，灯芯烧得太长，软趴趴地倒在煤油里，无力支撑漫漫长夜。

故事讲完，芸娘抬手碰了碰腕上的红线，同李十一说："一言已尽，该告辞了。"

李十一回神，轻声道了歉，将尾指的红绳解开，自芸娘手腕处收回。芸娘望着她收好红绳，松散筋骨一样偏头揉揉脖子，悠悠站起身打个招呼，便踏着高跟鞋一步三摇地往外走。她的动作同出现在仙乐斯时一样，步履生烟百媚生，令人心旌摇曳。

李十一埋头双手捧着酒杯，不晓得在思索什么，蓦地，袖口被宋十九一拉，她抬头，见宋十九略眯双眼望着芸娘的背影，带着晦涩的探究。

李十一循着看过去——

　　跨过门槛的芸娘被裁剪精良的旗袍包裹着腰身，玉腿纤长，微风一动，旗袍的下摆处一条乌青略显透明的蛇尾，自门槛上一扫，又极快地收了回去。

第 十 章

谁令春风寄杜衡

寄杜蘅 谁令春风

01

李十一长腿一翻，迅速跟上了芸娘。

街道上清冷得可怖，门扉紧闭的小铺，冥冥薄雾的前路，更深露重的石板，时断时续的车铃……芸娘拎裙上了一辆黄包车，三颠两簸地往城外去了。

李十一毫不迟疑，同宋十九也招来一辆，目视前方轻声道："远远儿地跟着。"她的手随性地搁在一旁的扶手上，冰凉凉泛着铁锈味儿，停了停，又略用力地握住。

黑暗总容易放大人的劣根性，往日里最是接地气的车夫经过一夜的奔波，脚力虚浮行动困乏，仿佛游魂一样令人生惧，方才一闪而过的蛇尾更是滋生了潜藏的恐怖，令宋十九不由自主打了个寒战。太静了，静得她连耳旁的风声都害怕，她往李十一身边靠了靠，放低了声音问她："方才那是什么？"

"螣蛇。"李十一翕动双唇。和阿音遇见的不同，那不是精魂，甚至不是一魄，而是——螣蛇本体。

宋十九倒吸一口凉气："女娲座下，上古神兽，为何要附在芸娘身上？"

李十一沉吟，摇头。

宋十九莫名乐了，娇娇笑一声："也有你不晓得的？"

李十一横她一眼，人人说她冷静自持，泰山崩于前而面不改色，可她越来越觉得，宋十九才是真正内心强大的一个，在她短暂的生命里，极少出现真正意义上的情绪弱点，譬如恐惧、愤怒、暴躁、嫉妒，以及自怜自艾。若是出现，也是十分短暂的一瞬。

通常人的无畏来源于无知，而恐惧来源于半知，可宋十九不是，她明明知道前头等待她们的是什么，仍有心情弯着眼睛观察李十一的感受。在她心里，"李十一不晓得"这六个字，比"上古神兽"更引人注目。

李十一思及此，垂下眼帘淡淡一笑，笑意未退，又听得宋十九问她："可若是螣蛇真附了芸娘的身，你的符纸怎能轻易将她制住？"

李十一想了想，隐隐约约有猜测："虽为神兽，也是上头的小宠罢了，平日里小打小闹尚且能睁一只眼闭一只眼，若在仙乐斯这样的场子闹起来，恐有罪责，这才暂且服个软。"她心里头还有旁的疑窦，符纸一出有用无用她再有感受不过，那螣蛇是真真切切地被她制住，但她不大想同宋十九说。

车越行越偏，停在佘山脚下，佘山极矮，掩藏在夜幕里，连起伏也带着申城小姑娘的腼腆，树冠生得蓊蓊郁郁，毛茸茸地一簇一簇，山上除了一些晚睡农家的灯火，便再无其他颜色。

芸娘下了车，自顾自沿山径向上走，李十一牵着宋十九慢慢跟。山路难行，芸娘仗着熟悉地势走得十分快，三两下便消失在了转角处，李十一拨动枝丫，踩着软绵绵的落叶加快了脚步。

万籁俱静，唯有断断续续的蝉鸣，同鸟儿振翅的扑腾声，偶有农家院里的狗叫嚷两句，又呜咽着嗓子睡下。李十一颇有耐心地沿着山路绕

了几圈，细细观察地上的脚印，终于在半山腰找到了一个宽大的山洞。

山洞两侧滴滴答答坠着水珠子，将地上砸出年深日久的水坑，一人高二人宽的入口处杂乱地长着几丛矮矮的灌木，中央处的根茎向两旁压倒，枯黄枯黄的死了泰半，仿佛是为了出入有意为之。

李十一不急着进去，放了一个小纸人探路，见它蹑手蹑脚地自缝隙里钻过去，未几又蹑手蹑脚地钻出来，埋伏兵似的顶了一身草衣裳。它同李十一点了点头，两臂在头顶抱成圆形比个安全的手势，便自觉地钻回口袋里。

李十一屏住呼吸，二人弓身贴着墙边进去。原本山上便暗，里头更是伸手不见五指，闭眼适应了些光线，摸索着穿过了一个狭窄的甬道，前头是一块巨石垒成的屏障，屏障后方有依稀的光亮，伴着颇为离奇的声响。

李十一试探着迈出一个步子，却听得一阵巨响，头顶成群结队的蝙蝠振翅齐飞，打得斑驳的碎石块簌簌落下来，她本能地回身护住宋十九，同她一齐蹲在巨石后。她将符纸捏起来，又碰碰宋十九的手腕示意她做好准备，恐怕引起了螣蛇的注意。李十一将下唇抿得发白，侧耳静静候了一会儿，那头却半点动静也无，她敛住呼吸，游移着探出头，隐蔽地窥探。

比画面更先入耳的是芸娘的呻吟声，她仰躺在地上，片刻，身边隐现蛇影。那是一根一人粗的蛇尾，青灰色，生着坚硬的鳞片，蚯蚓一般扭曲着来回横扫，尾根儿鞭打至石壁上，鞭出一痕火星子，再甩到地上，从枯草上拉出黏腻的痕迹，四周落了星星点点的火光。

螣蛇，主惊，司火。

李十一将握着的符纸放开，终于明白为何螣蛇未留意她们的惊扰，那火光消失之处堆叠着蚕蛹一样黑乎乎的东西——它在蜕皮。蛇蜕皮时最为虚弱，灵气大减，是故要附身，也因此才无暇顾及其他。

细小的火苗蹿进了李十一波光潋滟的瞳孔里，好似不自觉生发的希望，若腾蛇选在此地蜕皮，那么这山洞，便该是它目前长居之所。她长长呼出一口气，回头见宋十九闪着眼眸望着她，询问是否上前，李十一摇头，提手往外一指，示意她撤退。

二人揣着小心离了山洞，走了半里地才敢将脚步声放出来，宋十九见李十一额头起了细细密密的汗，忙掏出绢子让她擦一擦，自个儿捉着袖子随意抹了一把，问她："你不是要找腾蛇吗？怎的竟走了？"

李十一摇头，同她解释："我要找的，是世间难寻神鬼难探的白曜神像。白曜同腾蛇相生相克，腾蛇通常在白曜神像周遭藏身，因此才打探它的行踪。"

"噢，"宋十九乖巧地点头，欲言又止地添一句，"我还以为，你要宰了它。"

李十一原本正提步，闻言顿了顿，难以置信地看着她："我，宰腾蛇？"女娲座下的神兽。

她意味深长地轻嗤一声，摇头越过宋十九："你真瞧得起我。"

"这同瞧得起瞧不起有什么干系？"宋十九三两步跳上去，嗓子同步伐一样轻盈，"你要杀，我动手就是了。"

李十一偏头望一眼她认真的侧脸，不由自主地提了提嘴角："能耐很大了，是不是？"她正回头望着脚下，原本不想再开口，却鬼使神差地逗了逗。

"也不是十分大。"宋十九谦虚了一句，正要同李十一展示展示自个儿的本领，忽然双眼一转，"这是什么？"

目之所及是一个破败的院落，依稀能辨认出从前庙宇的模样，短了两面墙的院子里横着一个断头的金佛，表层的金箔被附近的人挖了，内里的石墩子上留下坑坑洼洼的锄头印，杂草自拈花一笑的佛手中穿过，

显现出些许零落凡尘的苍凉感。

李十一心神微动，同宋十九对视一眼上前去。

庙十分小，前后不过两间，头一间只余了几个怒目金刚，久欠香火，供桌缺胳膊少腿，连蒲团也被人拾走了。宋十九挨个仔细瞧，连缝隙里也不放过，瞧了一会子，才问李十一："白曜神像，长什么模样？"

李十一将手自供桌上收回，拂去指头上的尘灰："白曜的模样记载极少，寻常也不得见，只是与腾蛇一样，同为蛇身。"

宋十九"唔"一声示意明白，提溜着裙子往后头跑去。李十一望着她灵巧的动作，心头有些惴惴，三两步上前跟着她，在门槛处险些被绊了一绊。她扶着门框站定，抬眸看向宋十九的背影。

她偏头站在第二间屋子的正中央，一手仍旧拎着裙摆未放下，一手探出去，带着寻觅得果的轻颤。卷发在背部愉悦地弹跳，再飞快地一甩，少女如花的笑靥绽放在午夜，她激动道："十一！是这个吗？"

李十一的瞳孔迅速扩大，呼吸霎时停顿，脑中轰然作响，仿佛被人以铁锤沿着天灵盖垂直敲下来。她望着宋十九将蛇身神像拿起来敲几下，望着简陋的供桌咯吱作响，望着地上的灰尘急速上升，呼啸而至的风声中，四面的蛛网被拦腰扯断，蜘蛛焦急地沿地缝钻进去，回避这场突如其来的狂风骤雨。

门板弹开，被风刮得噼啪作响，木屋经不起摧残，晃荡得摇摇欲坠。宋十九失手将神像摔落，李十一伸手要拉她，却见那神像在地上滚了几回，断掉的蛇尾弹起来，砸出轰然倒塌的巨响。

翻飞的发黑的经幡，震断的枯朽的房梁，面色惨白手足无措的宋十九，还有自神像里生出的一缕乌青的盛怒的精魂。那精魂凝成蛇尾的形状，在宋十九眉心正中狠狠一鞭，翻着令人作呕的咆哮，而后便极快地消失不见。

一切过于迅速，迅速得李十一来不及吐出口中的话语——那不是白曬神像，那是螣蛇的供桌。

眉心火辣辣的，宋十九怔怔地以手掌心抵着，脑子里翻江倒海，甚至连眼白也翻不利索，她勉力定住心神，想要回头找李十一，却忽觉手腕一紧，天旋地转之间撞入一个陌生而熟悉的怀抱。

李十一将她推到地上，一手护住她的后脑勺，一手扶着她的肩膀，手一伸，一张符咒贴到宋十九的脑门上。而后又迅速地翻找，用铜钱红线缠着宋十九的手腕，将熟糯米塞在她指根。这一席动作毫无章法，拿着烟杆的手也在微微颤抖，她未给宋十九抬眼的机会，甚至不想好生检查宋十九是否真的受到了袭击。

她将宋十九抱住，闭了闭双眼，带着沉如古钟的心跳声说："无论发生什么，我都会陪着你。"

"别怕。"两个字，尾音却抖了三抖。

宋十九不害怕，她想瞪大眼，却无法承受眼皮的重量，心似被千军万马践踏了，轰隆隆吵得她耳朵生疼，她仿佛又回到了小时候，所有的一切都被面前这个女人掌控：她牢牢按住自己后脖的手掌，捏住自己肩膀的指头，还有她带着凉薄的香气。

她从前所做的所有努力，不过是想留在李十一身边，陪着她，也令自己在世间有一个落脚点。李十一从未回应过，她几乎以为，自己要如此长久地耗下去了。可她从未想过，在这样一个寻常又不寻常的夜晚，李十一诚恳而慌乱地抱着她，对她说——她会陪着她。

她的视线颤巍巍地晃了三下，才抬眸看向李十一，她的嘴唇鲜润得煞是好看，鼻翼亦翕动得小巧，可她的眼里却压抑着令人心颤的恐惧和慌乱，她望着鲜花一样的宋十九，喉头轻轻一咽，屈手捏住颤抖的指根。

她认真而绝望地同宋十九说："记住了，若有不适，找我。"

这是李十一头一回做出无法做到的承诺，若果真中了招，她根本无能为力。可即便如此，她仍旧想试一试，想要避免眼前人可能受到的一

切伤害，她可以将自己毕生所学通通试一遍，只求换取一丁点儿不重蹈覆辙的机会。她将眼帘垂下来，隔绝住里头可疑的湿润。

　　宋十九有些发蒙，眼前是李十一绢画似的下巴同嘴唇，呼吸里仿佛还有方才的惊惧，她一面仔细琢磨，一面将手环上她纤细的脖子。

　　方才起身时，她不过是有些晕，李十一却不由分说地蹲身令她趴在背上，一路默不作声地背下了山。她感到李十一对自己有了一份难以割舍的温柔，自李十一方才方寸大乱的无助中冲撞出来，渐渐将她包裹住。

　　宋十九将脑袋侧着，满足地搁在她肩膀上，嗓子轻得好似在梦呓："咱们就回去了？"

　　"回去了。"李十一说，她微不可闻地叹了口气，令宋十九敏感地将眉头缩起来。

　　原来得到了李十一的承诺，却并不是她所设想的那样高兴，只因她们之间有了令人难受的沉默，李十一背着的是她，又好像是一个承载着过往与现今的秘密，令她勾着脖颈沉着脚步，将嘴唇抿得发白。

　　到了山下，宋十九仰头望着漫天的星辰，脚尖儿想要习惯性地晃一晃，怕李十一吃力，又停了下来，咬咬下唇轻轻说："芸娘的故事，是真的吗？"

　　李十一原本不大想说话，感受到她活跃气氛的心思，便温声道："不知。"

　　宋十九望着星星，在李十一耳边说："讹兽啊讹兽，想念你。"

　　李十一的耳郭隐隐发红，未再搭宋十九的话，宋十九趴在她的背上，将小扇似的睫毛合拢。

　　讹兽啊讹兽，想念你，请你分一分芸娘故事的真假话，辨一辨她应承我时的真假心。

李十一自那日起，便寸步不离地守着宋十九，清晨敲门叫起，夜晚睡前念两段诗，三餐荤素搭配，甚至亲自下厨熬了粥，眼瞧着宋十九用了，又递上几碗黑乎乎的药汤。

宋十九梗着脖子端着碗，小心翼翼地问她是什么。她只淡淡道是几味清热解毒的药材，将绢子在桌上摊开，里头是几粒甜香诱人的蜜饯。也不知是为着那蜜饯，还是为着李十一蜜饯似的温柔，宋十九喝得十分痛快，恨不得再来两碗。

涂老么蹲在墙根儿看她俩，也看不出个名堂来，想要同阿音商量，却见阿音抱着胳膊靠在秋千旁，难得地未搭他的话。

如此过了一两周，宋十九除却脸蛋子圆润了些，却再没什么旁的症状，她甚是忧愁地摸着自个儿粗了半个指头的腰身，终于在李十一将又一个生煎包递过来时问出藏了许久的话："你究竟，想我有什么病？"她的眼睛总是湿湿的、亮亮的，瞳孔大得很，看起来十分康健。

李十一摆筷子的手一顿，埋着头不作声。

"头疼脑热？口舌生疮？腹痛腹泻？"宋十九捧着碗，转来转去地问她。

李十一又拿眼将她一扫，是一个惯常的制止动作。

宋十九坐到桌边捧着下巴，手指在碗沿上画圈儿，声如蚊蝇："究竟是什么病症呀？"

再过了三五日，宋十九渐渐开始心慌意乱起来，她不大明白，李十一郑重其事地应承了她，往后就是顶亲密的姊妹了，她仍在等着李十一同她亲近。

可李十一却在她的乖巧等待中逐渐懒了起来，饭菜送得不大勤了，哄睡的诗句愈加短了，连同她在一处时，留给书的眼神也比停在她身上的时间长。她该不会是……又觉得自己笨拙没本领，后悔了吧。

　　宋十九咬着下唇，琢磨得有些心惊肉跳。她在惴惴不安的思绪间靠近正在翻书的李十一，一手支着脸，悄悄地转过去，在她旁边停下来。

　　李十一视而不见。

　　宋十九站起来，在屋子里百无聊赖地绕了一圈，在李十一盥洗狼毫时又凑近，偏着脸自她肩膀上探出小半张脸，试探性地停在她的耳边。

　　李十一将头一侧，抽出另一支笔。

　　夜间几人在花园的洋伞底下吃瓜果，阿音同阿罗进屋洗葡萄，涂老幺摇着蒲扇啃西瓜，宋十九趁他不备，又闪着大眼将面庞递到离李十一两寸宽的脸侧，还未来得及更近，却见李十一抬手，精准地捂住她。指间兰香萦绕在鼻端，掌心凉凉软软的，倒令宋十九抿了抿嘴角，眼波不自然地流转，似乱舞的星子。

　　院门处有来人的声响，涂老幺闻讯也看过来，同端着葡萄的阿音阿罗一起，将视线交汇在李十一与宋十九处。

　　李十一将手放下来，探身拿了一块西瓜。

　　她俩有秘密。涂老幺咧下嘴，啧啧两声，将西瓜子一吐，审判似的眼神恨不得将李宋二人烧个洞。

　　西洋钟敲了十一下，众人带着清甜的香气散了，宋十九吃得有些撑，慢悠悠地走在最后头消食，才刚扶上楼梯扶手，正要迈步子，却被人将手腕捉住，一把带进了楼梯背后的阴影里。闻到熟悉的香气，才止住了未出口的惊呼，她眯着眼在黑暗中瞧清了面前娇艳的轮廓，喊她一声："阿音？"

　　阿音将攥着宋十九的手放开，另一手夹着烟，抬手将胳膊杵在腰上，连小动作也风情大盛，她就着指端吸一口，不与宋十九绕弯子："这几日，究竟发生什么了？"她自李十一瞒下她那日起便有了预感，只是固执地想要一个答案。

阿音总是妩媚的、姿态松散的，宋十九极少见到她如此焦躁又急切的模样，一时半会竟有些语塞，本能地回了一句："这几日？"

阿音将烟拿下来，翘着手支在大腿一侧，膝盖轻轻顶起来，望进宋十九的眼里，又重复一遍："那日，你同李十一，做什么去了？"她的拇指不自觉地摩挲烟嘴，动作里是显而易见的紧张。

宋十九回过神来，不大晓得应不应该将李十一的事告诉阿音，可见阿音如此郑重其事的模样，她决意将事情复述一遍，只省了其中关窍。

她想了想，轻声道："我同十一去了佘山，寻找一样紧要的物事，其间有些变故，我不留神被那玩意儿扇了一脸，她……"

阿音追问："她怎么？"

宋十九答："她怕我生病。"

静默，十分长久的静默，静得灼烧的烟火烫了阿音的手指，她才惊醒一般回过神来，也不将烟扔了，只任由它烫着，好一会子才将抿着的嘴唇放开，"啵"一声酒瓶拔塞似的轻响。

她面无表情地问宋十九："是螣蛇吗？"

秒针滴滴答答地走，像一个不知疲倦的旅人，李十一望着它，倒觉得像一个套在石磨上的骡子，自以为一刻不停地往前奔走，在旁人眼里却永生永世地禁锢在中央的圆点上，重复而愚蠢地做无用功。

她将视线自钟表处收回来，正要去洗澡，却突闻门锁一动，阿音推门而入，穿着松松垮垮的睡袍，头发湿答答的，脸上和颈间有水雾蒸出的绯红。

她用后脚跟一抵，"嘭"一声将门砸上，在李十一探究的眼神里坐到书桌旁，原本只望着她整理好的书籍发呆，过了一会子又探手将书桌右侧的火柴盒摸过来，握在手里硬生生地硌着。

她向来憋不住话，李十一最是了解，因而分明知晓她情绪不对，也仍旧颇有耐心地等着她开口。想到这一处，阿音忽然笑了，心里的嘲讽

又添了一层。

可笑的是，她仍旧按着李十一所想的，先开了口："你找螣蛇去了。"她用了一整个洗澡的时间来冷静，话一出口仍旧觉得舌尖发麻，长发拢不住发梢的水滴，就如同她也拢不住横冲直撞的情绪。

李十一面具一样的五官终于在这几个字里有了松动，阿音以余光瞧着，仿佛胜利了一般撕破了李十一的淡然，却在她露出略显无措的眼神时心痛得无以复加。

阿音深深吸了一口气，用力得肋骨都疼，她站起身来一步一顿走到李十一面前，目不转睛地望着她，在脚步声中细数二人厚得同史书一样的经历，她翻啊翻，念啊念，不晓得该如何定义自己荒唐而可笑的一生。

她自以为的潇洒同不羁，自以为的牺牲同矫饰，原来面前这个人一直都清楚。

清楚她像个废物一样被螣蛇驱使，在烟花柳巷中身不由己。

李十一若无其事地听着她说"理想"，说"恩客"，说"桃李满天下"时，又该是以怎样的心情来看待她呢？心疼？惋惜？愧疚？

她"扑哧"一声笑了，脑袋一晃一晃的，晃得水珠子也摇摇欲坠，她以喑哑的嗓子问："你什么都清楚，怎么不说呢？"

不想说，懒怠说，还是无话可说？

自己撑着一身自尊同骄傲，自以为藏得十分好，她同李十一说无人有福气能独占她，说她仍是天底下一等一的音大小姐，到老了还留着风流韵事。她那时望着李十一的眼，以为她信了，于是自己便也信了。

然而此刻李十一微垂的眼眸，衬得她张牙舞爪的戏码拙劣到不堪入目。

"你说话，李十一。"她望着她，尾音里带了似有若无的祈求。

李十一终于抬起眼，眉头同眼皮的褶皱泄露了她内心的波动，然而她仍旧习惯性地将嘴唇抿着，好似只要将唯一的情绪出口掌控严实了，便无人能窥探她内心的无助和脆弱。

阿音走上前，手里的火柴盒被捏扁半边，指头动了动，想要不管不顾地抛弃粗糙的盒子，去闹一个说法。

阿音埋下头，吸了吸鼻子，神情恍惚地问她："你找螣蛇做什么呢？"

李十一嗫嚅了两下唇线，见阿音倏然抬起头来，盯着她："你觉得我替你入了那盗洞，觉得欠我的，想要还我，是不是？"

李十一蹙着眉头摇头，可幅度过于小，令它瞧起来反倒像个承认。

阿音的腔骨不受控地抖动起来，搅得撩人的瞳光支离破碎，她用力咬着嘴唇内壁，却抵挡不了喉头蔓延的哽咽："你想要还我？"最后两个字一出，眼泪终于漫上来，可它们迟到得太久了，久得阿音不适应地眯着眼，以睫毛强制地接住。

她原本应当抹眼睛，却慌乱到难以自持地抹了一把嘴唇，鲜艳的口红被擦除，惨淡地遗留在唇边，显得她落魄得似一个被遗弃的孤童。

她轻嗤一声，转过头去，扶着桌沿低声道："你拉着宋十九出生入死，原来要找的不过是螣蛇。你想要弥补我，偿还我，同我两不相欠。"

不是这样，她明白，但她怕极了李十一对她的怜悯，恨极了李十一瞒着她一次次将自己置入险境，害怕同憎恨将她打得慌不择路，令她口不择言地想向李十一讨一个反驳。

若是她否认，她便原谅她——但李十一没有，她的眉头在阿音提起宋十九时抬了抬，而后便陷入死水一样的沉寂里。

阿音仰起头，嘲讽至极地笑了两声，嗓子却温柔得似情人的呢喃："可是李十一，你欠我的，就这么点儿吗？"她侧脸望着她，泪眼蒙眬。

"你十五岁那年腿断了，我把你从雪山上背下来，背了整整一宿，你好了，我却落下风湿的病根子，将养了两三年还未好得完全。

"你十七岁那年中了毒，我熬了整六个日夜灌你药，一面哭一面骂，死活将你的王八命抢回来。你醒来那日我烧昏了头，自床上跌下去，至

今后脑仍有指甲大的窝。"

"还有，还有……"她哽咽到难以成句，哭得眼泪簌簌往下掉，抬手咬住弯曲的食指，却仍旧止不住汹涌而至的委屈，她望着李十一，恨声说，"这桩桩件件，我乐意，你管不着！我给你的你也别想还。"

"你若是，"她泣道，"你若是要还，便将十来岁的一并还我！"

李十一看着她，这个自小伴在她身边的姑娘此刻因她而泪盈于睫，她穿着丝质良好的长袍，头发上滴的水里有洋货昂贵的香味，指甲打磨得十分圆润，连蔻丹都是时兴的洋瓶子装的。可她望着风华最盛的她，总想起当初那个穿碎花衣、梳小辫儿的小姑娘，懒洋洋地自床的那一头翻过来，偎着她撒娇，说："十一十一，今儿你再帮我打一桶水，好不好？"

她总是说好。

可令她难过的是，她对阿音说了几千几万回好，却未能护住阿音周全。

这几日，她时常在想，为何自己从前独来独往，再不肯接纳旁人，哪怕是自墓里抱出来的宋十九，也时常有排拒的想法。直到今时今日面对崩溃的阿音，她才不得不承认，哪怕是习惯了承担的自己，亦有无能为力、难以负重，甚至想要放弃的一刻。

"我该如何还你呢？"她望着阿音滴落的水渍，低声问。

阿音一怔，难以置信地望着李十一，抽动通红的鼻头，咬牙望着她："你同十九说，怕她生病，我在你李十一眼里，也不过是个病人，是不是？"

走投无路的情绪令她眼角都隐隐癫狂地抽搐起来，她终于将心里最硬的刀尖对准自小对她最柔软的那个人，轻蔑而嘲讽地说："你该如何还我呢？我这样的病，不如……你也替我受一受。"

喉头似有一根针，扎入阿音的气管，又扎进李十一的瞳孔里。

李十一怔住，缓慢地低下头，将嘴角抿了抿，又放开，随即抬起右手，抚上自己的领口，干脆而迅速地自上而下解纽扣。

她闷头解衣的动作仍旧闲散又漂亮，同阿音在巷子里自甘堕落时没什么两样。

　　阿音却笑了，她将迷离的泪眼从李十一脸上扫过去。

　　"世上怎会有你这样绝情的人呢？"她轻轻问。

上册完

谁令春风寄杜萧

——

第十章

外面的炮仗震天响，一清早便吵得人不得安生。

硫黄味儿弥漫了整条街，舞狮队从街头敲锣到巷尾，阿音穿着水蓝色的新旗袍，裹着暖融融的貂裘，小心地躲着街边的炮仗，高跟鞋踩在零碎的鞭炮皮子上，窸窸窣窣的。她晃着手头包裹好的糖糕，一面走一面抱怨："哎哟，我是最不爱过年的，吵得姑奶奶头疼。"

顶上撑来一把伞，阿罗的身影挨过来，拉着她躲开一个冒着火星子的线头："当心。"

阿音攥住她的手，又瞥一眼黑伞，拿她撒气："青天白日的撑个伞，过路人的眼睛都往我身上招呼。"

阿罗柔弱地笑了笑："对不住。"她身子不好，哪怕是冬日的暖阳，也不大受得住。

原本不过白说一句，见她立时致歉，阿音倒是不好意思了，哼哼唧唧地软了神情。

二人走到巷口，再一转弯，远远儿地便瞧见了李十一的院子。院门大开着，有个黑影蹲在院门边儿的角落里。阿音走近一瞧，是个男孩儿，胖乎乎的，白得像发面馒头，穿着打了补丁的灰衣裳，蹲在门口点炮仗。

"哎哎哎！干吗呢！"阿音快步上前，赶他。

"放炮！"男孩儿拿着香，吸了吸鼻涕。

"放……"后一个字不大好听，想着阿罗在身边，阿音到底没说出来，只甩甩绢子赶他，"哪有在人家门口放炮的，街上不够你玩儿的？我这院子里，可还养着鸡呢，没的给我吓着，去去去！"

小男孩不高兴："就放！"

"欸！"阿音来气了，掌着他的头，旋了个转儿，"过去！姑奶奶拿扫帚了啊！"

一听要拿扫帚打他，男孩儿怕了，瞪她一眼，蹲下收拾好炮仗就腆着肚子离开了。

阿音拍拍手，同阿罗一起进门。

屋里很热闹，涂嫂子"笃笃"剁着白菜，宋十九把拌好的馅儿端到桌上，和大家一起包饺子。李十一不多话，饺子包得很利落；涂老幺的饺子跟他人一样，东倒西歪，大肚漏馅，不成样子。

五钱帮阿罗将糖糕拿进来，又替她收了伞，随后便继续去洗碗筷，准备摆桌。桌上已经扣着好几个蒸碗了，扣肉、烧鸡和糯米团子的香味从缝隙里透出来，配上热腾腾的饺子汤，年味儿便很浓了。

宋十九问阿音："怎的出去备一趟年货，竟还备出气来了？"

"炮仗吵得慌，"阿音揉着额角，娇娇的，"心烦意乱的。"

阿音说着瞪了李十一一眼："就该你们家十一领着你去，横竖是根木头，点着了也没个声儿的。"

李十一眼风不动，手头不停。

宋十九乐了："十一，那下回，你带我去，好不好？"

"下回，明年？"李十一笑了笑。

宋十九笑吟吟的："嗯，成不成？"

"既是明年，便明年再来同我说。"李十一垂眸包饺子。

宋十九品着她的话，觉得这好似是一个约定——明年，大家伙儿还在一起过年。她有些愉悦，也噙着笑跟李十一学包饺子。

大家正说着话，阿音要起来倒水喝，却听"咚"一声响，她惊慌失措地攀着桌子，惊魂未定地往下看了一眼——原本坐得好好的凳子散了，人差点没摔着。阿罗蹙眉，伸手将她扶起来。阿音揉了揉心口，过去灶台前，看涂嫂子下饺子。

"哎哟，香死了，今儿我得吃十个。"她吸一口香气，将手撑在灶台上，看着涂嫂子搅了一回饺子汤，又开始拌新的馅儿。

"哎，"她想起来紧要的，"今儿洗铜板包进去了吗？总要备些彩头。"

"备了。"宋十九说，"有三个包了铜板作彩头，还有一个里头包了一整个辣子，咬着辣子的，今儿洗碗。"她狡黠地笑了。

"你这神情，像是想叫我咬辣子。哼，你阿音姐姐我命里就没这霉气，偏要咬个铜板给你瞧。"阿音软绵绵地嗔她一眼。

宋十九噙笑低下头，拿筷子蘸了蘸清水，涂上饺子皮，再轻轻一捏，便是个漂亮的"元宝"。

阿音吸了一口气，正要起身，却闻到了一股焦味儿，腿边火辣辣的，她警觉地往下瞧了一眼，惊叫起来。

众人看过来，也愣了。阿音的貂裘被灶台的火星子燎了，把上好的皮毛烫卷了手掌大的一片，乌漆漆的。

"天杀的！老娘新买的皮草！"阿音心疼得要掉下眼泪来，"逢玉阁的！"

宋十九站起身，跑过去拎着，左右看，也心疼得不得了，嘴里说："你怎么进来，也不脱了衣裳呢？还往灶台去，这下子怕是补不了了。"

阿音欲哭无泪："这不是没顾得上脱吗。"她捧着貂裘，像捧着死去的尸体，戚戚然蹙着眉头。

"先去房里换了吧，"宋十九道，"一会子吃饭，也不大方便。"

阿音点头，往外头去，没留神又被门槛绊了个结实，幸好阿罗又伸手将她扶住了。她狼狈地掌着阿罗的手，觉得不大对。

"今儿是要走霉运哪……"她"嘶"一声，拢着刚换好的衣裳，又回到屋里。

"扑哧。"宋十九看她换了个灰扑扑的大袄子，笑了。

"做什么！"阿音瞪她。

"没什么，你这样子也好看，比往日可爱些。"宋十九弯着眼称赞。

阿音舒坦了，伸手拧一把她娇嫩的脸："姐姐没白疼你。"

说话间饺子便端上来了，涂嫂子张罗着开饭，涂老幺中气十足地吼了两声助兴，乐得一群人东倒西歪。热腾腾的饭菜开了张，入了口，便化成了有温度的人间烟火，叫作其乐融融。

涂老幺用筷子敲敲碗，说："哎，咱们难得聚一起，行个酒令吧。"

"好呀，来。"阿音坐直了身体，等他起令。

涂老幺撸个袖子，搓搓手："来。"

几人望向他。

涂老幺对着阿音，眼神里凝着光，大战一触即发，见阿音要抬手，涂老幺手掌一摊，大喝："五魁首啊，六六六！"

阿音吓了一跳。

"吓死人了，你做什么！"阿音骂他。

"啊？"

"你管这叫行酒令？"

"啊。"涂老幺眨眨眼，"平日里叫划拳，我这不是想着各位奶奶在，说得风雅一点吗？"

他见众人不认同，又梗着脖子白添一句："这划拳，不也是酒令吗？"

宋十九出声："这个咱们不会，十一，你会吗？"

李十一摇头。

宋十九想了想："不如，咱们一人喝一口酒，说一说，来年的愿望。"

"这个好。"阿音认同，又白涂老么一眼。

"我先来，"她当先举了一杯酒，说，"我要买更好的貂裘，买十件，若是银钱有富余，便买二十件。"

宋十九笑了，以眼神示意涂老么。

涂老么嘿嘿两声："我和我媳妇儿的，便一块儿说了吧，我涂家小子白白胖胖，不病不灾的，便好了。"

"阿罗呢？"宋十九问。

阿罗忖了忖，柔声道："精神再好一些，青天白日，不撑伞。"她将眼神往阿音处一探，又收回来。

宋十九听不大明白，对上五钱。

五钱说："没什么愿望。"

"那便祝你，来年有愿望。"宋十九笑吟吟的，将希望送给他。

五钱一怔，然后颔首。

最后，宋十九才问李十一，话也轻了一些："十一，你的呢？"

李十一放下筷子，端起酒杯，想了想，只饮了一口。

宋十九等了半晌没下文，催她。她却道："你先说。"

宋十九笑："我早便想好了，我的愿望便是，要来年，大家还在一块儿，一块儿包饺子，一块儿过年。不，不是来年，是年年岁岁都在一块儿。"

大家笑起来。

"我说了，你呢？"她转头问李十一。

李十一也轻轻笑，说："差不多。"

一圈儿说完，酒也喝热了，几人咬着饺子，却都没吃出一个有彩头的。

"都要吃饱了……"宋十九嘟囔。

阿音嚼着菜，正要回她，却突然眉头一皱，"嘶"的一声便将嘴里的饺子吐了出来，随即张大嘴，大着舌头对阿罗道："水，水水水，水！"

阿罗忙起身给她倒水，宋十九看一眼阿音涨红的脸，再看看碗里的半个饺子，乐了。

"方才谁说了什么来着？"她偏头笑问。

阿音灌了两口水，气急败坏："真晦气，姑奶奶今儿是撞了鬼了！"

众人笑作一团，混着阿音骂骂咧咧的声音，从小院儿里飘到年味颇浓的小巷。

巷口一个白白胖胖的男孩儿把炮仗揣进兜里，得意地整了整帽子："太岁头上你也敢动土，叫你犯太岁！"他坏心眼地眨了眨眼睛，往下一家去。

不过，他小人不计大人过，从不欺负好人家，太岁只犯这一日便好。

今后，便是除旧迎新，花好月圆人团圆，崭崭新的每一日。

番外·除旧岁完

图书在版编目（CIP）数据

神荼令 / 七小皇叔著. — 武汉：长江出版社,2023.3
ISBN 978-7-5492-8586-0

Ⅰ.①神… Ⅱ.①七… Ⅲ.①长篇小说－中国－当代 Ⅳ.
①I247.5

中国版本图书馆CIP数据核字(2022)第214297号

神荼令 / 七小皇叔 著

出　　版　长江出版社
　　　　　　（武汉市解放大道1863号　邮政编码：430010）
选题策划　漫娱图书　马飞
市场发行　长江出版社发行部
网　　址　http://www.cjpress.com.cn
责任编辑　陈　辉
执行策划　李子若
总 策 划　两脚猫工作室　　　　　　开　本　889mm×1230mm　1 /32
装帧设计　殷　悦　徐　蓉　　　　　印　张　8.75
印　　刷　武汉鸿印社科技有限公司　字　数　250千字
版　　次　2023年3月第1版　　　　　书　号　ISBN 978-7-5492-8586-0
印　　次　2023年3月第1次印刷　　　定　价　46.80元